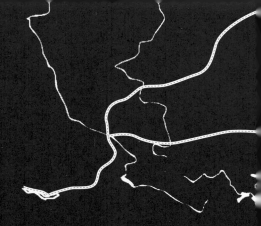

《사조영웅전》시대 연표

아리마 ● ● 익리

합밀력

서요

토번

라사

필파성

천축

사
조
영
웅
전
6

The Eagle-Shooting Heroes
by Jin Yong

Copyright ⓒ 2003 Original Chinese Edition Written by
Dr. LOUIS CHA 査良鏞博士 known as Jin Yong 金庸.

All rights of Dr. Louis Cha vested in the Chinese language novel are reserved and
any infringement thereof is strictly prohibited. Original Chinese Edition Published
by MING HO PUBLICATIONS CORPORATION LIMITED, HONG KONG.
Korean translation copyright by GIMM-YOUNG PUBLISHERS.
This Korean edition is published by arrangement of JIN YONG and GIMM-YOUNG PUBLISHERS.

Copyright ⓒ 1998 Illustrations by Lee Chi Ching
Copyright ⓒ 1998 Illustrations from the Comic Version of "The Eagle Shooting Heroes"
published by Ming Ho(Charm Max) Publication Limited.
All rights reserved.

사조영웅전 6 - 전진칠자

1판 1쇄 발행   2003. 12. 24.
1판 23쇄 발행 2020. 1. 28.
2판 1쇄 발행   2020. 7. 8.
2판 4쇄 발행   2024. 5. 10.

지은이 김용
옮긴이 김용소설번역연구회
발행인 박강휘
편집 이한경 디자인 조명이 마케팅 김용환 홍보 반재서
발행처 김영사
등록 1979년 5월 17일(제406-2003-036호)
주소 경기도 파주시 문발로 197(문발동) 우편번호 10881
전화 마케팅부 031)955-3100, 편집부 031)955-3200 | 팩스 031)955-3111

값은 뒤표지에 있습니다.
ISBN 978-89-349-9174-8 04820
      978-89-349-9168-7 (세트)

홈페이지 www.gimmyoung.com   블로그 blog.naver.com/gybook
인스타그램 instagram.com/gimmyoung   이메일 bestbook@gimmyoung.com

좋은 독자가 좋은 책을 만듭니다.
김영사는 독자 여러분의 의견에 항상 귀 기울이고 있습니다.

이 도서의 국립중앙도서관 출판예정도서목록(CIP)은 서지정보유통지원시스템 홈페이지
(http://seoji.nl.go.kr)와 국가자료종합목록 구축시스템(http://kolis-net.nl.go.kr)에서
이용하실 수 있습니다.(CIP제어번호 : CIP2020022991)

김용 대하역사무협

김용소설번역연구회 옮김

사조영웅전

射鵰英雄傳

전진칠자

6

마옥 馬鈺

도호는 단양자丹陽子로 전진칠자의 한 사람이다. 왕중양의 법통을 이어받아 자비로운 본성을 지니고 있다.

구처기 邱處機

전진칠자의 한 사람으로 도호는 장춘자長春子이다. 우가촌에서 곽소천과 양철심을 만나 곽정과 양강의 이름을 지어주었다. 한때 양강의 스승이었다.

왕처일 王處一

전진칠자 중 한 명. 도호는 옥양자玉陽子이지만, 사람들은 흔히 철각선鐵脚仙이라 부른다. 금의 조왕부에서 곤경에 처한 곽정을 돕다 심한 독상을 당한다.

담처단 譚處端

전진칠자의 한 사람 으로 도호는 장진자長眞子이다. 출가하기 전 산동의 대장장이였다.

학대통 郝大通

전진칠자 중 한 사람으로 도호는 광녕자廣寧子이다. 출가하기 전 산동 영해주의 갑부였다. 역리에 정통해 점을 쳐주며 살다가 후에 왕중양을 스승으로 모신다.

유처현 劉處玄

전진칠자의 한 사람으로 도호는 장생자長生子이다.

손불이 孫不二

전진칠자 중 유일한 여성으로, 도호는 청정산인淸淨散人이다. 원래는 마옥의 아내였으나 마옥을 따라 출가했다.

곽정 郭靖

곽소천의 아들로 몽고에서 태어났다. 타고난 두뇌와 자질은 별로지만, 천성이 순박하고 정직해 모든 것을 꾸준히 연마한다. 그 결과 제2차 화산논검대회에서 당대 최절정 고수들과 어깨를 나란히 할 정도로 성장한다.

황용 黃蓉

도화도의 주인 동사 황약사의 딸. 아버지와 싸우고 가출했다가 우연히 곽정을 만나 사랑에 빠진다. 뛰어난 지모를 갖췄을 뿐만 아니라 아버지 황약사와 홍칠공에게 배운 무공도 훌륭해 영웅호걸로 부를 만하다.

강남칠괴 江南七怪

곽정의 사부. 모두 고향이 강남 가흥이고 제각기 무공이 독특할 뿐 아니라 용모와 차림새가 유별나서 붙은 이름이다. 이들 일곱 사람은 명문 정파도 아니고, 무공 또한 걸출하다고 할 수 없다. 그러나 의리만은 따를 자가 없다.

완안홍열 完顔洪烈

금나라의 여섯 번째 왕자로 조왕에 봉해졌다. 악비 장군의 유서를 훔치기 위해 구양극, 영지상인, 후통해 등 강호의 고수들을 끌어들인다.

매초풍 梅超風

본명은 매약화梅若華이고 철시鐵屍로 부른다. 구음백골조란 무공으로 악명을 떨친다.

양강 楊康

완안홍열의 아들로 성장하지만 훗날 양철심의 아들로 밝혀진다. 그러나 부귀영화를 탐내 친아버지보다도 원수인 완안홍열의 아들이기를 원한다. 총명함을 타고났지만 황용보다 못하고, 무공은 곽정을 이기지 못한다.

목염자 穆念慈

양철심의 양딸. 비무초친比武招親을 하다가 양강을 만난다. 그 뒤로 양강을 뒤쫓으며 일편단심 그를 사랑하게 된다.

홍칠공 洪七公

개방 제18대 방주로 북개北丐라고도 부른다. 별호는 구지신개이며, 곽정과 황용의 스승이다. 황약사나 구양봉과 달리 인간적 성품을 지니고 있다. 그 때문에 구양봉에게 목숨을 잃을 뻔한다.

황약사 黃藥師

동해 도화도의 도주로 천하오절 중 한 명. 성격이 괴팍하고 종잡을 수 없어 사람들은 그를 동사東邪라고 부른다. 무공은 물론 천문지리, 의술, 역학, 기문오행 등에도 조예가 깊다.

구양봉 歐陽鋒

속칭 서독西毒이라고 부르는 서역 백타산의 주인이다. 합마공이라는 독보적인 무공을 지녔고 화산논검대회에 대비해 연피사권법을 만들기도 했다.

주백통 周伯通

항렬을 무시하고 곽정과 의형제를 맺는 등 갖은 기행을 일삼는 인물. 공명권, 쌍수호박술 등 기상천외한 무공을 만든다.

구양극 歐陽極

서역 곤륜 백타산의 작은 주인. 서독 구양봉의 조카로 알려졌으나 사실은 그의 아들이다.

구천인 裘千仞

호남 철장방 방주로 철장수상표鐵掌水上漂로 불린다. 무공은 동사, 서독, 남제, 북개, 중신통과 엇비슷하다고 알려져 있다. 구천장裘千丈이라는 쌍둥이 형이 있다.

육관영 陸冠英

육승풍의 아들로 고목대사에게 소림파 무공을 배웠다. 태호 도둑 무리의 총두령이다.

정요가 程瑤迦

정가의 큰아가씨로 전진칠자 중 청정산인 손불이를 스승으로 모셨다. 구양극에게 납치되었다가 곽정의 도움으로 구출된다.

노유각 魯有脚

개방의 장로이며 오의파의 우두머리다. '다리가 있다'라는 뜻의 이름처럼 다리를 이용한 무공이 뛰어나다.

영고 瑛姑

원래는 단황야의 비였다. 단황야와 깊은 사연이 있어 초야에 은둔하며 복수의 날만을 기다린다.

철별 哲別

몽고어로 철별은 신궁神弓이란 뜻이다. 테무친 군사에 쫓기다 곽정의 도움으로 목숨을 구한 뒤 그에게 궁술을 가르쳐준다. 후에 테무친 휘하로 들어가 전장에서 많은 공적을 세운다.

타뢰 拖雷

테무친의 넷째 아들. 곽정과 함께 어린 시절을 몽고에서 보내며 의형제를 맺었다.

▲ 진중문의 〈수곽연파 水郭煙波〉

동정호의 아름다운 풍경이다. 진중문 秦仲文은 중국의 현대 화가.

拂拭殘朝
飛字依稀
堪讀悅當
幼倚飛何
重後來何
酷果是功
成耳合死
可憐事去
言難贖最
無辜堪恨
更堪悲風

▲ 문징명의 〈제송고종사악비수칙사題宋高宗賜岳飛手勅詞〉

문징명文徵明은 명나라 때의 화가. 송 고종이 악비 장군에게 하사한 글을
보고 남긴 글이다. 내용은 아래와 같다.

부서진 비를 쓰다듬으니
악비를 위로하던 글은 희미해 읽기 힘들구나.
애초에 그리도 악비를 중히 여겼다면
후에는 어찌 그리 가혹하였는가?
참으로 공을 이루고 몸은 죽었으니
그 가련함을 말로 할 수가 없도다.
가장 무고한 원한이 가장 비통하리니,
바람도 잦아드는구나.
어찌 중원을 잊을 수 있겠는가?
어찌 휘종과 흠종 황제의 치욕을 잊겠는가
두 황제를 모셔오고자 하면서,
자신의 몸은 어디에 있는가?
후세는 송의 남도南渡가 잘못되었다 하지 말지니,
허허, 진회秦檜 혼자서 무엇을 어찌하겠느냐
다 헛된 욕망이로다.

▲〈경정백자도更定百字圖〉(왼쪽부터)

종, 횡, 대각선 할 것 없이 그 수를 합하면 모두 505가 된다. 중국 고대 산술가들은 이와 같은 종횡도에 많은 관심을 가졌다.

▲ 이야의《측원해경測圓海鏡》

이야李冶는 송나라 이종 때 사람이다. 서양과 다른 중국 고대 산술을 엿볼 수 있다.

▲ 주세걸의《사원옥감四元玉鑑》

《산경算經》중 한 페이지. 주세걸朱世傑은 송말, 원초 때 사람이다.

◀〈악양루도岳陽樓圖〉(위)

명나라 때 목판화이다. 곽정과 황용은 악양루岳陽樓 동정호洞庭湖를 유람했다.

◀ 한세충의 글 (아래)

한세충韓世忠은 송나라의 충신이다. 운사직각시사運使直閣待史에게 군비 30만 냥을 요구하는 내용이다.

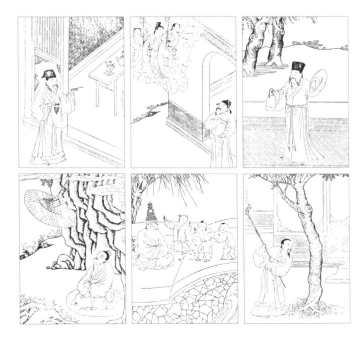

▲ 〈왕중양과 전진칠자〉

맨 위 오른쪽에서 시계 반대 방향으로 왕중양, 마옥, 담처단, 왕처일, 학대통, 구처기의 모습. 《열선전전列仙全傳》에서 발췌한 그림.

◀ 악양루岳陽樓

멀리 동정호가 보인다.

▶일러두기

1. 이 책은 김용의 2쇄 판본(1976년 출간)을 원 텍스트로 번역했으며 3쇄 (2003년 출간) 판본을 수정 반영한 것이다. 2002년부터 시작한 2쇄본의 번역이 끝나갈 무렵인 2003년 말, 새롭게 출간된 3쇄본을 홍콩 명하출판유한공사로부터 제공받아 핵심 수정 사항인 여문환呂文煥이 양양襄陽을 지키는 부분을 이전李全 부부가 청주靑州를 지키는 부분으로 수정 반영했다.
2. 원문에 충실하게 번역하되, 불필요한 상투어들은 오늘의 독자들에게 맞게 최대한 현대화해 다시 가다듬었다.
3. 본 책의 장 구분은 원서를 참조해 국내 편집 체제에 맞게 다시 나누었다.
4. 본문의 삽화는 홍콩의 이지청李志淸 화백이 그린 삽화를 저작권 계약해 사용했다.

6권

전
진
칠
자

세상 사람들보다 먼저 근심하고,
세상 사람들보다 후에 기뻐한다.

先天下之憂而憂 后天下之樂而樂

범중엄의 〈악양루기岳陽樓記〉

음흉한 눈빛

황약사는 한동안 길게 웃음을 터뜨렸다.

"관영이와 낭자는 남아 있거라."

육관영은 그가 황약사라는 것을 눈치챘으나 인피를 쓴 목적이 신분을 숨기기 위해서인 듯하여 감히 호칭하지 못하고 공손히 땅에 엎드려 네 번 절을 올렸다. 윤지평은 황약사의 위세를 보고 필시 보통 인물은 아닐 것이라 짐작하고 역시 공손히 읍을 했다.

"전진교 장춘 문하의 제자 윤지평, 선배님께 인사드립니다."

"너한테 남아 있으라고 한 적이 없는데, 다들 나간 마당에 너는 뭐라고 여기에 있는 거냐? 죽고 싶으냐?"

"저는 전진교 장춘 문하에 있습니다. 결코 나쁜 사람이 아닙니다."

윤지평은 황약사의 호통에 어안이 벙벙해졌다.

"전진교라서 뭐가 어쨌다는 거냐?"

황약사는 손에 잡히는 대로 탁자 위의 나무토막을 쥐었다. 팔과 손을 전혀 움직이지 않았는데도 나무토막은 윤지평의 면상을 향해 가볍게 날아갔다. 윤지평은 급히 불진을 들어 막았지만 조그만 나무토막은 마치 무시무시한 무기처럼 굉장한 힘이 실려 있었다. 윤지평은 결국 막아내지 못하고 불진마저 그 기세에 밀려 그의 입을 치고 말았다. 윤지평은 극심한 통증을 느끼며 입에 뭔가가 들어 있는 것 같아 급히 손바닥에 뱉고 보니 부러진 이빨과 핏덩어리였다. 놀랍고 두려운 마음에 아무 소리도 나지 않았다. 황약사는 차갑게 말했다.

"내가 바로 황약사이다. 네놈의 전진파가 나에게 무슨 힘을 보여주겠다고?"

황약사의 말에 윤지평과 정요가는 아연실색했고, 육관영은 오금이 저렸다.

'나와 윤지평이 방금 말다툼한 소리를 다 들으신 모양이구나. 조왕신께 했던 말도 들었으면…… 그, 그럼…… 아버지도…….'

육관영은 등에서 식은땀이 쭉 흘러내렸다. 윤지평은 손으로 얼굴을 감싸 쥐고 소리쳤다.

"무림의 대종사라는 사람이 어찌 그리 고약하게 구십니까? 강남육괴는 의와 협이 강한 협객인데, 어찌 그렇게 핍박하시는 겁니까? 만약 내 사부님께서 미리 알려주지 않았다면 육괴의 식솔들은 모두 당신 손에 죽임을 당했을 것입니다."

황약사는 분노에 휩싸였다.

"아무리 찾아도 없더니 그 잡놈들이 중간에서 일을 꾸민 거로군!"

윤지평은 고함을 지르며 펄쩍펄쩍 뛰었다.

"나를 죽일 테면 죽이시오. 당신 따위는 하나도 겁나지 않소."

"네놈이 감히 뒤에서 나를 욕해?"

윤지평은 이미 죽기를 각오하고 소리쳤다.

"당신 앞에서도 욕할 수 있소. 이 사악한 요물! 이 괴물 같은 놈!"

황약사가 강호에 명성을 떨친 이후, 사도邪道의 무리이건 정도正道의 무리이건 감히 그 앞에서 욕을 한 사람은 아무도 없었다. 그런데 오늘 윤지평에게 이런 심한 욕을 듣다니 황약사는 수십 년 동안 한 번도 겪지 못한 모욕감을 느꼈다. 후통해가 당한 모습을 보고서도 이렇게 뻣뻣하게 굴다니, 실로 뜻밖이었다. 그러나 어린 도사 놈의 성격이 괄괄하고, 고집스럽고, 간도 큰 것이 소싯적 자신의 모습을 보는 것 같아 저도 모르게 마음이 갔다. 황약사는 성큼 그의 앞으로 다가가 냉랭하게 말했다.

"이 미친놈! 다시 한번 욕해봐라."

"당신 따위 하나도 무섭지 않아. 이 사악한 늙은 요물!"

육관영은 속으로 탄식을 했다.

'큰일이다. 저 젊은 도사, 목숨 부지하기 어렵겠구나.'

"이 간덩이 부은 개 같은 놈, 감히 사조님을 욕해!"

육관영은 칼을 들고 그의 어깨를 겨냥해 달려들었다. 윤지평을 생각해 일부러 공격에 나선 것이다. 이런 모욕을 당했으니 황약사는 그를 가만두지 않을 터였다. 단 한 번의 출수로 윤지평은 그 자리에서 황천행이 될 게 뻔했다. 만약 자신이 공격해서 부상을 입힌다면 황약사의 노여움도 풀 수 있고, 그의 생명도 구할 수 있으리라 생각했다. 윤지평은 뒤로 두 발짝 물러나서 눈썹을 치켜뜨고 버럭 소리쳤다.

"더 살고 싶지도 않으니 오늘 욕이나 실컷 하고 죽어야겠다!"

육관영은 그에게 상처를 입혀서 목숨이라도 구해야겠다는 생각으로 다시 칼을 휘둘렀다. 그때 쩅하는 소리가 났다. 정요가 칼로 막은 것이다.

"저도 전진 문하이니 죽이려면 우리 둘을 함께 죽이세요."

정 소저의 뜻밖의 행동에 윤지평은 자신도 모르게 소리쳤다.

"정 사매, 좋소!"

두 사람은 눈을 똑바로 뜨고 황약사를 응시하며 나란히 섰다. 육관영도 더 이상 칼을 휘두르지 못했다. 황약사는 한바탕 크게 웃음을 터뜨렸다.

"좋다. 기개도 있고 배포도 크구나. 나 황약사는 원래가 사악한 요괴이니 네놈의 욕도 틀린 말은 아니지. 네 사부는 나의 후배이니 내 어찌 너 같은 어린 도사 놈을 상대하겠느냐. 가거라!"

갑자기 손을 뻗어 윤지평의 가슴을 움켜잡더니 밖으로 휙 던져버렸다. 윤지평은 자신의 의지와는 상관없이 밖으로 날아가면서 분명히 땅에 곤두박질칠 것이라 생각했다. 그러나 너무나 사뿐히 두 발이 땅에 닿는 바람에 스스로도 놀랐다. 마치 황약사가 그를 안고 사뿐히 땅에 내려앉은 것 같았다. 윤지평은 잠시 멍해졌다.

윤지평의 간이 아무리 크다 해도 다시 주막으로 들어가 황약사에게 욕을 퍼부을 용기는 나지 않았다. 그는 부풀어 오른 얼굴을 어루만지며 그곳에서 벗어났다. 정요가도 검을 칼집에 넣고 문을 나가려는데, 황약사의 목소리가 들렸다.

"잠깐."

황약사는 인피를 벗고 물었다.

"이 녀석에게 시집가서 부인이 되는 건 어떤가?"

황약사는 육관영을 가리키며 말했다. 정 소저는 깜짝 놀라 얼굴이 백지장처럼 창백해지다가 다시 순식간에 홍조가 피어오르며 몸 둘 바를 몰랐다.

"내가 사악한 요물이라니…… 그 어린 도사 놈 말 한번 참 잘했다. 도화도의 주인 나 황약사를 강호에서 모르는 자가 누가 있겠느냐? 나 황 노사는 인의 예법이니 하는 것을 제일 증오하고, 성현이니 절개니 하는 것을 가장 싫어한다. 이런 것은 모두 어리석은 인간들이 만들어 낸 것인데, 세상 사람들은 모두 그 함정에 빠져서 무지몽매하게 깨닫지 못하고 있다. 참으로 가련하고 우스운 일 아닌가. 난 그런 인정머리 없는 예의범절 따위는 믿지 않아. 그래서 세상 사람들은 모두 나를 사악한 도사라고 손가락질하지. 흥! 사악한 사도라고 하는 내가 인의니, 도덕이니 떠들고 다니는 잡놈들보다 사람을 죽여도 훨씬 덜 죽였을걸?"

정요가는 심장이 두근두근할 뿐 무슨 말로 대꾸해야 할지 몰라 입을 다물고 있었다.

"분명히 말해보아라. 관영이에게 시집오겠느냐, 말겠느냐? 난 기백이 있고 시원시원한 성격을 좋아한다. 방금 그 어린 도사 놈이 뒤에서만 나를 욕했다면 무릎을 꿇고 살려달라고 애걸복걸했어도 소용없었을 것이다. 또한 넌 위급한 가운데서도 그 도사 놈을 도우려고 나섰으니 인품이 훌륭한 것 같다. 내 제자의 아들과 짝이 될 만하다. 어서 네 마음을 말해보거라!"

정요가는 속마음으로는 원하고 있었지만 부모 앞에서도 하지 못하는 말을 초면의 낯선 사람에게 쉽게 뱉을 수 없었다. 더욱이 육관영이 바로 옆에 서 있는데 무슨 말을 할 수 있겠는가. 그저 난처한 나머지 장미처럼 얼굴을 붉힐 뿐이었다. 황약사는 육관영 역시 고개를 숙이고 있는 것을 보고 갑자기 딸의 모습이 떠올라 한숨을 내쉬었다.

"만약 두 사람의 마음만 맞다면 내가 이 혼사를 주선하겠다. 아, 자식의 혼사는 부모라도 마음대로 할 수가 없지."

'예전에 내가 용이와 곽정의 혼사를 허락했더라면 용이가 바다에서 그렇게 비참한 최후를 맞이하지는 않았을 텐데.'

그런 생각이 들자 다시 노기가 들어 소리를 버럭 질렀다.

"관영아, 질질 끌지 좀 말아라. 도대체 마누라로 삼겠다는 거냐, 말겠다는 거냐?"

관영은 화들짝 놀라 급히 대답했다.

"사조님, 저는 그저 저 낭자의 짝으로 자격이 없을까 봐……."

"자격이 되고말고! 너는 내 제자의 아들이니 공주 마마라 하더라도 네 배필이 된다."

육관영은 황약사의 말투로 보아 다시 꾸물거렸다가는 큰일이 나겠다 싶었다.

"저는 그저 그러기를 바랄 뿐입니다."

육관영의 말에 황약사는 미소를 지었다.

"좋다. 낭자는?"

정요가는 육관영의 말을 듣고 심장이 녹아드는 듯했다. 다시 황약사가 다그치자 고개를 숙이고 한참 뒤에야 입을 열었다.

"그런 일은 아버지께서 나서야 하는 일이니……."

"부모의 명이니, 매파의 말이니 하는 것은 모두 개소리야. 내가 나서면 된다. 네 아비가 따르지 않으면 내가 가서 대결을 신청하겠다."

정요가는 미소를 띠며 말했다.

"저희 아버지는 셈하고 글 쓸 줄만 아시지, 무공은 전혀 못 하신답니다."

"그럼 셈하고 글 쓰는 걸로 대결하면 되지. 흥! 셈이라? 천하에 누가 나와 겨루어 이길 수 있다더냐? 어서 대답하거라! 시집을 갈 테냐, 말 테냐?"

정요가는 여전히 묵묵부답이었다.

"좋다. 그럼 너는 싫단 말이지? 그것 또한 네 맘이지. 한번 말을 한 이상 그대로 하는 거다. 나 황약사는 나중에 다시 말을 바꾸는 것을 절대 용납하지 않는다."

정요가는 몰래 육관영을 훔쳐보았다. 그의 얼굴에 당황하고 초조해하는 기색이 역력했다. 정요가는 차마 입 밖에 내지 못하고 마음속으로 중얼거렸다.

'아버지는 저를 끔찍이 아끼시니 저희 고모에게 말씀드려 아버지께 전해지도록 할게요. 후에 공자님 쪽에서 사람을 보내 청혼하면 분명 승낙하실 테니 당황하지 마세요.'

황약사가 몸을 일으켰다.

"관영아, 나랑 강남육괴를 찾으러 가자. 앞으로 저 낭자와 한마디라도 이야기를 나누면 너희 두 놈의 혀를 잘라버리겠다."

육관영은 깜짝 놀랐다. 황약사는 한번 내뱉은 말은 반드시 행동으로 옮기는 사람이니 이 말도 결코 빈말이 아닐 것이다. 그는 황급히 정요가 앞으로 가서 읍을 하고 말했다.

"낭자, 나 육관영은 무예도 보잘것없고 재능도 학식도 없는 초개의 몸으로 감히 배필이 될 자격이 없습니다. 그러나 오늘 낭자와 이렇게 만난 것도 인연이니…….."

정요가가 낮은 소리로 답했다.

"공자께서는 너무 겸손하십니다. 전…… 저는…….."

다시 또 말을 삼켜버렸다. 육관영은 아까 그녀가 고개를 끄덕이거나 가로저어 의사를 표시하는 방법을 생각해낸 일이 떠올랐다.

"낭자, 만약 내가 싫으시다면 고개를 저으십시오."

이 말을 해놓고 육관영은 뛰는 가슴을 진정시킬 수 없었다. 그녀의 부드러운 머리카락을 바라보며 저 아름다운 머리를 가로젓기라도 하면 어쩌나 하고 그녀에게서 눈을 떼지 못했다. 한참이 지나도록 정요가는 머리부터 다리까지 얼어붙은 듯 손가락 하나도 움직이지 않았다. 육관영은 기쁜 마음을 감출 수 없었다.

"낭자가 저를 허락하시면 고개를 끄덕여주십시오."

그러나 정요가는 여전히 나무 인형처럼 꼼짝도 하지 않았다. 육관영은 초조해졌고, 황약사도 짜증이 났다.

"고개를 가로젓지도 않고 끄덕이지도 않으니, 도대체 그게 무슨 의미냐?"

정요가는 기어들어가는 소리로 대답했다.

"고개를 젓지 않은 것은…… 그, 그건…… 고개를 끄덕인 것입니다."

마치 모기가 앵앵거리는 듯한 작은 목소리였다. 다행히 황약사가 내공이 깊고 청력이 예민했기에 망정이지, 조금이라도 내공이 약했더라면 입술이 달싹거린다고만 생각했을 것이다. 황약사는 호탕하게 웃어쭸했다.

"왕중양처럼 통 큰 사람이 어찌 이렇게 수줍은 규수를 제자로 거두었을꼬? 참으로 우습구나. 뭐 좋다. 오늘 내가 너희들의 혼례를 치러 주마."

육관영, 정요가 두 사람은 너무 놀라 입을 딱 벌리고 황약사를 바라보았다. 황약사는 뭔가 생각난 듯 말머리를 돌렸다.

"그 바보 낭자는 어디로 갔지? 사부가 누구인지 물어봐야 하는데……."

세 사람이 함께 주막을 둘러보았으나 그녀는 보이지 않았다.

"지금 찾을 필요는 없다. 관영아, 정 낭자와 여기에서 절을 하고 백년가약을 맺거라."

"사조님께서 저를 이리도 아껴주시니 참으로 몸 둘 바를 모르겠습니다. 그러나 여기서 당장 혼례를 올리는 것은 너무 급한 듯하오니……."

"너는 도화도 문하의 사람인데 어찌 세속의 예법을 따지느냐? 자, 자, 자! 두 사람은 나란히 서서 하늘에 절을 올려라."

황약사의 말에는 누구도 거역할 수 없는 위엄이 서려 있었다. 정요가는 이런 상황까지 왔으니 그저 육관영과 어깨를 나란히 하고 절을 올리는 수밖에 없었다.

"안을 향해서도 절을 올려라! 내게도 절을 올리거라. 좋아, 좋아. 그럼 부부간에 맞절을 올리거라!"

황약사의 호령에 따라 장난 같은 혼례가 차례대로 순조롭게 진행되었다. 황용과 곽정은 밀실에서 이들을 지켜보면서 기쁘기도 하고, 우습기도 했다.

"좋아! 관영아, 촛불 한 쌍을 가지고 오너라. 오늘 밤 너희 둘은 신방에 화촉을 밝힐 것이다."

육관영은 순간 얼이 빠져 소리쳤다.

"사조님!"

"왜? 절까지 다 해놓고도 신방에 안 들어가려고? 너희 두 사람은 무학을 익힌 자들인데 신방에 꼭 원앙금침이 있어야 한단 말이냐? 여기 허름한 집은 신방이 될 수 없단 말이냐?"

육관영은 감히 찍소리도 못 하고 있었지만 속마음은 두근두근, 기쁘기 그지없었다. 황약사의 말대로 마을로 가서 붉은 촛불 한 쌍을 얻고, 백주白酒와 닭을 산 다음 정요가와 함께 요리해서 황약사에게 대접했다.

황약사는 묵묵히 하늘을 바라보고 있었다. 아마도 딸을 생각하며 가슴 아파하고 있는 것이리라. 황용은 부친의 슬픈 표정을 보고 너무 안타까웠다. 몇 번이나 문을 열고 아버지를 부를까 하다가 자신을 보면 도화도로 데려갈 것이고, 그러면 곽정의 목숨은 그대로 끝나게 될 것이란 생각이 들어 문으로 뻗었던 손을 거둬들일 수밖에 없었다.

육관영과 정요가 두 사람은 황약사를 몰래 지켜보다 서로를 응시했다. 육관영은 눈이 마주치자 부끄러워 귀밑까지 벌겋게 달아올라 한마디도 하지 못했다.

구양극은 볏짚 속에 누운 채 모든 상황을 파악하고 있었다. 배가 고파 죽을 지경이었으나 숨소리조차 크게 낼 수 없었다. 날이 점점 어두워짐에 따라 정요가의 심장은 더욱 빠르게 요동쳤다. 그때 황약사가 혼잣말로 중얼거리는 소리가 들렸다.

"그 바보 아이는 왜 아직도 안 돌아오는 거지? 홍! 나쁜 놈들도 그 아이에게는 손을 못 대겠지?"

다시 육관영 쪽으로 고개를 돌렸다.

"오늘 밤 신방을 차려야 하는데 왜 아직도 촛불을 밝히지 않는 거냐?"

"알겠습니다."

육관영은 부싯돌로 촛불을 밝혔다. 촛불 아래로 정 낭자의 구름 같은 귀밑머리와 백옥같이 흰 얼굴에 수줍은 표정이 아련히 드러났다. 실로 뭐라 형용하기 힘든 아름다운 모습이었다. 문밖에는 벌레가 적막을 깨뜨리고, 바람이 발을 가볍게 흔들고 지나갔다. 실로 꿈인지 생시인지 구별이 가지 않았다.

황약사는 작은 나무 걸상 하나를 가지고 와서 문 입구에 놓고 비스듬히 기대고 앉았다. 잠시 후, 코 고는 소리가 들리더니 깊은 잠에 빠진 듯했다. 육관영, 정요가 두 사람은 꼼짝도 하지 않고 한참을 앉아 있었다. 촛불도 다 타서 사방은 다시 고요한 어둠 속으로 빠져들었다. 두 사람이 나지막하게 소곤거리는 소리가 들렸다. 황용은 귀를 기울여 들어보려 했으나 무슨 소리인지 알아들을 수 없었다.

그때 곽정의 몸이 부들부들 떨리면서 호흡이 가빠져왔다. 내공 운행에 교란이 생긴 것 같았다. 황용은 황급히 정신을 차려 그에게 기를 불어넣었다. 잠시 뒤 곽정의 숨소리가 안정을 되찾자 황용은 다시 구멍으로 밖을 내다보았다.

달빛이 찢어진 창문 틈을 뚫고 방 안을 고요하게 비추고 있었다. 그 은은한 빛 속에서 육관영과 정 소저가 서로 어깨를 나란히 하고 의자에 앉아 있었다.

"오늘이 무슨 날인지 아세요?"

"우리 두 사람이 혼인을 맺은 날이지요."

"그건 당연하고요. 오늘은 7월 초이튿날로, 저희 셋째 이종사촌 누이의 생일이에요."

육관영이 웃으며 말했다.

"아, 친척이 아주 많군요. 그렇지요? 그렇게 많은 사람의 생일을 기억하려면 힘들겠소."

'당신 부인의 집은 보응의 대가댁이에요. 이모, 고모, 외조카들 하나하나 생일을 챙겨주려면 태호의 육 채주라 하더라도 허리가 휘어질걸요?'

황용은 이런 생각에 빠져 있다가 갑자기 다른 생각이 떠올랐다.

'오늘이 7월 초이튿날이면 오빠가 초이레까지는 꼭 완쾌되어야 하는데…… 개방파가 7월 15일 악양성에서 모이기로 되어 있잖아? 일이 아주 급하게 되었네.'

갑자기 문밖에서 긴 휘파람 소리가 들리더니 지붕이 들썩일 정도로 큰 웃음소리가 이어졌다. 주백통의 목소리였다.

"노독물 구양봉! 임안에서 가흥까지, 다시 가흥에서 임안까지 하루 낮밤 꼬박 나를 쫓아와도 잡지 못했으니 승패는 이미 결정되었소이다. 또 뭘로 겨루겠소?"

황용은 놀라움을 금치 못했다.

'임안에서 가흥까지 왕복 거리가 500리나 되는데…… 두 사람의 발은 정말 빠르기도 하구나.'

이어서 구양봉의 목소리가 들렸다.

"당신이 하늘 끝까지 간다 하더라도 쫓아가겠소."

"그럼 우리 밥도 먹지 말고, 잠도 자지 말고, 오줌도 똥도 누지 말고 누가 빨리 오래 달리나 내기를 해볼까? 하시겠소?"

"못 할 게 뭐 있겠소? 누가 먼저 피곤해서 나가떨어지는가 봅시다."

"노독물! 똥오줌을 참는 것이라면 절대 날 이기지 못할 거요."

두 사람은 잠시 말을 멈추고 호탕하게 웃기 시작했다. 웃음소리가 멀리까지 울려 퍼졌다.

육관영과 정요가는 어둠 속에서 두 사람의 이야기를 듣고 놀라 서로를 바라보다가 문 앞까지 나와 손을 잡고 내다보았다.

'두 사람이 달리기 시합을 한다면 아버지가 따라가서 심판을 보겠군.'

그때 육관영이 놀라서 물었다.

"엉? 사조님은?"

"보세요. 저기 그림자가 세 개예요. 마지막 그림자는 사조님인 것 같네요."

"맞아요. 와! 눈 깜짝할 사이에 저렇게 멀리까지 가시다니……. 두 사람이 어떤 고수인지 못 본 게 안타깝구려."

황용은 속으로 생각했다.

'주백통은 그렇다 치더라도 노독물은 봐봤자 좋을 게 하나도 없어요.'

육관영과 정 소저는 황약사가 가버리자 이 주막에 자신들 두 사람만 남았다는 생각에 더 이상 거리낄 것이 없었다. 육관영은 신부의 가는 허리를 껴안고 낮은 소리로 물었다.

"이름이 무엇이오?"

"말 안 할래요. 맞혀보세요."

정요가가 웃으며 대답하자, 육관영도 따라 웃었다.

"고양이? 아니면 강아지인가?"

"둘 다 아니에요. 난 큰 벌레예요."

"아, 그럼 꼭 잡아야겠네."

정요가는 육관영을 뿌리치며 탁자 위로 뛰어오르고 육관영은 웃으며 뒤쫓아갔다. 두 사람은 희희낙락 주막 안을 뛰어다녔다. 별빛도 희미한데 작은 거울에 의지해 밖을 살피려니 두 사람의 모습이 잘 보이지는 않았지만 황용은 그저 미소를 띠며 귀를 기울이고 있었다. 그때 곽정이 황용의 귀에 대고 속삭였다.

"정 낭자가 잡힐 것 같아?"

"분명 잡힐 거예요."

황용이 나지막이 웃음을 흘렸다.

"잡아서 뭐 하게?"

황용은 얼굴이 화끈거려 대답을 못 하고 그저 육관영이 정요가를 붙잡아 서로 꼭 껴안고 의자에 앉아서 웃고 속삭이는 소리만 듣고 있었다. 황용은 오른손을 곽정의 왼손바닥에 맞대었다. 그때 갑자기 그의 손바닥이 점점 뜨거워지고 몸도 좌우로 휘청거리기 시작했다. 황용은 놀라고 당황했다.

"오빠! 왜 그래요?"

곽정은 중상을 입은 터라 기력이 이미 쇠해 〈구음진경〉을 수련하면서 계속 마음속에 요마의 방해를 받고 있었다. 그런데 지금 육관영과 정요가가 다정하게 웃으며 밀담을 나누는 소리를 들은 데다 너무나 사랑하는 꽃같이 아름다운 제 여자까지 옆에 있으니 점점 평정심을 잃게 되었다. 그는 온몸이 불덩이같이 타오르더니 몸을 돌려 오른손으로 황용의 어깨를 안았다. 곽정의 호흡이 점점 가빠지고 손이 불에 덴 듯 뜨거워지자 황용은 어찌할 바를 몰랐다.

"오빠, 정신 차려요. 어서 마음을 가라앉히고 숨을 고르세요."

"난 틀렸어. 용아, 난…… 난……."

곽정이 말하며 몸을 일으키려 하자 황용은 다급해졌다.

"움직이면 안 돼요!"

곽정은 억지로 다시 자리에 앉아 호흡을 몇 번 내쉬었으나 마음이 산란하고 가슴이 터질 것 같았다.

"용아, 제발 날 구해줘."

다시 또 몸을 일으키려 했다.

"앉아요! 한 번만 더 움직이면 혈도를 찍겠어요."

"그래, 어서 빨리 혈도를 찍어. 난 더 이상 자제하지 못하겠어."

혈도가 막히면 내공의 호흡도 막혀서 이틀 동안 수련한 것이 모두 헛수고가 될 것이다. 그러나 곽정이 다시 몸을 일으키면 생명이 위험하게 될지도 몰랐다. 그만큼 지금 상황은 급박했다. 황용은 이를 악물고 왼팔을 회전해 난화불혈수로 그의 왼쪽 가슴 열한 번째 늑골 뼈에 있는 장문혈章門穴을 찍으려 했다. 그러나 곽정의 내공은 이미 상당한 경지에 이르러 있었다. 몸이 외부의 침입을 받자 근육이 스스로 움직이더니 황용의 손가락을 피해버렸다. 황용은 다시 두 차례 시도했으나 실패하고 말았다. 세 번째로 다시 혈도를 찍으려 할 때 왼쪽 손목이 잡히는 느낌이 들었다. 곽정이 그녀의 손목을 움켜쥔 것이다.

날은 이미 서서히 밝아오고 있었다. 황용은 곽정의 두 눈에 붉은 핏

발이 마치 폭발하는 화산처럼 선명히 어려 있는 것을 보고 더 당황하고 놀랐다. 게다가 곽정은 자신의 손목을 잡고 입으로는 무언가를 중얼거리며 이미 제정신이 아닌 것 같았다. 다급한 마음에 팔을 휘두르고 팔꿈치로 찌른 후 급히 어깨를 그의 팔에 부딪쳤다. 연위갑의 가시가 곽정의 팔에 박혔다. 곽정은 순간 통증으로 정신이 아득해졌다. 멀리서 수탉이 긴 울음으로 아침을 알렸다. 곽정은 머리가 번쩍하면서 맑아지고 마음이 다시 깨끗해지는 것을 느꼈다. 그는 천천히 황용의 손목을 놓아주고 수치스러움으로 몸 둘 바를 몰랐다. 황용은 곽정의 이마에 굵은 땀방울이 비처럼 떨어지며 얼굴이 파리해지고 표정이 나른해지는 것을 보았다. 이제 위험한 고비는 넘긴 것 같았다. 천만다행이었다.

"오빠, 우린 이제 이틀 낮과 밤을 지냈어요."

갑자기 찰싹하는 소리가 들렸다. 곽정이 자신의 뺨을 때린 것이다.

"정말 아슬아슬했어!"

다시 또 뺨을 때리려 하자 황용이 웃으며 만류했다.

"그게 뭐 어때서요? 주 선배님처럼 무공이 높은 분도 우리 아버지의 퉁소 소리에 이성을 잃는걸요. 게다가 오빠는 중상까지 입었잖아요."

방금 곽정과 죽을힘을 다해 사투를 벌이면서 두 사람은 다급한 마음에 목소리 낮추는 것을 깜빡 잊고 말았다. 육관영과 정요가는 서로에게 얼이 몽땅 빠져 있어 전혀 눈치채지 못했지만, 내당에 있던 구양극의 예민한 귀는 황용의 목소리를 알아들었다. 구양극은 놀라고 기쁜 마음을 감추지 못하며 자세히 귀 기울여 들어보았으나 더 이상 아무 소리도 나지 않았다. 구양극은 두 다리가 부러져 걸을 수 없기 때문에 손을 발 삼아 몸을 뒤뚱거리며 밖으로 나갔다.

　육관영은 신부의 어깨를 감싸고 의자에 나란히 앉아 있었다. 그때 갑자기 척척척, 하는 소리가 들렸다. 고개를 돌려보니 어떤 사람이 두 손바닥을 땅에 짚고 내당에서 나오고 있었다. 흠칫 놀라 급히 일어나 칼을 들었다.

　구양극은 부상이 심했고 오랫동안 굶은 터라 허약해질 대로 허약해진 상태였다. 그런데 갑자기 눈앞에 번쩍이는 칼날이 보이자 정신이 아찔해지며 그대로 땅에 쓰러지고 말았다. 병색이 짙은 구양극을 보고 육관영은 황급히 부축해 등받이가 없는 의자에 앉히고 등을 탁자에 기대게 했다. 순간 정요가가 비명을 질렀다. 일전 보응현에서 자신을 잡아간 놈이라는 것을 알아본 것이다. 육관영은 파리하게 질린 그녀의 얼굴을 보고 안심시키려고 말을 꺼냈다.

　"염려 마시오. 이자는 다리가 부러졌소."

　"저 사람은 악한이에요. 내가 아는 사람이라고요."

　"아!"

　그때 구양극이 천천히 의식을 찾았다.

　"밥을 좀 주시오. 배고파 죽겠소이다!"

　구양극은 뺨이 움푹 파이고 눈에 힘이 하나도 없는 것이 일전 자신을 욕보였을 때 그 오만방자한 모습과는 사뭇 달라 보였다. 정요가는 원래 마음이 약한 데다가 방금 혼인을 해서 기쁜 마음이 가득 차 있던 터라 주방으로 가서 밥을 퍼다 주었다. 구양극은 한 그릇을 다 비우고 또 한 그릇을 더 달라고 해서 싹 비운 후에야 정신을 차렸다. 정요가를 보자 다시 나쁜 마음이 생기기도 했으나, 황용을 그리는 마음이 더 강했다.

"황 낭자는 어디에 있소?"

육관영이 의아한 듯 되물었다.

"황 낭자라니오?"

"도화도 황약사의 딸 말이오."

"당신이 황 낭자를 아시오? 이미 이 세상 사람이 아니라고 들었소."

구양극은 웃으며 말했다.

"나를 속일 셈이오? 분명 황 낭자의 목소리를 들었소."

구양극은 왼손으로 탁자를 짚고 몸을 돌려서 땅바닥으로 내려온 뒤 온 주막을 뒤지고 다녔다. 황용의 목소리가 들렸던 동쪽으로 가보니 벽만 있고 문은 없었다. 다시 곰곰이 생각해보니 분명 찬장 안에 실마리가 있을 것 같았다. 즉시 탁자를 찬장 앞으로 끌고 왔다. 그리고 몸을 날려 탁자 위에 앉아 찬장 문을 열었다. 찬장 안에 분명 문이 있을 것이라는 생각에서였다. 그러나 안에는 문은커녕 온통 먼지투성이뿐이라 실망이 이만저만 아니었다.

그때 쇠 밥그릇 주변의 먼지에 손가락 자국이 나 있는 것을 보았다. 손을 뻗어 들어보았으나 들리지 않자 이리저리 돌려보았다. 갑자기 우르르하는 소리가 나더니 밀실의 문이 천천히 열리면서 좌정하고 앉아 있는 황용과 곽정의 모습이 보였다.

황용을 만난 반가움도 잠시, 구양극은 곽정이 옆에 있는 것을 보자 두려움과 질투심이 일었다. 그는 그들을 멍하니 바라보고 있다가 말문을 열었다.

"누이, 여기서 무공을 연마하고 있었소?"

황용은 작은 구멍으로 그가 찬장 앞으로 탁자를 옮기는 것을 보고 자신의 위치가 알려졌다는 것을 알아챘다. 그리고 곧 그를 죽일 방법을 궁리했다. 밀실 문이 열리자 곽정의 귀에 대고 속삭였다.

"구양극이 가까이 오도록 꼬드길 테니 오빠가 항룡십팔장으로 끝장내버리세요."

"난 장력을 쓰지 못해."

황용이 뭐라고 더 말하려는 찰나, 구양극이 모습을 드러냈다.

'어떤 거짓말로 저놈을 쫓아내고 남은 5일을 채운담?'

구양극은 처음에는 곽정에게 두려움을 품고 있었으나 초췌한 그의 안색을 보고 합마공으로 그를 죽였다는 숙부의 말이 생각났다. 구양극은 곽정이 죽지는 않았으나 필시 중상을 입었으리라고 짐작했다. 구양극은 두 사람의 표정을 보고 자신의 짐작이 틀림없다고 확신했으나 마지막으로 한 번 더 시험해봐야겠다고 생각했다.

"누이, 나오시오. 이곳에 숨어 있으면 답답하지 않소?"

그는 억지로 황용의 소매를 끌어당겼다. 황용은 죽봉을 들고 봉타구두棒打狗頭 수법으로 그의 정수리를 내리쳤다. 출수가 무시무시한 것이 실로 타구봉법의 정수라 할 만했다. 몽둥이가 바람을 가르며 무서운 기세로 다가오자 구양극은 급히 왼쪽으로 피했다. 그러나 죽봉은 이미 초식을 바꿔 횡으로 내리치고 있었다. 구양극은 흠칫 놀라 탁자 아래로 굴러떨어지고 말았다. 황용이 이 기세를 타고 반착구둔反廚狗臀 초식을 전개하면 그의 급소를 강타할 수 있었으나 꼼짝도 할 수 없는 상황이니 그저 속으로 '아깝다!'는 탄식을 내지를 수밖에 없었다.

육관영과 정요가는 찬장 안에 사람이 있는 것을 보고 깜짝 놀랐다.

자세히 보니 그들이 애타게 찾던 곽정과 황용이 아닌가. 황용과 싸우던 구양극은 떨어지면서 두 손바닥을 땅에 짚고 다시 탁자 위로 뛰어올라 앉았다. 밀실 문을 사이에 두고 금나수를 펴서 갈고리로 방어하며 황용과 다시 결전을 벌였다. 황용의 타구봉법이 제아무리 신묘해도 몸을 꼼짝도 할 수 없는 데다 곽정과 기를 주고받고 있는 상황이어서 출수에 진력을 싣지 못해 구양극이 크게 우세를 점하게 되었다. 10여 초식 만에 황용은 좌우로 이리저리 피하면서 연이어 위험한 상황에 빠졌다. 육관영 부부는 검을 들고 협공했다. 구양극은 긴 웃음을 날리며 곽정의 얼굴에 장풍을 뻗었다.

이미 저항할 능력을 상실한 곽정은 적의 장풍을 그저 눈을 감고 맞을 수밖에 없었다. 황용은 대경실색해 죽봉으로 이를 막았으나 구양극은 손바닥을 뒤집어 죽봉을 낚아채고 밖으로 던져버렸다. 황용의 힘은 구양극보다 훨씬 약해 몸이 기우뚱하면서 손바닥이 곽정의 손바닥과 떨어질 것 같았다. 어쩔 수 없이 죽봉을 잡고 있던 손을 놓을 수밖에 없었다. 죽봉을 놓자마자 즉시 품을 더듬어 강침을 꺼내어 던졌다. 두 사람은 수 척 정도 가까운 거리에서 마주하고 있었다. 구양극은 은빛이 번쩍이더니 강침이 얼굴을 향해 날아들자 급히 허리에 힘을 주고 탁자에 벌렁 누워 피했다.

육관영은 기회다 싶어 칼을 머리 위까지 들어 그의 목을 향해 내리쳤다. 구양극은 오른쪽으로 재빨리 굴러 피했다. 그 바람에 육관영의 칼이 탁자 위에 꽂히고 말았다. 육관영의 머리 위에서 획획, 소리가 나며 강침이 날아왔다. 순간 등이 따끔하면서 상반신이 마비되는 듯했다. 피하려 했지만 구양극이 이미 오른팔을 뒤에서 잡고 있어 꼼짝할 수가 없었다. 정요가는 크게 놀라 남편을 구하기 위해 달려들었다. 구양극이 웃음을 날렸다.

"아주 좋아!"

구양극은 번개같이 손을 뻗어 정요가의 가슴 옷깃을 움켜쥐었다. 정요가는 황급히 칼을 휘둘러 그의 손목을 치는 동시에 뒤로 물러났다. 그러나 찌직, 하며 옷깃이 찢겨 나갔다. 너무 놀라 손에 쥔 칼을 놓칠 뻔했다. 얼굴에는 핏기가 사라지고 더 이상 구양극에게 덤벼들 엄두를 못 냈다. 구양극은 탁자 모서리에 앉아 찬장 안의 밀실을 보았다. 밀실 문이 다시 닫혀 있었다. 방금 강침에 맞을 뻔한 생각을 하니 가슴이 섬뜩했다.

'저 계집은 정말 못 당하겠군. 아하! 그래, 먼저 정 낭자와 한바탕 놀아볼까나. 곽가 놈과 황용이 그 소리를 들으면 정신 집중이 안 되고 마음이 산만해져서 운공을 망치게 되겠지. 그럼 얌전히 내 말을 듣지 않겠는가?'

이런 생각을 하자 기분이 매우 흡족해졌다.

'황용 저 계집은 선녀 같은 여자야. 어떻게 해서든지 잘 꼬셔서 진심으로 나와 평생을 함께하도록 만들어야 해. 강제로 하면 재미가 없지. 정말 좋은 생각이야.'

구양극은 육관영을 붙잡고 정요가를 불렀다.

"정 낭자! 이놈을 죽일까, 살릴까?"

정요가는 남편이 적의 수중에서 꼼짝도 못 하는 것을 보자 황급히 외쳤다.

"그는 당신과는 아무 원한도 없으니 제발 놓아주세요. 방금 당신이 배고플 때 밥도 줬잖아요."

"밥 두 그릇과 사람 생명을 어찌 바꾼단 말인가? 하하! 전진파 사람
도 애걸을 할 때가 있군."

"그, 그는 도화도 문하의 제자예요. 해치지 마세요."

"누가 칼로 나를 찍으라고 했나? 만약 빨리 피하지 않았더라면 내
머리는 어찌 됐겠나? 도화도라는 말로 날 위협할 생각은 하지 마라.
황약사가 바로 내 장인이다."

정요가는 그의 말이 참인지 거짓인지는 모르지만 생각할 겨를이 없
었다.

"그럼 제 남편은 당신의 후배가 되지 않습니까? 놓아주면 사과하게
하겠습니다."

"하하! 천하에 어디 그리 쉬운 일이 있는가? 그를 놓아주라고? 안
될 것도 없지. 내 말대로 한 가지만 해준다면 말이야."

정요가는 구양극의 얼굴에서 음흉한 빛을 보고 필시 나쁜 맘을 먹
었으리라 생각하고 고개를 숙인 채 대답하지 않았다.

"봐라!"

구양극은 손바닥을 들어 탁자를 내리쳤다. 탁자가 마치 칼로 벤 듯
이 반듯하게 잘려 나갔다. 정요가는 놀라지 않을 수 없었다.

'사부님이라 하더라도 이런 무공은 못 쓸 것이다.'

어릴 때부터 숙부에게 친히 무공을 전수받은 구양극은 중년이 되어
서야 무공을 시작한 손불이보다 실력이 훨씬 뛰어났다. 구양극은 정요
가의 놀란 기색을 보고 득의양양해졌다.

"내가 시키는 대로 해야 한다. 만약 말을 듣지 않으면 네 남편의 목

을 이렇게 만들어버리겠다.”

구양극이 손으로 내리치는 시늉을 하자 정요가는 간담이 서늘해지면서 비명을 내질렀다.

“말을 들을 테냐, 안 들을 테냐?”

정요가는 어쩔 수 없이 고개를 끄덕였다.

“좋아, 그래야 착하지. 가서 문을 닫고 와라.”

정요가가 머뭇거리며 움직이지 않자 구양극은 다시 화를 냈다.

“말 안 들을 거야?”

정요가는 가슴이 콩알만 해져서 어쩔 수 없이 문을 닫았다.

“너희 둘은 어젯밤 혼례를 올렸지. 옆방에서 다 듣고 있었다. 신방에 화촉도 밝혔을 텐데 옷고름도 풀지 않다니, 세상에 그런 부부가 어디 있느냐? 못 하겠다면 내가 가르쳐주지. 자, 온몸의 옷을 한 꺼풀도 남기지 말고 모두 벗어라. 실오라기 하나라도 걸치고 있다면 네 남편은 그길로 황천행이고, 넌 방탕한 과부가 되는 거야.”

육관영은 몸을 움직일 수 없었으나 귀로는 똑똑히 듣고 있었다. 분노가 치밀어 가슴이 터질 것만 같았다. 정요가에게 자신은 상관 말고 어서 도망가라고 말하고 싶었지만 입이 움직이지 않았다.

황용은 구양극이 육관영을 붙잡을 때 밀실 문을 닫고 손에 비수를 움켜쥔 채 구양극의 공격에 대비하고 있었다. 그런데 갑자기 구양극이 정요가에게 옷을 벗으라고 하니 화가 나는 한편, 우습기도 했다. 장난기 많은 황용은 구양극의 비열함에 치가 떨리면서도 수줍음 많은 정 낭자가 과연 옷을 벗을지 궁금해졌다.

구양극이 다시 웃으며 말했다.

"옷 좀 벗는 게 뭐 그리 대단한 일이라고 그러느냐? 엄마 배 속에서 나올 때 넌 옷을 입고 나왔느냐? 네 체면이 중요하냐, 남편의 목숨이 중요하냐?"

정요가는 한참을 망설이다 참담하게 입을 열었다.

"남편을 죽이시오!"

구양극은 정요가가 이렇게 말하리라고는 생각도 못 한 터라 잠시 어안이 벙벙했다. 그러다 정요가가 장검을 빼어 들고 자신의 목을 그으려 하자 황급히 투골정透骨釘을 던졌다. 쨍하는 소리와 함께 칼이 땅에 떨어졌다. 정요가가 몸을 굽혀 칼을 집어 드는데 밖에서 문을 두드리는 소리가 났다.

"주인장! 주인장!"

분명 여자 목소리였다. 정요가는 기쁨이 피어올랐다.

'누군가 왔으니 상황이 변할 거야.'

급히 장검을 집어 들고 뛰어나가 문을 열었다. 머리에 하얀 수건을 쓰고 소복 차림을 한 묘령의 여자가 문 앞에 서 있었는데, 허리에 찬 칼이 눈에 띄었다. 그녀는 안색이 매우 초췌했지만 타고난 미모는 감출 수가 없었다. 정요가는 그 여자가 누구이든 간에 절벽 끝에서 자신을 구원해줄 동아줄이라는 생각에 반갑게 맞았다.

"낭자, 들어오세요."

그 여자는 귀한 옷차림에 미모가 빼어나고 손에는 검을 들고 있는 정요가를 보고는 어안이 벙벙해졌다. 벽촌의 허름한 주막에 이런 차림의 여자가 있으리라곤 상상도 못 했던 것이다.

"관 두 개가 밖에 있는데, 들여놓아도 될까요?"

정요가는 여자가 어서 들어오기만을 바랄 뿐이니 관 두 개가 아니라 백 개, 천 개라도 상관없었다.

"좋아요, 그러세요!"

여자는 더욱 이상한 생각이 들었다.

'관을 들여온다는데 뭐가 좋다는 거지?'

밖을 향해 손짓을 하니 여덟 명의 장정이 검은 옻칠을 한 관 두 개를 메고 주막으로 들어왔다. 그 여자는 다시 고개를 돌리다 구양극과 정면으로 눈이 마주치자 크게 놀라 칼집에서 칼을 뽑아 들었다. 구양극은 큰 소리로 웃어젖혔다.

"하늘이 우리의 인연을 맺어준 모양이군. 아무리 도망가도 도망가지 못하니 말이야. 미인이 친히 방문해주셨는데 취하지 않음은 음덕을 해치는 일이지."

그 여자는 얼마 전 구양극에게 납치되었다가 가까스로 풀려난 목염자였다. 목염자는 보응에서 양강과 헤어진 후 마음이 너무 아픈 나머지 모든 것을 다 체념해버렸다. 그런데 그때 아직 해결하지 못한 일이 하나 떠올랐다. 목염자는 금국 수도로 가서 사당에 안장되어 있는 양철심 부부의 관을 임안 우가촌의 옛집에 모신 뒤 비구니가 되기로 결심했다. 당시 수도는 몽고군이 대거 침공해 포위된 상태였다. 전쟁의 틈바구니에서 여자 몸으로 관 두 개를 들고 간다는 것은 결코 쉬운 일이 아니었다. 그녀는 갖은 고생을 겪으며 드디어 고향에 도착한 터였다.

그녀는 다섯 살 때 고향을 떠난 이후 한 번도 우가촌에 온 적이 없었다. 지나는 길에 바보 소녀의 주막을 보고 먼저 잠깐 쉬면서 요기나

하고 이것저것 알아보려고 했다. 그런데 문을 들어서자마자 구양극과 마주친 것이다.

목염자는 비단옷을 입은 눈앞의 미인도 그 악한에게 우롱당하고 있다는 것은 생각지도 못했다. 일전에 정요가가 잡혔을 때 목염자는 빈 관 속에 갇혀 있었기 때문에 둘은 서로 만난 적이 없었다. 그녀는 정요가가 구양극의 첩이려니 생각하고 그녀를 향해 칼을 휘두른 뒤 달아났다. 그때 바람 소리가 나더니 사람 그림자 하나가 머리 위로 지나갔다.

목염자는 칼을 들어 위로 휘저었다. 구양극은 몸을 허공에 띄운 채 오른손 엄지와 식지로 칼날을 낚아채 밖으로 던져버리고는 왼손으로 그녀의 손목을 잡았다. 그와 동시에 목염자의 몸이 공중으로 붕 뜨더니 구양극과 함께 장정들이 들고 있는 관 위로 떨어졌다. 장정 네 명이 일제히 비명을 질렀다. 관이 땅에 떨어지면서 장정들의 다리가 밑에 깔린 것이다.

구양극은 왼손으로 목염자를 품에 안고 장정들을 향해 오른손을 힘껏 휘둘렀다. 장정 네 명이 연신 비명을 지르며 관을 타고 넘어가 밖으로 줄행랑을 놓았다. 다른 네 명도 관을 내려놓고 돈을 달라는 말도 하지 못한 채 도망갔다.

구양극의 손에서 벗어난 육관영이 앞으로 넘어지려 하자 정요가는 황급히 달려가 남편을 부축했다. 그는 눈앞의 상황에 망연자실하며 어떻게든 벗어날 궁리를 하고 있었다. 구양극은 오른손은 관에 얹고 왼손으로는 목염자를 안아 탁자 위에 눕혔다. 그러곤 또다시 손을 뻗어 정요가를 오른팔로 감싸 안았다. 구양극은 두 여자의 혈도를 찍은 뒤

양팔에 두 여자를 끼고 의자에 앉아서 크게 웃어젖혔다.

"황용 누이, 누이도 이리 오시오."

그렇게 오만하게 웃고 있을 때 문밖에 사람 그림자가 어른거리더니 젊은 공자 한 명이 들어왔다. 바로 양강이었다.

모략

　양강은 완안홍열, 팽련호 등과 함께 황약사의 두 다리 사이를 기어 빠져나간 뒤 우가촌을 벗어났다. 모두들 그런 엄청난 모욕을 당하고 묵묵히 고개를 푹 숙인 채 길을 재촉했다.

　양강은 복수를 하고 싶었으나 구양봉이 나서지 않고서는 이룰 수 없을 듯했다. 그러나 구양봉은 황궁에 〈무목유서〉를 가지러 간 뒤 돌아오지 않았다. 할 수 없이 완안홍열에게 알리고 혼자서 이곳으로 돌아와 우가촌 밖에서 구양봉이 돌아오기만을 기다렸다. 그날 저녁 주백통, 구양봉, 황약사 세 사람이 이곳을 왔다 갔다 했지만 신법이 워낙 빨라 양강은 그들을 제대로 볼 수조차 없었다. 그러던 차에 목염자가 관을 호송하며 마을로 들어가는 것을 보게 되었다. 그리고 두근거리는 심장을 억누르며 조용히 뒤를 밟았다. 그가 목염자가 들어간 주막 밖에 서 있는데, 관을 메고 가던 장정들이 걸음아 날 살려라 하며 도망가는 모습이 보였다. 그는 호기심이 일어 문틈으로 안을 살펴보았다. 그런데 목염자가 구양극의 품에 안겨 있는 게 아닌가.

구양극은 양강이 들어오는 것을 보았다.

"소왕야! 돌아오셨군요."

양강은 고개를 끄덕였다. 구양극은 그의 낯빛이 이상하자 위로의 말을 건넸다.

"한신韓信도 가랑이 밑을 지나가는 모욕을 겪었습니다. 대장부는 굽힐 때 굽힐 줄도 알아야 하는 법, 그리 큰일도 아닙니다. 제 숙부님이 돌아오시면 분풀이를 해드릴 겁니다."

양강은 고개를 끄덕이며 목염자를 똑바로 응시했다. 구양극이 웃으며 말했다.

"소왕야! 이 미인들, 훌륭하지 않습니까?"

양강은 다시 고개를 끄덕였다. 양강과 목염자가 혼인 약속을 한 사이라는 걸 구양극은 알 턱이 없었다. 양강은 구양극이 그녀를 품에 안은 모습을 보고 마음속으로는 분노가 끓어올랐지만 전혀 내색하지 않았다.

"어젯밤 여기서 누가 혼례를 올려서 부엌에 술과 닭이 있습니다. 소왕야께서 좀 가져오십시오. 우리 함께 술잔이나 나눕시다. 저는 이 두 미녀에게 옷을 벗고 춤을 추며 술을 따르게 하겠습니다."

양강이 웃으며 대답했다.

"그것참 좋구려."

목염자는 갑작스러운 양강의 출현에 내심 반갑기도 하고 놀랍기도 했다. 그러나 전혀 자신을 알은체하지 않는 데다 경박한 표정을 지으며 구양극과 같이 자신을 희롱하려 들자 마음이 서늘해졌다. 손발만 자유로워지면 양강 앞에서 자결을 하리라 결심했다. 그녀는 지금 그저 모든 걸 훌훌 다 털어버리고 다시는 인간 세상의 괴로움, 번뇌와 마주치지 않았으면 하는 마음뿐이었다.

양강은 부엌에서 술과 음식을 가지고 와서 구양극과 함께 앉아 술을 마셨다. 구양극은 두 잔을 따라 목염자와 정요가의 입에 부었다.

"먼저 술을 마셔야 가무에 흥이 돋지."

두 여자는 분노로 치가 떨렸지만 혈도가 찍힌 상태라 술잔이 입술에 닿아도 고개를 돌려 피하지 못하고 그가 부어주는 대로 마실 수밖에 없었다. 그렇게 술 반 잔을 들이켰다.

"구양 선생, 당신의 무공은 정말 부럽소. 내 술 한 잔 먼저 받고 가무를 즐깁시다."

구양극은 양강이 건넨 술잔을 단숨에 비우고 여자들의 혈도를 풀어주었다. 그러나 두 손은 여전히 등의 요혈에 대고 있었다.

"조용히 내가 시키는 대로 하거라. 너희들도 즐겁지 않으냐?"

그리고 고개를 양강에게 돌리더니 선심 쓰듯 말했다.

"소왕야! 어느 계집이 좋으십니까? 소왕야께서 먼저 고르십시오."

"아이고, 이거 감사합니다."

목염자는 문 입구에 있는 두 개의 관을 가리키며 결연히 말했다.

"양강, 이게 누구의 관인지 알아요?"

양강은 고개를 돌려보았다. 첫 번째 관 위에 붉은색 옻으로 '대송의사大宋義士 양철심楊鐵心 영구靈柩'라고 적혀 있었다. 양강은 마음이 섬뜩했으나 겉으로는 아무 내색도 하지 않았다.

"구양 선생, 이 두 계집을 잘 붙들고 계시오. 발을 한번 만져보고 발이 작은 계집을 고르도록 하겠소."

구양극은 웃으며 대꾸했다.

"과연 소왕야시오. 제가 보기엔 이 계집의 발이 작은 것 같습니다만……."

구양극은 정요가의 아래턱을 쓰다듬더니 다시 말을 이었다.

"여자에 관한 내 평생의 연구 덕에 얼굴만 봐도 머리에서 발끝까지 몸이 어떻게 생겼는지 알 수 있지요."

"대단하시오. 당신을 스승으로 모실 테니 그 절묘한 방법 좀 전수해주시오."

양강은 말을 하면서 탁자 밑으로 몸을 굽혔다. 목염자와 정요가는 양강이 손을 뻗어 건드리기만 하면 그의 태양혈을 힘껏 차버릴 태세를 단단히 갖추고 있었다.

"구양 선생, 술 한 잔 더 드시지요. 그럼 내가 선생의 말이 옳은지 그른지 알려드리겠소."

"좋습니다!"

구양극은 웃으며 잔을 들었다. 양강은 탁자 밑에서 위를 살피며 구양극이 잔을 드는 것을 보고 재빨리 품에서 철창의 창머리를 꺼냈다. 그러곤 이를 악물고 힘껏 돌진해 구양극의 복부를 찔렀다. 푹, 하는 소리와 함께 창이 5~6치도 들어가기 전에 구양극은 탁자 아래로 거꾸러졌다. 창졸간에 벌어진 이 상황에 황용, 목염자, 육관영, 정요가 모두 놀라움을 금치 못했다. 뭔가 일이 벌어진 것 같은데 탁자 아래의 상황을 자세히 알 수 없었다.

구양극은 두 팔을 마구 휘저어 목염자와 정요가를 의자에 내동댕이치고, 들고 있던 술잔을 급히 던졌다. 양강이 머리를 낮추어 피하자 술잔은 바닥에 떨어져 산산조각이 났다.

양강은 땅을 굴렀다. 원래는 땅을 굴러 문으로 빠져나가려고 했으나 문 입구가 관으로 막혀 있는 것을 보고 일어날 수밖에 없었다. 고개를 돌려보니 구양극은 두 손으로 의자를 붙잡고 몸을 앞으로 굽힌 채 웃는 듯 마는 듯 묘한 표정으로 자신을 응시하고 있었다. 양강은 저도 모르게 몸서리를 치며 그저 이 주막을 빠져나가야겠다는 생각밖에 없었다. 그러나 그의 묘한 시선에 몸이 얼어붙은 듯 꼼짝도 할 수 없었다. 구양극은 하늘을 쳐다보며 하하, 크게 웃음을 터뜨렸다.

"나 구양극, 반평생 세상을 누비며 살아왔는데 오늘 네놈의 손에 죽다니…… 그저 한 가지 궁금한 게 있다. 소왕야, 대체 왜 날 찔렀나?"

양강은 두 발을 굴러 몸을 공중으로 띄웠다. 원래는 문밖으로 도망가서 그의 물음에 답해주려고 했는데 갑자기 뒤에서 강한 바람이 불어오더니 목덜미가 구양극의 갈고리손에 잡혀 나갈 수 없었다.

털썩! 양강은 구양극과 함께 관 위에 주저앉았다.

"네가 말하지 않으면 나는 죽어도 편히 눈을 감을 수 없다."

양강은 이미 목덜미의 요혈을 찍힌 상태라 온몸을 꼼짝달싹할 수 없었다. 이미 화를 피하기는 틀린 것 같아 냉소를 지으며 입을 열었다.

"좋다. 말해주지. 이 여자가 누군지 아느냐?"

양강은 목염자를 가리켰다. 구양극은 고개를 돌려 목염자를 보았다. 목염자는 손에 칼을 들고 앞으로 뛰쳐나가 도와줄 태세를 취하고 있었다. 양강이 다칠까 봐 걱정하는 표정이 역력한 게 정요가 육관영을 위해 그랬던 것과 다를 바 없었다. 구양극은 갑자기 정신이 얼떨떨해졌다.

"저 여자는…… 저 여자는……."

구양극은 웃으며 말하다 갑자기 기침을 내뱉었다.

"저 여자는 내 약혼녀다. 너는 두 번이나 내 약혼녀를 욕보이려 했으니, 내 어찌 너를 용서하겠느냐?"

"그렇게 된 것이로군. 우리 함께 지옥으로 가자!"

구양극은 두 손을 높이 들어 양강의 두개골을 겨냥하더니 장풍으로 내리치려 했다. 목염자는 비명을 지르며 황급히 달려갔으나 한발 늦었다. 양강은 두 눈을 감고 구양극의 장풍이 내리찍히기만을 기다렸다. 그러나 한참이 지나도 머리 위에 아무런 움직임이 느껴지지 않자 가만히 눈을 떴다.

구양극은 얼굴에 웃음을 거두지 않은 채 오른손을 여전히 허공에 치켜들고 있었다. 그러나 양강의 목덜미를 움켜잡고 있던 왼손은 이미 느슨해져 있었다. 양강이 급히 손아귀에서 벗어나자 구양극은 스르르 관 위로 엎어지더니 그대로 숨을 거두고 말았다.

양강과 목염자는 잠시 멍하니 상황을 지켜보다가 서로를 향해 달려가서 두 손을 마주 잡았다. 수많은 말이 입에서 맴돌았지만 어디서부터 말을 꺼내야 할지 알 수 없었다. 구양극의 시신을 쳐다보니 아직도 두려움이 가시지 않았다. 정요가는 육관영을 일으켜 그의 혈도를 풀어주었다. 육관영은 양강이 비록 구양극을 죽여서 자신에게 은혜를 베풀긴 했지만 그가 금나라의 사신이라는 것을 알게 된 이상 적을 친구로 삼을 수는 없었다. 그저 그에게 읍을 한 후 정요가의 손을 잡고 나가버렸다.

두 사람은 방금 죽을 고비를 넘긴 터라 여전히 얼떨떨해서 곽정과

구양극은 오른손을 여전히 치켜든 채 움직이지 않았다. 그리고 잠시 뒤 그대로 숨을 거뒀다.

황용을 까마득히 잊어버렸다. 황용은 양강과 목염자가 다시 재회한 것을 보고 너무 기뻤다. 게다가 양강이 구양극을 죽이면서까지 위험한 상황을 극복한 것에 감격했다. 곽정도 화색이 만연해 자신의 의제가 이를 계기로 개과천선하기를 간절히 바랐다.

"당신 아버지 어머니의 관이니 당신이 거두세요."

"내가 마땅히 해야 할 일인데, 누이게 수고를 끼쳤구려."

목염자는 더 이상 지난 일을 꺼내지 않고 그저 어떻게 양철심 부부를 안장할지를 의논했다. 양강은 구양극의 배에서 철창의 창머리를 뽑았다.

"어서 빨리 이자를 묻읍시다. 이 일을 그의 숙부가 알게 되면 세상이 아무리 넓다 한들 반드시 우릴 찾아내어 복수할 것이오."

두 사람은 주막 뒤의 황폐한 정원에 구양극의 시신을 묻은 다음 마을 사람들을 불러서 양철심 부부의 관을 양강의 옛집에 안장했다. 양철심은 집을 떠난 지 오래되었고, 그를 아는 마을 사람은 모두 세상을 떠난 뒤여서 아무도 저간의 사정을 꼬치꼬치 묻는 이가 없었다. 안장을 마치자 날은 이미 어두워졌다.

이날 저녁 목염자는 마을의 인가에서 묵었고, 양강은 주막에 눌러앉았다. 다음 날 새벽, 목염자가 앞으로의 향방을 묻기 위해 주막으로 왔다. 양강은 줄곧 발을 구르며 탄식하고 있었다. 급히 그 연유를 묻자 양강이 대답했다.

"일처리를 어리석게 하고 말았소. 어제 그 두 남녀를 죽여서 입을 막았어야 하는 건데……. 당황한 나머지 그냥 보내버리다니, 어디서 다시 찾는단 말이오?"

"왜요?"

"내가 구양극을 죽인 일이 세상에 알려지면 큰일이지 않소?"

목염자는 미간을 찌푸렸다.

"대장부는 행동과 언행이 담대해야지요. 그렇게 두려웠으면 어제 죽이지 말았어야죠."

양강은 대답하지 않고 그저 어떻게 하면 육씨와 정씨 두 남녀를 죽여서 후환을 없앨지를 궁리했었다.

"그의 숙부가 아무리 무서워도 우리가 멀리 도망가면 찾지 못할 거예요."

"누이, 내게 다른 계책이 있소. 그 숙부의 무공이 천하제일이니 내가 그를 사부로 모시면 될 것이오."

"아!"

"일찍이 이런 생각을 갖고 있었지만 그 집안은 항상 한 사람의 제자만 거둔다는 규율이 있어서 선뜻 나서지 못하고 있었소. 이제 구양극이 죽었으니, 그의 숙부는 필시 나를 제자로 받아줄 것이오."

양강은 매우 득의양양했다. 그의 이러한 말과 표정에 목염자는 마음이 금세 어두워져서 목소리까지 떨렸다.

"그럼 어제 구양극을 죽인 것도 나를 구하기 위해서가 아니라 딴마음이 있었던 거로군요."

"참 의심도 많구려. 당신을 위해서라면 내 기꺼이 목숨을 바칠 것이오."

"그런 말은 나중에 다시 하고 먼저 지금 어떤 마음인지부터 말씀하세요. 대송국의 충성스러운 백성이 되고 싶으세요, 아니면 부귀를 탐하기 위해 그 도적놈을 아버지로 삼고 싶으세요?"

양강은 목염자의 아름다운 자태를 보고 사랑스러운 마음이 가득했다가 정곡을 찌르는 말을 듣자 다시 불쾌해졌다.

"부귀……. 흥! 나한테 이제 무슨 부귀영화가 있겠소? 대금국의 수도마저 몽고인에게 함락된 마당이오. 전쟁을 하면 패하기만 하니 망국의 화도 이제 시간문제요."

양강의 말에 목염자는 더욱 화가 났다.

"금국이 전쟁에서 패하는 것은 우리가 바라고 또 바라는 일이에요. 그런데 그렇게 안타까워하다니…… 흥! 망국의 화라고요? 금나라가 당신 조국인가요? 이, 이런……."

"우리, 이런 쓸데없는 일을 얘기해서 뭣 하겠소? 당신이 떠난 뒤 너무나 보고 싶었소."

양강은 천천히 다가와 그녀의 손을 꼭 잡았다. 목염자는 달콤한 말에 마음이 다시 약해져 양강에게 잡힌 손을 가볍게 움츠리기만 할 뿐 뿌리치지 않았다. 그녀의 얼굴에 가볍게 홍조가 피어올랐다.

양강이 왼손으로 그녀의 어깨를 감싸 안으려는 순간, 하늘에서 새 울음소리가 맑게 울렸다. 고개를 들어보니 한 쌍의 하얀 수리가 날개를 편 채 하늘을 날고 있었다. 일전에 완안홍열이 군대를 이끌고 타뢰를 쫓을 때도 이 하얀 수리를 본 적이 있는데, 나중에 황용이 데려간 것으로 알고 있었다.

'이 하얀 수리가 어찌 이곳까지 왔을꼬?'

양강은 목염자의 손을 잡고 급히 밖으로 나왔다. 큰 나무 옆에 한 소녀가 준마를 타고 먼 곳을 응시하는 모습이 눈에 들어왔다. 그 소녀는 가죽 장화에 몽고복 차림을 하고 손에 채찍을 들고 있었으며, 긴 활과 새 깃으로 장식한 화살까지 지니고 있었다. 하얀 수리는 공중을 한 바퀴 돌더니 대로를 따라 날아갔다가 다시 돌아왔다. 잠시 뒤, 대로에서 말들이 울음소리를 내며 달려왔다.

'저 하얀 수리가 길을 안내해서 저 몽고 소녀와 저들을 만나게 해주었군.'

길에 먼지가 뿌옇게 일더니 말 세 마리가 점점 가까워졌다. 휙, 소리가 나더니 화살이 공중을 가로지르며 양강 쪽을 향해 날아왔다. 소녀도 화살통에서 긴 화살 하나를 뽑아 활시위에 메기곤 공중을 향해 쏘았다. 말에 탄 세 사람은 화살 소리를 듣고 기쁨의 탄성을 지르며 급히 달려왔다.

소녀도 말을 채찍질하며 그들을 맞으러 나갔다. 거리가 3장 정도로 좁혀지자 세 사람 중 한 명과 소녀가 휘파람을 불며 동시에 안장에서 몸을 날려 공중에서 손을 잡고 같이 땅으로 내려왔다. 양강은 속으로 경탄했다.

'몽고인의 기마술과 궁술은 참으로 뛰어나구나. 어린 소녀마저 저러하니 금국이 어찌 패하지 않겠는가?'

곽정과 황용은 밀실에서 수리 우는 소리와 화살 날아가는 소리, 말 울음소리를 들었다. 잠시 뒤, 여러 명이 이야기를 하며 주막으로 들어왔다. 곽정은 순간 놀랐지만, 한편으로는 반가웠다.

'어떻게 저 애가 여기까지 왔을까? 정말 신기하네.'

그 몽고 소녀는 바로 곽정의 약혼녀인 화쟁이었고, 다른 세 사람은 타뢰, 철별, 박이줄이었다. 화쟁은 오빠인 타뢰와 이야기를 주고받으며

웃음꽃을 피웠다. 황용은 몽고 말을 한마디도 알아들을 수 없었으나 곽
정은 얼굴이 붉으락푸르락해지며 금방 걱정스러운 표정으로 바뀌었다.

'난 마음에 용이를 두고 있으니 절대 화쟁을 아내로 맞아들일 수 없
어. 그러나 여기까지 나를 쫓아온 화쟁을 모른 척 배신할 수도 없으니
이 일을 어찌하면 좋단 말인가?'

황용이 나직이 물었다.

"오빠, 저 낭자가 누구예요? 지금 무슨 이야기를 하고 있는 건가요?
왜 그리 불안해하세요?"

곽정은 화쟁과의 일을 여러 번 황용에게 털어놓으려고 했지만 말이
입 안에서 맴돌기만 할 뿐 좀처럼 입 밖에 나오지 않았다. 그런데 지금
이렇게 직접 물으니 사실대로 말할 수밖에 별도리가 없었다.

"저 낭자는 몽고 대칸 테무친의 딸이자 내 약혼녀야."

황용은 놀라서 넋이 나간 표정이 되더니 눈에 눈물이 고였다.

"오, 오빠한테 약혼녀가 있다고요? 왜 말 안 했어요?"

일전에 구처기와 강남육괴가 수도의 객점에서 곽정의 혼사에 대한
말을 나눌 때, 강남육괴는 테무친이 그의 딸을 곽정에게 주었다는 이
야기를 했다. 그러나 그때 황용은 자리에 없어서 듣지 못했던 것이다.

"네가 기분 상할까 봐 말하지 못했고, 나도 그 사실을 잊고 있었어."

"오빠 약혼녀라면서 어떻게 잊어버릴 수가 있어요?"

"나도 모르겠어. 내게 화쟁은 그저 친동생 같은걸. 그 애와 결혼하고
싶은 마음은 조금도 없어."

황용은 그제야 미간을 폈다.

"왜 그렇게 생각해요?"

"이 혼사는 대칸이 혼자 결정한 거야. 그때 난 좋지도 나쁘지도 않았어. 그저 대칸의 말이라면 옳을 것이라 생각했을 뿐이야. 지금은⋯⋯ 용아, 내가 어떻게 너를 버리고 다른 사람을 아내로 맞을 수 있겠니?"

"그럼 어떻게 할 거예요?"

"나도 모르겠어."

황용은 한숨을 쉬었다.

"오빠가 마음속으로 영원히 나를 생각하고 있으면 저 낭자를 아내로 맞아도 전 괜찮아요."

잠시 침묵하더니 다시 말을 이었다.

"하지만 역시 낭자를 아내로 맞지 않는 게 좋겠어요. 다른 여자가 하루 종일 오빠와 함께 있을 거라는 사실을 생각하면 화가 나서 검으로 그 여자 심장에 구멍을 뚫을지도 몰라요. 그럼 오빤 날 탓하겠지요. 이 얘긴 그만하고 저 사람들이 뭐라고 말하는지 들어보세요."

곽정은 구멍에 귀를 가까이 대고 타뢰와 화쟁이 오랜만에 만나 회포를 푸는 것을 들었다.

황용과 곽정이 바다에 빠진 뒤 하얀 수리들은 비바람을 헤치고 주인을 찾아다녔으나 찾지 못했다. 바다에는 쉴 곳이 없어 어쩔 수 없이 육지로 돌아왔는데, 옛 주인이 그리워 북으로 날아간 것이다. 화쟁은 돌아온 하얀 수리를 보고 이상하게 생각하던 중 수리의 다리에 돛 조각이 묶여 있는 것을 발견했다. 그 천 조각에는 칼로 글자가 그어져 있었다. 군대에 있던 한인에게 번역을 해달라고 부탁하니, '도와줘'라는 글자였다. 화쟁은 곽정이 걱정되어 즉시 남방으로 내려와 그의 소식을 수소문하게 된 것이다.

그때 테무친은 군대를 이끌고 금나라를 정벌하는 중이었다. 금병은 만리장성 안팎에서 연일 몽고군을 맞아 고전하고 있는 터라 일반인들의 왕래까지 신경 쓸 정신이 없었다. 하얀 수리는 화쟁의 뜻을 알고 매일 남쪽으로 수백 리 날아가서 곽정을 찾아다닌 뒤 저녁이 되어서야 다시 돌아오곤 했다. 그렇게 수리의 안내를 받으며 임안까지 따라왔는데, 곽정은 오리무중이고 뜻밖에 타뢰를 만난 것이다.

타뢰는 부왕의 명을 받들어 송조와 협력하여 금나라를 공격한다는 약조를 받아내기 위해 사신의 신분으로 임안에 왔다. 그러나 송조의 군신들은 동남쪽 땅에만 만족하며 금병을 두려워하고 있었다. 금병이 쳐들어오지 않는 것만도 감지덕지한 상황에서 몽고군을 탐탁하게 여길 리 만무했다.

송의 군신들은 타뢰를 매우 냉대하며 여관에 묵게 하고 시간을 끌며 상대하지 않았다. 다행히 양강이 태호에서 육씨 부자에게 잡혔기에 망정이지, 그러지 않았다면 송의 조정에서는 금나라의 명을 받들어 타뢰를 죽였을 것이다. 그러나 몽고군이 금나라의 수도 연경을 함락했다는 소식이 들리자 송의 대신들은 즉시 낯빛을 바꾸어 타뢰에게 "넷째 왕자님, 넷째 왕자님" 하며 극진히 받들었다. 동맹을 맺고 금을 치는 일이 이제는 힘 하나 들이지 않고 가능하게 된 셈이었다. 만조의 군신들은 즉시 결맹을 재촉했다. 타뢰는 속으로는 아니꼬웠지만 남송과 동맹을 맺고 금을 공격하자는 약조를 받아냈다.

타뢰 등은 의기양양하게 다시 북으로 돌아가는 길에 임안 교외에서 하얀 수리를 보았다. 타뢰는 곽정이 왔다고 생각해 급히 따라나섰는데, 뜻밖에 이곳에서 누이를 만나게 된 것이다.

"곽정 안답, 봤어요?"

타뢰가 막 대답하려는데 문밖에서 시끌벅적한 소리와 병기 부딪치는 소리가 들렸다. 몽고의 사신을 호송하는 송나라 군대가 따라온 것이다. 양강은 조용히 문 입구에 서서 '몽고 사신 넷째 왕야의 북방 귀환 호송'이라고 적힌 송군의 깃발을 보았다. 순간 갖가지 생각이 떠오르며 감회에 젖었다. 수십 일 전만 하더라도 자신이 바로 왕자이자 사신의 신분이었는데, 지금은 아무도 알아주지 않는 외로운 신세로 전락한 것이다. 평생을 부유하게 살던 그에게 부귀영화를 버리는 것은 너무나 어려운 일이었다.

목염자는 차가운 눈초리로 그의 표정을 지켜보았다. 비록 무슨 생각을 하는지는 알 수 없으나 필시 그가 지난날의 부귀영화를 그리워하는 듯해 마음이 몹시 상했다.

송군을 지휘하는 군관이 주막으로 와서 공손히 타뢰에게 인사를 하고 몇 마디 응답하고는 나가면서 소리쳤다.

"모든 인가를 다니며 곽정이라는 분이 이 마을에 있는지 물어보아라! 만약 없다면 어디로 갔는지도 물어보아라!"

뭇 군사들은 일제히 "예" 하고 대답한 후 흩어졌다. 잠시 뒤 마을에는 닭 울음소리, 개가 도망가며 깽깽거리는 소리, 사내가 소리치고 여자가 흐느끼는 소리 등이 들렸다. 군사들은 곽정에 관한 아무 소식도 듣지 못하자 닥치는 대로 가축을 끌어내고 재물을 약탈하는 등 마을 사람들을 괴롭혔다. 양강은 갑자기 좋은 생각이 떠올랐다.

'군사들도 약탈을 하는데, 나라고 왜 이런 좋은 기회에 몽고 왕자와 사귀지 않겠는가? 그와 함께 북방으로 가면서 도중에 기회를 봐서 죽이는 것은 그다지 어려운 일이 아닐 것이다. 몽고 대칸은 분명 송나라 사람의 짓이라 생각할 테고, 그러면 몽고와 송의 결맹 관계도 끝날 것이다. 그러면 금국에 크게 이롭지 않겠는가.'

양강은 마음속으로 계획을 세우고 목염자에게 말했다.

"잠시 기다리시오."

양강은 성큼 주막으로 걸어 들어갔다. 군관이 소리치며 손으로 저지하자 양강은 왼팔로 공격했다. 군관은 몸이 뒤집히며 나가떨어져 일어나지 못했다. 타뢰와 화쟁이 어리둥절해하는 사이, 양강은 이미 주막 안으로 들어가 품에서 철창의 창머리를 꺼내 탁자 위에 내려놓았다. 그리고 무릎을 꿇고는 방성대곡하기 시작했다.

"곽 형! 참으로 비참하게 죽으셨구려. 내 반드시 복수를 해드릴 것이오, 곽 형!"

타뢰와 화쟁은 한어를 몰랐지만 말끝마다 곽정이라는 소리를 듣자 매우 이상하게 여겼다. 아까 쓰러졌던 군관이 가까스로 일어나자 급히 가서 물어보라고 명했다. 양강은 눈물을 비 오듯 흘리며 겨우 말을 이었다.

"난 곽정의 의제인데, 곽 형이 이 창머리로 죽임을 당했소. 그 간사한 놈은 송의 군관인데, 필시 재상 사미원의 지시를 받은 것 같습니다."

타뢰 남매는 몽고어로 군관이 통역을 하자 청천벽력을 맞은 듯 망연자실해 아무 소리도 내지 못했다. 철별과 박이출도 곽정과 우애가 깊은지라 네 사람 모두 통곡하기 시작했다. 양강이 또 보응에서 곽정이 금병을 죽이고 타뢰를 구해주었던 일을 이야기하자 타뢰 등은 양강에 관해 더 이상 의심을 품지 않고 곽정이 어떻게 죽었는지, 원수가 누구인지 등을 물었다.

양강은 곽정을 죽인 자는 대송의 지휘사인 단천덕이며, 그자가 어디에 있는지 겨우 알아내어 지금 복수를 하러 가려고 했으나 혼자서는 역부족이라 일을 그르칠까 걱정된다고 말했다. 생각나는 대로 하는 말이었지만 마치 사실인 것처럼 들렸다. 곽정은 밀실에서 그의 말을 똑똑히 듣고 그야말로 아연실색했다. 화쟁은 양강의 말을 듣다가 허리춤의 칼을 뽑아 들고 자결하려 했다. 그러자 타뢰가 화쟁의 칼을 빼앗아 탁자를 내리찍었다.

"곽정 안답의 복수를 하지 않으면 난 사람이 아니다."

양강은 자신의 계책이 반은 성공한 것을 보고 속으로 쾌재를 불렀으나 고개를 숙이고 계속 우는 척했다. 그때 양강의 눈에 황용의 죽봉이 땅에 떨어져 있는 것이 보였다. 죽은 구양극이 빼앗았던 개방의 신물이었다. 수정 보석에 옥색을 띤 죽봉이 예사 물건이 아닌 듯해 양강은 그것을 주워 챙겼다. 황용은 속으로 큰일났다 싶었으나 어쩔 도리가 없었다.

병사들이 술상을 차려왔으나 타뢰 등은 음식에는 눈길도 주지 않았다. 그들은 서둘러 곽정의 원수를 찾아가자고 양강을 재촉했다. 양강은 고개를 끄덕여 승낙한 후 죽봉을 들고 문을 나섰다. 그리고 목염자에게 함께 가자고 했지만 그녀는 살며시 고개를 흔들었다. 양강은 이런 기회를 놓칠 수 없으니 남녀 간의 일은 다음으로 미루자고 생각하며 주막을 나섰다. 화쟁을 비롯한 모두가 그 뒤를 따랐다. 곽정이 소리를 낮추어 물었다.

"단천덕은 이미 귀운장에서 그의 손에 죽지 않았어?"

"저도 무슨 영문인지 모르겠어요. 칼로 오빠를 찌른 건 양강 자신이었잖아요? 정말 교활하고 간사한 놈이네요."

그때 갑자기 밖에서 누군가의 목소리가 들렸다.

"아무것에도 구속받지 않고 세상을 누비며 마음으로는 영화를 탐내지 않으니, 몸이 욕되지 않네! 엉? 목 낭자, 어인 일이시오?"

말을 하는 이는 바로 장춘자 구처기였다. 목염자가 대답하기도 전에 막 주막을 나서던 양강이 사부와 마주쳤다. 그는 가슴이 쿵쿵 뛰기 시작했다. 이렇게 만났으니 피할 길도 없어 무릎을 꿇고 절을 했다.

구처기 옆에는 여러 명이 서 있었다. 바로 단양자 마옥, 옥양자 왕처일, 청정산인 손불이와 구처기의 제자 윤지평이었다. 전날 윤지평은 황약사에게 언어맞아 이가 부러지고 입술이 터지자 급히 임안으로 가서 사부에게 일러바쳤다. 구처기는 놀랍고 화도 나서 즉시 황약사를 찾아가려 했으나 마옥이 정중하게 말렸다.

그러자 구처기가 자신의 생각을 설명했다.

"황 노사는 지난날 선사와 이름을 나란히 한 사람으로, 우리 전진칠자 중 왕 사제만이 화산에서 한 번 보았을 뿐입니다. 이 아우, 그를 오랫동안 흠모해온 터라 한번 보고 싶을 뿐 싸움을 하려는 것이 아닌데, 대사형께서는 어찌 말리십니까?"

"황약사는 성질이 괴팍하기로 유명하고, 너 또한 불같은 성격을 지녔다. 만나봤자 분명 좋은 일이 없을 것이다. 황약사가 지평이의 목숨을 살려준 것만 해도 크게 인정을 베푼 것이다."

그러나 구처기가 계속 가겠다고 고집을 피우자 마옥도 더 이상 붙잡을 수 없었다. 마침 다른 전진칠자들도 임안 부근에 있어서 서신을 보내 함께 가기로 하고 다음 날 모두 우가촌으로 온 터였다. 전진칠자가 모두 당도하니 그야말로 위풍당당했다.

그러나 황약사가 대단한 무공을 지녔으며 아군인지 적군인지 확실치도 않은지라 방어를 소홀할 수 없어 먼저 마옥, 구처기, 왕처일, 손불이, 윤지평 다섯 사람이 앞장을 섰다. 나머지 담처단, 유처현, 학대통 세 사람은 마을 밖에 있다가 부르면 달려오기로 했다.

그런데 황약사는 보이지 않고 뜻밖에 목염자와 양강을 만나게 된 것이다. 구처기는 절을 하는 양강에게 콧방귀를 뀌며 거들떠보지도 않았다. 윤지평이 말했다.

"사부님, 도화도주가 바로 이 주막에서 제자를 우롱했습니다."

윤지평은 원래 황약사를 황 노사라고 불렀으나 마옥에게 질책당한 후 도화도주로 호칭을 바꾸었다. 구처기는 안을 향해 낭랑한 소리로 외쳤다.

"전진칠자 마옥 등이 도화도 황 도주를 뵈러 왔습니다."

"안에 사람이 없습니다."

양강의 말에 구처기는 발을 굴렀다.

"아깝다. 그를 못 보다니……."

다시 양강에게 고개를 돌렸다.

"넌 여기에서 뭘 하느냐?"

양강은 사부와 사숙을 보고 이미 혼비백산한 터라 말이 나오지 않았다. 이때 마옥을 한참 동안 바라보던 화쟁이 앞으로 뛰어나오며 소리쳤다.

"아, 그때 저한테 수리를 잡아주셨던 바로 그 어르신이군요? 보세요. 그때 그 수리가 이렇게 컸어요!"

휘파람을 불자 수리 한 쌍이 하늘에서 내려와 화쟁의 좌우 어깨에 나란히 앉았다. 마옥은 미소를 머금고 고개를 끄덕였다.

"남방으로 놀러 온 거냐?"

화쟁은 울며 답했다.

"도장 어른, 곽정 안답이 살해되었답니다. 복수해주세요."

마옥은 깜짝 놀라 한어로 이 말을 전달했다. 구처기와 왕처일도 모두 대경실색해 급히 어찌 된 일인지 물었다. 화쟁은 양강을 가리키며 말했다.

"저 사람이 보았다니, 직접 물어보세요."

양강은 화쟁과 대사숙이 서로 아는 사이라니 자칫 일이 들통날까 두려웠다. 몽고 야만인 몇 명을 속이는 것은 식은 죽 먹기였으나, 사부와 사숙에게는 그렇게 거침없이 거짓말을 할 수 없었다.

"앞에서 잠시만 기다리시오. 도장 어르신들과 몇 마디 나눈 후 금방 따라가겠소."

타뢰는 군관의 통역을 듣고 고개를 끄덕이며 사람들과 함께 북쪽으로 먼저 떠났다. 구처기가 노여운 목소리로 물었다.

"곽정을 죽인 자가 누구냐? 어서 말해라!"

'곽정은 분명 내가 죽였는데, 누구한테 덮어씌우면 좋을까?'

잠시 결정을 못 내리고 있는데, 갑자기 좋은 생각이 떠올랐다.

"아주 무서운 자입니다. 사부님이 찾아가서 원수를 갚아주신다면 정말 죽어도 여한이 없겠습니다."

양강은 잠시 말을 끊더니 결연한 목소리로 입을 열었다.

"바로 도화도 황 도주입니다."

전진칠자는 황약사가 강남육괴를 해치려고 혈안이 되어 있다는 사실을 아는지라 곽정이 그의 손에 죽었다는 말이 전혀 이상하지 않았다. 구처기는 잔인하고 악랄한 황 노사 놈이라고 욕을 해대며 결코 그냥 두지 않을 것이라고 다짐했다. 마옥과 왕처일은 크게 상심해 입을 열지 못했다.

그때 갑자기 멀리서 큰 웃음소리가 울려 퍼지더니 금속이 서로 부딪치는 듯한 소리가 들렸다. 곧이어 가는 고함 소리도 들렸다. 사람 목소리가 마을 밖에서 원을 그리듯 맴돌더니 또다시 멀어져갔다. 마옥은 뜻밖의 목소리에 놀랍고 반가웠다.

"저건 주 사숙의 웃음소리잖아? 아직 살아 계셨구나!"

다시 마을 동쪽에서 세 사람의 목소리가 동시에 들리다가 사라졌다. 손불이가 말했다.

"사형님들, 우리 따라가봅시다."

왕처일이 대답했다.

"쇳소리와 낮은 목소리가 주 사숙을 쫓고 있는 것 같아."

마옥은 심히 걱정되었다.

"두 사람의 무공이 주 사숙보다 뒤지지 않는 것 같은데 어디서 온 고수일까? 주 사숙이 혼자서 두 명을 상대하고 있으니…… 저러다 혹시……."

마옥은 말하면서 천천히 고개를 내저었다. 전진칠자는 잠시 귀 기울여 들어보려 했으나 이제 아무 소리도 들리지 않았다. 이미 수 리里 밖으로 가버려서 쫓아가지 못할 것 같았다.

"담 사형 등 세 사형이 가서 도와주시면 주 사숙이 힘을 얻을 것입니다."

손불이의 말에 구처기가 대꾸했다.

"주 사숙을 쫓아가지 못할까 봐 걱정입니다. 우리가 여기 있는 것을 알면 좋을 텐데……."

황용은 전진칠자가 나름대로 추측하는 것을 보고 속으로 실소를 금치 못했다.

'아버지와 구양봉, 주백통 선배님이 달리기 시합을 하는 것이지 싸우는 게 아니에요. 만약 싸우는 거라면 당신들 도사 나부랭이가 가 본들 우리 아버지와 구양봉의 적수가 되겠어요?'

황용은 조금 전 구처기가 자기 아버지를 욕하는 소리를 듣고 매우 불쾌했다. 아버지가 곽정을 죽였다고 양강이 모함하긴 했지만 어쨌든 곽정은 이렇게 멀쩡히 자기 옆에 있으니 양강의 거짓말은 오히려 개의치 않았다. 마옥이 손을 휘젓자 모두들 주막 안으로 들어가서 자리에 앉았다. 구처기가 입을 열었다.

"어이, 이제 너를 무슨 이름으로 불러야 하느냐? 완안강이냐, 양강이냐?"

양강은 자신을 노려보는 사부의 번뜩이는 눈과 엄숙한 표정을 보고 만약 잘못 대답했다가는 목숨을 부지하기도 힘들겠다는 생각이 들었다.

"만약 사부님과 마 사백, 왕 사숙의 가르침이 아니었다면 이 제자 아직까지도 혼미하여 악인을 아버지라 여겼을 것입니다. 이제 제자의 성은 당연히 양씨입니다. 어젯밤 제자는 목 낭자와 함께 친부와 모친을 안장했습니다."

구처기는 양강의 말을 듣고 흡족한 듯 고개를 끄덕였다. 표정도 한결 부드러워졌다. 왕처일 또한 양강이 목염자와 무예를 겨룬 후 혼사를 맺지 않으려 한 일을 심히 못마땅하게 여겨왔는데, 이렇게 두 사람이 함께 있으니 일이 잘 해결된 것이라 생각하고 일전의 노여움을 누그러뜨렸다. 양강은 구양극을 찌른 창머리 반 토막을 꺼내 보였다.

"이것은 선친의 유물로 항상 간직하고 있습니다."

구처기는 창을 건네받아 여러 번 쓰다듬더니 한숨을 내쉬며 슬퍼했다.

"19년 전, 이곳에서 네 부친과 백부를 만났는데 10여 년이란 세월 동안 두 분 모두 고인이 되었구나. 두 사람이 죽은 것은 모두 내 탓이다. 네 부모의 목숨을 구하지 못한 것이 내 평생의 한이로구나."

곽정은 밀실에서 자신의 부친을 그리는 말을 듣고 마음이 아팠다.

'구 도장도 내 아버지를 만났는데, 난 부친의 얼굴도 한번 보지 못했구나. 양강 녀석도 자신의 친부와 만났으니, 나보다 훨씬 낫구나.'

구처기는 다시 황약사가 어떻게 곽정을 죽였는지 물었다. 양강은 또 주절주절 거짓말을 해댔다. 마옥, 구처기, 왕처일은 곽정과 오래전부터 알고 지내던 사이라 모두 탄식을 금치 못했다. 그렇게 한참을 이야기하다 보니 양강은 타뢰, 화쟁을 놓칠까 봐 안달이 났다. 왕처일은 양강을 한번 보고 다시 목염자를 보면서 말했다.

"너희 둘은 혼례를 치렀느냐?"

"아직 아닙니다."

"어서 빨리 혼례를 올려야지. 구 사형, 사형이 오늘 나서서 이 혼례를 성사시키는 게 어떻겠습니까?"

황용과 곽정은 서로를 마주 보며 동시에 생각했다.

'오늘도 신방을 구경하게 되려나?'

'목 언니는 성격이 거친 게 정 낭자와는 사뭇 다르구나. 신방을 차리기 전에 양가 놈이랑 한 번 더 무예를 겨룰지도 모르지. 그럼 정말 재밌을 텐데……'

황용이 이렇게 생각하고 있는데 양강의 목소리가 들려왔다.

"그럼 사부님께서 나서주십시오."

"먼저 제 청을 한 가지 들어주십시오. 그러지 않으면 절대 그와 결혼할 수 없습니다."

목염자가 카랑카랑한 목소리로 말하자, 구처기는 미소를 지었다.

"좋다. 무슨 일인지 말해보거라."

"제 의부는 완안홍열이라는 간사한 놈에게 죽임을 당했습니다. 먼저 부친의 원수를 갚아주시면 그다음에 혼례를 치르겠습니다."

"우리 생각과 꼭 같구나. 강아, 그렇지 않느냐?"

구처기는 박수를 치며 좋아했지만 양강은 머뭇거리며 어떻게 대답해야 할지 난처해졌다. 그때 문밖에서 걸쭉한 목소리로 각설이 타령을 부르는 소리가 들렸다.

"어르신, 한 푼만 줍쇼."

목염자는 가늘고 날카로운 그 목소리가 너무 귀에 익어 고개를 돌려보았다. 문 앞에 거지 두 명이 서 있었는데, 뚱보와 말라깽이였다. 뚱뚱한 거지는 말라깽이 거지보다 덩치가 세 배는 커 보였다. 두 사람다 워낙 특이하게 생겨서 안 본 지 수년이 되었지만 여전히 기억하고 있었다. 목염자는 열세 살 때 이 두 거지의 상처에 붕대를 묶어준 적이 있는데, 홍칠공이 보고 기특하게 여겨 3일 동안 무공을 가르쳐주었던 것이다.

목염자가 달려가서 알은체를 하려는데, 두 거지는 줄곧 양강이 들고 있는 죽봉에서 눈을 떼지 못하고 있었다. 서로 눈짓을 하더니 동시에 고개를 끄덕이고 양강 앞에 와서 두 손을 공손히 가슴 앞으로 모으고 예를 표했다. 마옥 등은 두 거지의 걸음걸이를 보고 무공이 예사롭지 않다는 것을 알았다. 게다가 모두 등에 마대 여덟 자루를 지고 있는 것으로 보아 분명 개방파의 팔대八袋 제자로 서열이 높은 사람인 것 같았다. 그런 두 사람이 양강에게 이처럼 공손히 대하니 알 수 없는 노릇이었다. 말라깽이 거지가 말했다.

"임안성에서 방주의 법장을 보았다는 형제들의 말을 듣고 한참을 찾았는데, 여기에서 보게 되는군요. 방주께서는 지금 어디에 계시는지 아십니까?"

양강은 타구봉을 가지고 있긴 하지만 그 내력에 대해서는 전혀 모르는 터라 거지의 말에 어떻게 대답해야 좋을지 몰랐다. 개방의 규율에 따르면 모든 개방의 거지들은 타구봉을 방주처럼 대해야 했다. 두 거지는 양강이 상대해주지 않자 더욱 공손한 태도를 보였다.

"악주岳州의 회합 날이 코앞으로 다가왔습니다. 동로東路의 간簡 장로께서도 이미 7일 전 서쪽으로 떠나셨습니다."

뚱보 거지의 말에 양강은 점점 궁색해져 흠, 하는 소리밖에 낼 수 없었다.

"저희는 방주의 법장을 찾느라 시일을 지체했으니 지금 바로 길을 떠나야 합니다. 오늘 같이 길을 떠나시면 저희들이 잘 모시겠습니다."

양강은 무슨 일인지 영문을 알 수 없었지만 어서 빨리 사부의 곁을 벗어나고 싶었기 때문에 얼른 마옥, 구처기 등에게 절을 하고 말했다.

"제자, 급한 일이 있어 사부님을 모시지 못하니 불초한 죄를 용서해 주십시오."

마옥 등은 양강이 개방파와 중대한 관련이 있다고 짐작했다. 개방은 천하제일의 방회로서 방주인 홍칠공은 선사 왕 진인과 어깨를 나란히 하는 무림 고수였다. 그런 개방의 일에 자신들이 방해하고 나설 수 없는 노릇이었고, 또 거지들 앞에서 자세한 사정을 묻기도 곤란했다.

마옥 등은 곧 두 거지와 강호 예법으로 인사를 나누었다. 두 거지는 오래전부터 전진칠자를 존경해오던 터에 그들이 양강의 사부라는 말을 듣고 더욱 겸양하며 말끝마다 후배라는 호칭을 썼다. 목염자가 옛일을 이야기하자 거지들의 태도는 더욱 친근해졌다. 그들은 목염자와 개방과의 인연을 생각해 그녀를 악주의 방회에 초대했다. 목염자는 양강과 함께하고 싶은 마음에 얼른 고개를 끄덕여 승낙했다. 이렇게 네 사람은 마옥 등과 작별 인사를 하고 길을 떠났다.

구처기는 원래 양강에 대해 매우 노여워하며 즉시 그의 무공을 폐하리라 생각했다. 그러나 양철심에 대한 정 때문에 줄곧 손을 대지 못하던 터였다. 그런데 오늘 양강과 목염자의 사이가 절친한 듯 보여 비무초친 당시 양강이 경박하고 무례하게 굴었던 일이 지금에 와서 좋은 인연으로 변했다고 짐작했다. 또 양강이 자신의 출생을 안 후 부귀를 버리고 성도 양씨로 바꾸었으니, 자신이 훈계한 보람이 있다고 속으로 흐뭇해했다. 게다가 개방의 서열 높은 제자들의 존경까지 받고 있는 듯하니 전진교에도 빛이 되는 일이었다. 구처기는 그동안 품고 있던 노여움이 순식간에 기쁨으로 바뀌었다. 구처기는 수염을 쓰다듬으며 흡족한 표정으로 양강과 목염자의 뒷모습을 바라보았다.

전진칠자

그날 저녁 마옥 등은 주막에 묵으며 담처단 등 세 사람이 돌아오기를 기다렸다. 그러나 그들에게서 아무 소식이 없자 네 사람은 당황하기 시작했다. 이튿날 저녁이 되어서야 마을 밖에서 휘파람 소리가 길게 울려 퍼졌다.

"학 사형이 돌아왔군요!"

손불이의 말에 마옥은 낮은 휘파람을 불었다. 잠시 뒤, 문 앞에 사람 그림자가 어른거리더니 학대통이 나타났다. 황용은 학대통을 한 번도 본 적이 없는 터라 구멍으로 살펴보았다. 마침 때는 7월 초닷새라 가냘프게 떠 있는 초승달과 함께 그의 모습이 뚜렷이 드러났다. 황용은 도인의 체구가 워낙 크고 뚱뚱해 마치 벼슬아치 같다는 느낌을 받았다. 차림새도 마옥 등과는 사뭇 다르게 도포의 양 소매가 절반 정도 잘려 있었다.

학대통은 출가하기 전 산동 영해주寧海州의 갑부였다. 역리에 정통해 점을 쳐주며 살다가 후에 왕중양을 스승으로 모시게 되었다. 당시 왕중양은 자신의 옷을 벗어서 소매를 찢어 그에게 입혀주면서 말했다.

"물환무수勿患無袖 여당자성汝當自成이라, 소매가 없다고 걱정하지 말고 너는 스스로 도를 이루어야 한다."

소매 수袖와 줄 수授는 음이 똑같다. 의미는 '스승이 얼마나 많은 이치를 전수하는가 하는 것은 그다음이고, 도를 이루는 것은 스스로의 깨달음에 있다'라는 뜻이다. 학대통은 스승의 은혜에 감격해 그때부터 줄곧 소매를 자른 도포를 입었다.

성격이 가장 급한 구처기가 물었다.

"주 사숙은 어떻게 됐는가? 장난을 치고 있던가, 아니면 대결을 하고 있던가?"

"말하기 부끄럽습니다만, 제 무공이 미천해 7~8리를 따라가다가 주 사숙과 그들을 놓치고 말았습니다. 담 사형과 유 사형은 제 앞에 있었습니다. 제가 무능해 하루 밤낮을 꼬박 찾아다녔지만 흔적도 보지 못했습니다."

마옥은 고개를 끄덕이며 말했다.

"학 사제, 수고했다. 앉아서 쉬거라."

학대통은 가부좌를 틀고 앉아서 온몸의 혈로 운기를 운행했다.

"소인이 돌아올 때 주왕묘周王廟에서 여섯 사람을 보았는데, 그 차림새가 구 사형이 말씀하셨던 강남육괴와 같았습니다. 즉시 가서 물어보니 과연 틀림이 없었습니다."

구처기는 크게 기뻐하며 물었다.

"육괴는 간도 크지. 어찌 도화도로 갔단 말인가? 그래서 우리가 찾지 못한 거로군."

"육괴 중에 우두머리인 가진악은 과연 협객이었습니다. 황약사와의 약속을 지키려고 도화도로 갔는데, 황약사는 섬에 없었다고 합니다. 제가 구 사형이 이곳에 계시다고 하니까 와서 인사를 드리겠다고 했습니다."

곽정은 여섯 사부가 무사하다는 이야기를 듣고 매우 기뻤다. 이제 운공을 시작한 지 닷새가 되어 몸의 상처도 거의 다 나아가고 있었다. 엿새째 되는 날, 마을 동쪽에서 휘파람 소리가 들려왔다.

"유 사제가 돌아왔구먼."

구처기가 말했다. 잠시 뒤 유처현이 한 백발노인을 데리고 나타났다. 그 노인은 황색 단삼을 걸치고 마 신발을 신었으며, 손에는 큰 부채를 들고 있었다. 노인과 유처현은 이야기를 나누며 주막으로 들어왔다. 노인은 전진칠자를 보고 고개를 약간 끄덕일 뿐 전혀 신경 쓰지 않는 듯했다.

"이분은 철장수상표 구천인 선배님이십니다. 오늘 운이 좋아 이렇게 만나게 되었으니 참으로 인연인 듯합니다."

유처현의 말에 황용은 하마터면 소리 내어 웃을 뻔했다. 곽정을 팔꿈치로 툭툭 치니 곽정도 우습기는 마찬가지인 것 같았다. 두 사람은 같은 생각을 하고 있었다.

'저 노인네가 어떻게 또 사기를 치는지 한번 볼까?'

마옥, 구처기 등은 구천인의 명성을 오래전부터 들어오던 터라 즉시 일어나 공손히 예의를 갖추었다. 구천인은 여전히 멋대로 허풍을 떨었다. 잠시 뒤 구처기가 자신의 사숙인 주백통을 보았냐고 묻자, 구천인이 대답했다.

"노완동 말인가? 벌써 황약사의 손에 죽었네."

모두들 깜짝 놀랐다. 유처현이 이상하다는 듯 말했다.

"그럴 리가? 후배, 전날에도 주 사숙을 보았습니다. 주 사숙의 걸음이 너무 빨라 쫓아가지 못했을 뿐입니다."

구천인은 순간 말문이 막혔다. 겉으로는 웃고 있었지만 어떻게 거짓말로 둘러칠지 머릿속이 복잡하게 돌아갔다. 구처기가 다급하게 물었다.

"유 사제, 주 사숙을 뒤쫓아가던 두 사람은 누구이던가?"

"한 사람은 하얀색 장포를 입고 있었고, 또 한 사람은 청색 장포를 입고 있었습니다. 너무 빨리 달려서 제대로 보지는 못했습니다만, 청색 장포를 입은 사람은 얼굴이 기괴해 마치 시체 같았습니다."

구천인은 귀운장에서 황약사를 본 적이 있어 즉시 대답할 말을 찾았다.

"맞아. 노완동을 죽인 사람이 바로 그 청색 장포를 입은 황약사라고. 다른 사람이 어떻게 노완동을 죽일 능력이 있겠나? 내가 말리려고 했지만 애석하게도 한발 늦었어. 노완동은 정말 비참하게 죽었다네!"

전진칠자는 철장수상표 구천인이 거짓말을 하리라고는 전혀 상상도 못 했다. 모두들 삽시간에 비통에 잠겼다. 구처기는 주막의 탁자를 힘껏 내리치고 다시 황약사를 신랄하게 욕하기 시작했다. 황용은 밀실에서 그들의 대화를 들으며 화가 치밀어 올랐다. 구천인이 거짓말한 것은 탓하지 않고, 구처기가 아버지를 욕한 것에 대해서만 화가 났다.

"담 사형의 발은 저보다 빠르니 주 사숙이 어떻게 돌아가셨는지 보았을 것입니다."

유처현의 말에 손불이가 대꾸했다.

"담 사형이 아직 안 돌아왔는데, 혹시 그 사악한 황 노사한테 당했으면……."

갑자기 낯빛이 어두워지며 더 이상 말을 잇지 못했다. 구처기는 검을 뽑아 들고 소리쳤다.

"어서 원수를 갚으러 갑시다."

구천인은 그들이 주백통을 만날까 두려웠다.

"황약사는 전진칠자가 이곳에 있다는 것을 알고 있으니 곧 찾으러 올 거야. 그 음험하고 사악하기 그지없는 황약사 놈을 나도 결코 용서치 않을 걸세. 내가 찾으러 갈 테니 자네들은 여기서 좋은 소식이나 기다리고 있게나."

전진칠자는 대선배의 말이라 거역하지도 못하고 또 길이 엇갈려 황약사를 놓칠까 봐 그냥 기다리는 것이 낫겠다고 생각했다. 모두들 일제히 몸을 굽혀 사의를 표하고 구천인을 전송했다. 구천인은 문을 나서다 몸을 돌려 왼손을 흔들며 말했다.

"전송할 필요 없네. 황약사의 무공이 아무리 무섭다 한들 나에겐 그를 제압할 방법이 있지. 자, 보라고!"

구천인은 허리에서 번쩍이는 예리한 칼을 뽑아 들더니 자신의 복부를 겨냥했다. 칼이 곧장 배에 깊숙이 꽂혔다. 모두들 일제히 비명을 지르는 가운데 3척 길이의 칼은 반 이상 배 속으로 들어갔다.

"하하! 천하의 어떠한 칼도 나를 해치진 못하니 너무 놀라지 말게. 만약 황약사와 길이 엇갈려서 그놈이 이곳에 찾아오면 절대 싸우지 말고 내가 돌아오기를 기다리게."

"사숙의 원수이니 저희들이 그 원수를 갚지 않으면 안 됩니다."

구처기의 말에 구천인은 한숨을 내뱉었다.

"그럼 어쩔 수 없군. 액운이 그러하니…… 대신 복수를 하되 이 한 가지만은 꼭 기억하게."

"구 선배님의 가르침, 부탁드립니다."

마옥이 말하자 구천인은 한껏 진지한 표정을 지었다.

"황약사를 보면 힘을 합쳐 죽이되 절대 한마디도 말을 나누어서는 아니 되네. 그렇게 되면 복수는 절대 성공하지 못할 걸세. 반드시 기억해두게."

구천인은 칼을 여전히 배에 꽂은 채 몸을 돌려 가버렸다. 모두들 넋이 나가 서로를 바라보았다. 마옥 등 여섯 사람은 식견이 넓었지만 칼을 배에 꽂고 멀쩡한 것은 듣도 보도 못한 일이었다. 과연 구천인의 무공은 가늠하기 힘든 높은 경지에까지 이르렀다는 생각이 들었다. 이것 또한 구천인의 사기 술수라는 것은 생각지도 못했다.

구천인의 칼은 세 등분이 되어 있어 칼 앞부분에 조금이라도 힘을 받으면 첫 번째, 두 번째 부분이 차례로 세 번째 부분 안으로 들어갔다. 그래서 칼날을 허리띠 틈새로 집어넣으면 칼의 예리한 날이 몸에 꽂힌 것처럼 보이게 되는 것이다.

구천인은 완안홍열의 청을 받고 금의 남송 침략을 위해 강남 영웅호걸을 이간질시켜 서로 싸우도록 책동하기로 했다. 그래서 이런 기회를 놓치지 않고 황약사를 중상모략한 것이다.

그날 하루 종일 전진칠자는 좌불안석하며 제대로 먹지도 못했다. 7일째 저녁, 마을 북쪽에서 휘파람 소리가 들리더니 순식간에 주막 밖

75
전진칠자

까지 도달한 듯했다. 볏짚에 좌정하고 앉아 기공을 연마하던 여섯 도인과 이미 잠들어 있던 윤지평은 휘파람 소리를 듣고 동시에 자리에서 일어났다.

마옥이 말했다.

"적이 담 사제를 쫓아온 듯하다. 사제들, 조심하거라."

그날 저녁은 곽정이 부상 치료를 위해 내공을 연마하는 마지막 날 밤이었다. 7일 밤낮으로 운공조식한 끝에 내상이 점차 사라졌고, 외상의 상처도 아물기 시작했다. 게다가 황용과 곽정 두 사람의 내공은 크게 진전되어 있었다. 그러나 이 마지막 몇 시진은 내공 연마를 완성하는 가장 중요한 시점이다. 황용은 마옥의 말을 듣고 매우 걱정되었다.

'만약 아버지가 왔다면 전진칠자가 필시 싸우려 들 텐데, 나가서 진상을 밝힐 수 없으니……. 전진칠자가 아버지 손에 죽든 말든 상관할 바는 아니나, 곽정 오빠는 마 도장 등과 관계가 깊으니 오빠 성격에 수수방관하지만은 않을 거야. 오빠가 일어나서 나가면 모든 무공이 없어질 뿐만 아니라 생명까지 위험해지는데……'

황용은 급히 곽정의 귀에 대고 속삭였다.

"오빠, 꼭 약속해줘요. 어떤 일이 일어나도 결코 나가지 않겠다고."

곽정이 막 고개를 끄덕이는데 휘파람 소리가 이미 문밖에서 들려왔다. 구처기가 소리쳤다.

"담 사형, 천강북두진법을 펍시다!"

곽정은 천강북두라는 말을 듣고 흠칫 놀랐다.

'〈구음진경〉은 북두대법에 대해 여러 번 언급하면서 상승 무공을 수련할 때 근간이 되는 법문이라고 했다. 책에 실린 북두대법은 너무

심오하고 오묘해 이해하기가 어려웠어. 마 도장의 천강북두가 이것과 관련이 있을까? 한번 살펴봐야겠군.'

곽정은 구멍에 눈을 붙이고 밖을 살펴보았다. 구멍에 눈을 막 갖다 대는데 갑자기 퍽, 하는 소리가 들리면서 대문이 떨어져 나가더니 한 도인이 뛰어 들어왔다. 그 도인은 도포 자락을 휘날리며 왼발로 문지방을 넘더니 갑자기 휘청하면서 문밖으로 밀려났다. 적이 뒤에서 쫓아와 습격을 한 것이다.

구처기와 왕처일은 동시에 뛰어나가 문 입구에 서서 도포 소매를 휘날리며 쌍장을 발했다. 문밖에서 적의 장력과 서로 부딪치자 구처기와 왕처일은 2보 후퇴하고 적도 2보 후퇴했다. 담처단은 그 틈을 타서 문 안으로 들어왔다. 달빛 아래 머리는 산발을 하고 얼굴에는 굵은 핏자국 두 줄기가 선명하게 그어진 데다 오른손에는 반만 남은 장검을 들고 있는 모습이 드러났다. 실로 처참한 모습이었다.

담처단은 문으로 들어와서 한마디도 하지 않은 채 가부좌를 틀고 앉았다. 마옥 등도 모두 좌정했다. 문밖의 암흑 속에서 음산한 여자 목소리가 들렸다.

"담 도장, 네 사형인 마옥을 봐서 목숨을 살려주는 줄 알아라. 왜 나를 이곳까지 유인해왔느냐? 방금 장을 날린 놈이 누구냐? 어서 이 매초풍에게 고하여라."

고요한 밤에 올빼미 우는 소리 같은 음산한 목소리를 들으니 한여름인데도 모두들 등에 서늘한 냉기를 느꼈다. 매초풍의 말이 끝나자 다시 사방은 정적에 휩싸여 벌레 우는 소리만이 고요를 깨뜨렸다.

잠시 뒤 뚜두뚝, 소리가 났다. 곽정은 매초풍이 온몸의 관절을 꺾을 때 내는 소리라는 것을 알았다. 순식간에 매초풍은 안으로 뛰어 들어와 손을 휘둘렀다. 그때 누군가 천천히 읊조리는 소리가 들렸다.

"거처에 묵은 지 몇십 년이 되었는데一住行窩幾十年……."

마옥의 목소리인데 어조는 매우 평화롭고 담담했다. 담처단이 뒤이어 읊었다.

"헝클어진 머리 길게 자라고 시간은 쏜살같이 지나가네蓬頭長日走如顚."

그의 목소리는 매우 굵고 호방했다. 곽정은 이 사람이 전진칠자의 둘째 사형임을 알 수 있었다. 얼굴의 근육이 붉으락푸르락하고 굵은 눈썹에 눈이 부리부리하며 우람한 신체의 사내였다. 담처단은 출가하기 전 산동의 대장장이였는데 전진교에 들어온 후 도호를 장진자로 바꾸었다. 세 번째 도인은 자그마하고 마른 체형에 얼굴이 원숭이 같은 사람으로, 바로 장생자 유처현이었다.

"해당정 아래 중양자가 있고海棠亭下重陽子."

체구는 작아도 목소리는 맑고 우렁찼다. 뒤이어 장춘자 구처기가 응답했다.

"연엽주 안에 태을선이 있네蓮葉舟中太乙仙."

옥양자 왕처일이 뒤를 이었다.

"만물은 빈 단지를 벗어날 수 없는데無物可離虛壺外."

광녕자 학대통이 읊었다.

"누가 생전에 이를 깨달을 수 있을까有人能悟未生前?"

다음은 청정산인 손불이가 받았다.

"문을 나서서 일소를 던지니 구애되는 것이 없구나出門一笑無拘碍."

마지막으로 마옥이 시구를 정리했다.

"구름은 서호에 떠 있고 달은 하늘에 떠 있구나雲在西湖月在天."

매초풍은 전진칠자가 시 읊는 소리를 들으며 하나같이 내공이 깊고, 기력이 하늘을 뚫을 듯해 속으로 놀라움을 금치 못했다.

'설마 전진칠자가 모두 여기에 모인 것인가? 아니야, 마옥을 빼고 다른 사람의 목소리는 전혀 다른걸.'

매초풍은 몽고의 절벽에서 마옥과 강남육괴가 전진칠자인 척하며 이야기하는 소리를 들은 적이 있었다. 매초풍은 눈은 안 보이지만 청력이 매우 예민하고 기억력이 좋아서 한번 들은 소리를 절대 잊어버리는 법이 없었다. 매초풍은 당시 마옥이 일부러 거짓말을 한 줄은 전혀 몰랐다. 그날 마옥이 자신에게 인정을 베풀어준 것을 떠올리며 매초풍이 먼저 말을 걸었다.

"마 도장, 별고 없으시오?"

매초풍은 악랄한 여자이긴 하지만 사리를 분별하지 못하는 사람은 아니었다.

담처단은 주백통을 놓치고 돌아오는 길에 매초풍이 살아 있는 사람을 상대로 무공을 연마하는 것을 보고 의협심이 발동해 구해주었다. 그러나 그는 매초풍의 적수가 되지 못했다. 다행히 매초풍은 그가 전진파의 도인이라는 것을 알아보고 마옥을 봐서 살수를 쓰지 않고 부상만 입히고는 이곳까지 쫓아온 터였다.

"덕분에 잘 있소. 도화도와 전진파는 아무 원한이 없지 않소이까? 사부님이 곧 도착하시지요?"

매초풍은 순간 멍해져서 반문했다.

"내 사부를 찾아서 뭣 하려고?"

"이 요부! 빨리 네 사부를 불러라. 우리 전진칠자의 따끔한 맛을 보여주마!"

구처기의 말에 매초풍은 불같이 화를 냈다.

"너는 누구냐?"

"구처기다! 이 요부, 들어보았느냐?"

매초풍은 괴성을 지르며 하늘로 몸을 날리더니 구처기의 소리가 들리는 쪽을 겨냥해 왼손 장으로 몸을 보호하고 오른손으로 머리를 향해 할퀴어갔다. 곽정은 매초풍의 공격이 얼마나 악랄하고 무서운지 잘 알고 있었다. 아무리 무공이 높은 구처기라 하더라도 정면으로 받아칠 수는 없을 것 같았다. 그러나 구처기는 여전히 좌정한 채 막지도 피하지도 않았다.

'큰일이다! 구 도장은 어째서 그대로 땅에 앉아 있는 걸까?'

매초풍이 구처기의 정수리를 할퀴려는 순간, 갑자기 좌우에서 장풍이 날아왔다. 유처현과 왕처일이 동시에 발장한 것이다. 매초풍은 오른손 갈고리 공격에 계속 힘을 싣고 왼손 장을 횡으로 휘둘러 유처현과 왕처일의 장력을 막으려 했다. 그러나 두 사람의 장력은 하나는 음이요, 하나는 양이니 서로 보합 상승해 그 위력이 두 사람의 내공을 합친 것보다 훨씬 강했다.

매초풍은 공중에서 이 거대한 장력을 맞고 몸이 위로 튕겨져 나갔다. 급히 오른손을 갈고리 공격에서 장력으로 바꾸어 휘둘렀으나 몸이 뒤로 날아가더니 문 난간으로 나가떨어지고 말았다. 그녀는 놀라 낯빛이 파래지면서 이 두 사람의 무공이 이리도 심오하니 분명 전진칠자의 연배는 아니라고 생각했다.

"홍칠공과 단황야이십니까?"

구처기는 웃으며 대답했다.

"우리는 전진칠자다. 무슨 홍칠공, 단황야를 찾느냐?"

'담처단은 내 적수가 안 되는데 어찌 그의 사형과 사제 중에 이런 고수가 있을 수 있단 말인가? 사형사제 간의 무공이 이렇게 큰 차이가 난단 말인가?'

매초풍은 이해할 수 없었다. 밀실에서 지켜보던 곽정도 지금 벌어진 상황이 매우 뜻밖이었다.

유처현과 왕처일은 무공이 아무리 높다 한들 기껏해야 매초풍과 백중지간을 다툴 정도인데, 두 사람이 힘을 합하니 매초풍을 날려버릴 정도로 세진 것이다. 이런 무공은 주백통, 홍칠공, 황약사, 구양봉 같은 절정의 고수만이 쓸 수 있는 것인데 전진칠자에게 이런 능력이 있다니 놀라울 따름이었다.

매초풍은 강인하고 사나운 성격이라 사부를 제외하고는 세상 누구도 두려워하지 않았다. 그녀는 시련을 겪을수록 더욱 잔인해졌다. 몽고 절벽에서는 마옥이 겸손한 말투와 예로 대했기 때문에 쉽게 물러난 것이었다.

그러나 오늘 구처기는 구천인의 말을 믿고 황약사가 주백통을 죽였다고 믿고 있었다. 게다가 곽정의 원수를 갚고자 하는 마음까지 더해져 도화도 일파에 대한 증오가 뼈에 사무쳐 있는 상황이었다. 그래서 말끝마다 매초풍을 요부라고 불렀다.

매초풍은 자신이 상대가 안 되는 줄 알지만 결코 여기서 그만둘 수 없었다. 잠시 생각하다가 허리에서 독룡편을 꺼내 들고 소리쳤다.

"마 도장! 실례하겠소!"

"좋소!"

"오늘은 병기를 들고 싸울 테니 너희들도 칼을 들어라!"

"우리는 일곱이고 너는 하나인 데다 눈도 보이지 않으니, 전진칠자가 아무리 못나도 너와 병기를 들고 싸울 수는 없지. 여기 앉아서 움직이지 않을 테니 공격을 해라!"

왕처일의 말에 매초풍은 싸늘하게 쏘아붙였다.

"꼼짝 않고 앉아서 내 은편을 막을 수 있을 거라고 생각하느냐?"

"이 요부! 오늘 밤이 바로 네 제삿날인데, 무슨 말이 그리 많으냐?"

구처기의 말에 매초풍은 흥, 하며 콧방귀를 뀌고 오른손을 흔들었다. 갈고리가 잔뜩 달린 은편이 구렁이처럼 스멀스멀 다가오더니 채찍 끝이 손불이를 향해 뻗어나갔다. 황용은 밀실에서 이들이 싸우는 소리를 듣고 있었다.

'매초풍의 독룡편이 얼마나 매서운데 전진칠자가 꼼짝 않고 앉아서 빈손으로 막아내겠다는 거지?'

대체 어떤 무공을 사용할지 보고 싶은 마음에 황용은 곽정을 잡아당기며 구멍을 양보해달라고 했다. 황용은 전진칠자가 좌정한 방위를 보고 깨닫는 바가 있었다.

'이건 북두칠성 별자리 형태잖아! 아, 그래. 그래서 구 도장이 천강 북두로 포진하자고 말했구나.'

황약사는 천문 역학에 정통한지라 황용은 어릴 때부터 여름밤이면 아버지 무릎에 앉아 별자리 이야기를 듣곤 했다. 그 덕에 전진칠자가 포진한 형태를 한눈에 알아볼 수 있었다. 마옥이 천추天樞 자리에 앉고,

담처단은 천선天璇, 유처현은 천기天璣, 구처기는 천권天權 자리에 좌정해 네 사람이 두괴斗魁를 형성했다. 또 왕처일은 옥형玉衡, 학대통은 개양開陽, 손불이는 요광搖光에 좌정해 세 사람이 두병斗柄을 형성했다.

북두칠성 가운데 천권은 빛의 밝기가 가장 어둡지만 두괴와 두병이 만나는 부분이라 요충지라 할 수 있었다. 그래서 전진칠자 중 무공이 가장 뛰어난 구처기가 맡은 것이다. 그리고 두병에서는 옥형이 중심 위치이므로 무공이 구처기 다음인 왕처일이 좌정했다.

매초풍의 독룡편은 이미 손불이의 가슴을 겨냥하고 있었다. 다가오는 속도는 느리지만 매우 매서운 공격이었다. 그러나 손불이는 꼼짝도 하지 않았다. 황용은 채찍의 끝부분을 따라가다가 손불이의 도포에 해골이 그려져 있는 것을 보았다.

'전진교는 현문 정종이라 칭송받는데, 어째서 옷에 매초풍처럼 해골을 그려 넣었을까?'

황용은 예전에 왕중양이 손불이를 제자로 거둘 때 해골 그림을 그려서 준 것을 몰랐다. 그 의미는 인간의 생명은 짧아서 순식간에 사라져 해골로 변하는 것이니 수양을 거듭하고 대도大道로 나아가라는 뜻이었다. 손불이는 스승의 말을 깊이 새기고자 그 그림을 도포 자락에 수놓은 것이다.

은편은 아주 느린 속도로 다가가면서도 휙휙, 매서운 바람 소리를 냈다. 채찍이 몇 촌만 더 나아가면 도포의 해골 문양에 닿을 것 같았다. 그때 갑자기 마치 뱀이 사람의 칼에 머리를 찍힌 듯 은편이 방향을 바꾸더니 화살같이 빠르게 곧장 매초풍을 향해 날아갔다. 그 기세가 어찌나 빠른지 매초풍은 손이 덜덜 떨렸다. 강한 바람이 얼굴을 때리자 급히 고개를 숙여 피했다. 은편은 아슬아슬하게 매초풍의 머리카락을 스치며 지나갔다.

'큰일 날 뻔했다.'

매초풍은 속으로 아찔해하며 은편을 거두어들이고 옆에서 후려쳤다. 이번에는 채찍의 몸통으로 마옥과 구처기를 치고 들어갔다. 그러나 두 사람은 여전히 꼼짝 않은 채 앉아 있고 담처단과 왕처일이 장력을 발해 은편을 막았다. 이렇게 몇 초식이 지나자 황용은 모든 것을 파악할 수 있었다. 전진칠자는 방어할 때 일장만 발하고 나머지 일장은 옆 사람의 어깨에 싣고 있었다. 황용은 잠시 그 이유를 생각한 뒤 실로 오묘한 이치가 있다는 것을 깨달았다.

'알고 보니 나와 곽정 오빠가 부상을 치료하고 있는 방법과 똑같구나. 저들은 일곱 사람의 힘을 하나에 싣고 있으니 매초풍이 당해낼 수가 없지.'

천강북두진법은 전진교에서 가장 상승의 현문 무공으로 왕중양이 생전에 이 진법을 완성하기 위해 많은 피땀을 쏟았다. 작게는 연합해 적을 방어할 수 있고, 크게는 전쟁 시의 진법에도 사용할 수 있었다. 적이 공격할 때 정면에서 가장 먼저 공격을 받는 사람은 아무 힘을 쓸 필요가 없고, 옆에 있는 사람이 측면에서 공격을 한다. 이렇게 하면 한 사람이 여러 사람의 무공을 함께 지닌 효과를 내어 그 위력을 아무도 당할 수 없게 되는 것이다.

다시 수 초식을 겨루면서 매초풍은 점점 당황하기 시작했다. 적은 더 이상 은편을 뿌리치지 않고 오히려 은편을 자신의 진영으로 들어오게 했다. 은편은 적진에서 움직이긴 하지만 그 범위가 점점 좁아지고 있었다. 잠시 뒤, 수 장 길이의 은편은 이미 절반 정도가 적의 진영에 꽉 잡혀서 이제는 다시 거두어지지도 않았다. 은편을 버리고 뒤로 뛰어오르면 천강북두의 공격을 벗어날 수는 있겠지만, 매초풍은 독룡은편에 무수한 공을 들인지라 차마 이대로 빼앗길 수는 없었다.

매초풍이 망설인 시간은 한순간이었지만, 조금만 더 지체하면 후퇴할 기회마저 없어질 것이다. 천강북두의 진영이 포진된 이상, 천권 자리의 사람이 진영을 거두지 않는 한 일곱 사람의 출수는 매 초식 점점 빨라지게 된다. 이대로 가다간 후퇴하기도 힘들 것 같아 매초풍은 이를 악물고 은편을 놓을 수밖에 없었다. 그러나 이미 때는 늦어버렸다. 유처현이 장력을 발하니 평, 하는 굉음이 나면서 은편이 날아가 벽에 부딪쳤다. 그 위력에 지붕이 흔들리면서 기와 조각이 서로 부딪치고 지붕의 먼지가 떨어졌다. 매초풍도 은편이 날아가는 힘에 이끌려 기우뚱하며 앞으로 한 발짝 들어오고 말았다.

비록 2척 정도밖에 안으로 들어오지 않았지만 이것은 바로 승패를 가름하는 한 걸음이었다. 매초풍이 빨리 은편을 버렸더라면, 그래서 앞으로 한 걸음 들어오지 않고 뒤로 물러나서 도망갔더라면 전진칠자는 그녀를 그대로 내버려두었을 것이다.

매초풍은 사태가 심상치 않다는 것을 알았다. 쌍장을 함께 발하니 손불이, 왕처일의 장력과 서로 부딪쳤다. 잠시 뒤, 마옥과 학대통의 장력도 뒤에서 몰아쳤다. 매초풍은 앞으로 더 들어가면 더욱 위험해진다는 것을 알고 있었지만, 장풍의 위력에 어쩔 수 없이 왼발을 반 보 안으로 내딛고 말았다. 순간 기합을 넣으며 오른발로 날아올라 삽시간에 마옥과 학대통의 손목을 연이어 걷어찼다.

"훌륭한 무공이다!"

구처기와 유처현이 동시에 갈채를 보내며 장력을 발해 두 사람을 구해주었다. 매초풍은 오른발이 땅에 닿기도 전에 다시 왼발로 날아올랐다. 비록 구처기, 유처현의 장력을 피하긴 했지만 왼발이 땅에 닿으면서 다시 한 걸음 안으로 내딛고 말았다. 이 걸음으로 매초풍은 천강북두 진영에 더욱 깊숙이 빠져버렸다. 이제는 전진칠자 중 한 사람을 쓰러뜨리지 않으면 절대 벗어날 수 없게 된 것이다.

황용은 이 싸움을 지켜보며 속으로 경탄을 금치 못하고 있었다. 은은한 달빛 아래 매초풍의 머리는 춤을 추듯 날리고 몸은 상하좌우로 날리며 손과 발을 휘두르는 것이 마치 호랑이나 표범이 날뛰는 것 같았다. 이와 반대로 전진칠자는 정靜으로 동動을 제압하며 좌정하고 있었다. 머리를 치면 꼬리가 대응하고, 꼬리를 치면 머리가 대응하며, 허리를 치면 머리와 꼬리가 함께 대응하면서 매초풍을 진영 속에 꼼짝없이 가두어놓았다.

매초풍은 연신 구음백골조와 최심장으로 진영을 깨뜨리려 했지만 전진칠자의 장력에 번번이 무산되자 화가 나서 괴성을 질러댔다. 전진칠자가 그녀의 생명을 앗는 것은 이제 식은 죽 먹기였다. 그러나 그들은 결코 살수를 쓰지 않았다. 황용은 한동안 지켜보다 그제야 이해가 되었다.

'아, 매 사저를 이용해서 천강북두진을 연마하고 있구나. 매 사저같이 무공이 높은 적도 만나기 힘들지. 힘이 다 빠지게 해서 죽인 후에야 풀어주겠군.'

황용의 추측은 반은 맞고 반은 틀렸다. 매초풍을 이용해 무공을 연마한다는 추측은 맞았으나, 도가의 도인은 쉽게 살생을 하지 않는 법이니 그들에게 매초풍을 죽일 생각은 전혀 없었다. 황용은 매초풍에게 좋은 감정이 있는 것은 아니었으나 전진칠자가 이렇게 욕보이자 화가 치밀어 더 보고 싶지 않았다. 그녀는 곽정에게 구멍을 양보했다. 그러나 구멍으로 엿보지 않아도 장풍이 맹렬해지다 다시 느려지다 하는 소리가 들리니 치열하게 전개되는 싸움의 상황을 짐작할 수 있었다. 곽정은 처음 보았을 때는 그저 망연하기만 했다. 전진칠자가 태연히 땅에 앉아서 매초풍과 싸우고 있는 것을 보고 이해가 되지 않았다.

"저 사람들은 북두성 별자리의 방위대로 앉아 있는 거예요. 일곱 사람의 내공이 서로 연결되어 있어요. 알아보겠어요?"

곽정은 황용의 말에 그제야 깨닫고 〈구음진경〉의 하권에 실린 많은 구절이 머릿속에 소용돌이치기 시작했다. 예전에는 그 구절의 뜻을 이해하지 못했는데 전진칠자가 장력을 발하는 모습과 진영을 배치하는 법을 보고 자신도 모르게 깨달음을 얻은 것이다. 곽정은 점점 그들의 싸움에 몰입되더니 흥분을 이기지 못하고 자리에서 벌떡 일어났다. 황용은 대경실색해 급히 그를 붙잡았다. 곽정은 그제야 흠칫 놀라 자리에 앉았다.

다시 구멍에 눈을 바싹 붙이고 살펴보니, 천강북두진법의 핵심을 대충 파악할 수 있었다. 비록 어떻게 사용하는지는 모르지만 전진칠자가 구사하는 매 초식이 모두 〈구음진경〉을 응용하는 비결을 가르쳐주는 듯했다.

〈구음진경〉의 창시자는 고대부터 내려오는《도가》와《장자》를 모두 읽어 깨달음을 얻었다. 왕중양이 이 진법을 만들어냈을 때 〈구음진경〉

을 보지는 못했지만 도가의 무학이 같은 뿌리에서 나왔으니 근본적인 핵심은 별반 차이가 없고, 진법의 생극 변화도 〈구음진경〉과 다를 바 없었다.

일전에 곽정은 도화도에서 홍칠공과 구양봉이 싸우는 것을 지켜본 후 무공이 크게 진전된 적이 있다. 그때는 곽정이 우둔하고 북개와 서독의 무공 또한 〈구음진경〉과 그 뿌리가 달라서 깨달음에 한계가 있었다. 그러나 지금 전진칠자의 진법은 〈구음진경〉에 나와 있는 초식과 하나하나 일치하니 이를 지켜보면서 곽정의 무공은 자신도 모르게 진일보하고 있었다.

매초풍이 점점 버티기 힘겨워하자 전진칠자는 장력을 약하게 발했다. 그때 밖에서 누군가의 목소리가 들렸다.

"황 형, 황 형께서 출수하시겠소? 아니면 내가 먼저 할까요?"

곽정은 깜짝 놀랐다. 어디서 들려오는지는 모르겠지만 바로 구양봉의 목소리였던 것이다. 전진칠자도 일제히 놀라 문을 바라보았다. 문에는 청포와 하얀색 옷을 입은 두 사람이 나란히 서 있었다. 바로 그날 저녁 주백통을 쫓던 사람들이었다. 전진칠자는 일제히 낮은 휘파람 소리를 내며 진영을 풀고 자리에서 일어났다.

"좋다. 일곱 잡놈이 내 제자를 상대하고 있군. 구양 형, 내가 저놈들을 좀 손봐도 후배들을 욕보이는 것은 아니겠지요?"

"저자들이 먼저 황 형에게 무례를 저질렀으니, 황 형이 가만있는다면 그건 도화도주의 방법이 아니지요."

왕처일은 화산논검대회에서 동사, 서독을 본 적이 있었다. 얼른 앞으로 나아가 예를 차리려는데, 갑자기 황약사가 몸을 움직이더니 일장을 발하는 것이 아닌가. 왕처일은 막으려 했으나 이미 늦었다. 퍽, 하는 소리와 함께 뺨을 얻어맞고 휘청거리며 넘어질 뻔했다. 구처기가 크게 놀라 소리쳤다.

"어서 제자리로!"

그러나 순간 퍽퍽퍽퍽, 네 번의 소리가 나더니 담처단, 유처현, 학대통, 손불이도 뺨을 얻어맞았다. 구처기는 파란색 빛이 번쩍이더니 얼굴 정면으로 벼락같은 일장이 날아오는 것을 보았다. 그 일장은 너무나 빨라 어디에서 막아야 좋을지 몰라 다급한 나머지 도포 소매를 휘둘러 황약사의 가슴을 쳤다.

구처기의 무공은 전진칠자 가운데 으뜸이라, 이번 공격의 위력은 상당했다. 황약사는 적을 너무 만만히 본 나머지 도포 자락에 가슴을 얻어맞고 말았다. 황약사는 가슴에 강한 통증을 느끼고 급히 운기해 가슴을 보호했다. 또 왼손을 뒤집어 구처기의 도포 소매를 잡고 오른손으로 그의 두 눈을 찌르려 했다. 구처기는 전력을 다해 벗어났지만 소매가 찢어지고 말았다. 동시에 마옥과 왕처일이 쌍장을 발했다. 황약사는 구처기를 향한 일격이 명중하지 않자 바람같이 민첩한 신법으로 이미 학대통 뒤로 몸을 옮긴 뒤 왼쪽 다리로 그를 힘껏 차 쓰러뜨렸다.

이때 곽정은 구멍에서 물러나고 황용이 밖을 내다보고 있었다. 황용은 아버지가 위풍당당하게 무공을 발휘하자 신이 났다. 만약 아직 한두 시진 더 있어야 곽정의 부상이 완치되는 상황만 아니라면 박수를 치며 환호성을 질렀을 것이다.

"왕중양은 저런 쓸모없는 놈들을 제자로 두었구나!"

구양봉이 크게 웃으며 말했다. 구처기는 무학을 익힌 이래 오늘처럼 참패를 당해보기는 처음이었다.

"어서 제자리로 갑시다!"

연신 소리를 질렀지만 황약사가 동에 번쩍, 서에 번쩍하며 연달아 예닐곱 차례 살수를 쓰자 모두들 방어하느라 정신이 없어 진영을 복구하는 건 엄두도 못 냈다.

이때 뚝, 뚝, 하는 소리가 들렸다. 마옥과 담처단이 허리에 차고 있던 장검이 황약사의 손에서 부러지는 소리였다.

구처기와 왕처일은 일제히 검을 들고 달려들었다. 전진교의 변화무쌍한 검법으로 쌍검을 동시에 휘두르니 그 위력이 대단했다. 황약사는 정신을 바짝 차리고 수 초식을 집중해서 공격을 받아냈다. 마옥이 이 틈을 타서 천추 자리에 좌정하며 장을 휘둘러 초식을 전개했다. 그 뒤를 이어 담처단, 유처현 등도 각자 자신의 방위 자리에 좌정했다.

천강북두 진영이 포진되자 상황이 크게 바뀌었다. 천권과 옥형이 정면에서 적을 방어하고, 그 양쪽의 천기와 개양이 측면에서 장을 발하며, 뒤쪽의 요광과 천선도 제자리를 찾았다. 황약사는 네 번의 초식을 전개해 네 사람의 장력을 막아내곤 웃으며 말했다.

"구양 형, 왕중양이 과연 이 수법을 남겼구려!"

아무렇지 않은 듯 담담히 말했지만 혼자서 모두의 장력을 막아내며 상황이 크게 바뀌었다는 것을 알고 있었다. 전진칠자는 매 초식 대단한 위력을 전개하고 있었다. 황약사는 진영 가운데에서 빙글빙글 돌며 낙영신검장을 전개했다.

'아버지가 나한테 낙영신검장을 가르쳐줄 때는 다섯 번 허초식 만

황약사가 예닐곱 차례 살수를 쓰자 천강북두진법이 흐트러지기 시작했다.

에 한 번 실초식을 구사하거나, 일곱 번 허초식 만에 한 번 실초식을 구사하고, 허초식은 적을 유인하거나 교란하는 용도라고 했어. 근데 어째서 다섯 번의 허초식과 일곱 번의 허초식 모두 실초식으로 변한 거지?'

지금의 싸움은 전진칠자가 매초풍을 상대로 한 것과는 사뭇 달랐다. 황용은 지켜보며 숨도 제대로 쉬지 못했고, 절세의 무공을 지닌 구양봉조차 속으로 경탄하고 있었다. 매초풍은 옆에서 격렬히 싸우는 바람 소리를 들으며 기쁘기도 하고 부끄럽기도 했다.

그때 갑자기 아, 하는 소리가 나더니 털썩하는 소리가 뒤를 이었다. 싸움을 지켜보던 윤지평이 수없이 많은 황약사가 여기저기 뛰어다니는 것을 보고는 눈앞이 어질어질하고 하늘이 빙글빙글 도는 것 같아 결국 쓰러져 기절하고 만 것이었다.

전진칠자는 굳건히 방위를 지키고 전력을 다해 황약사의 공격을 방어했다. 한 사람이라도 정신을 놓으면 생명을 보존하기 힘들고, 그렇게 되면 전진교도 이대로 막을 내릴 터였다.

황약사는 속으로 난감하기 짝이 없었다. 처음 싸움을 시작할 때는 즉시 실수를 펴서 한두 사람을 죽인 뒤 천강북두진법을 무너뜨리고 나머지는 봐주려 했다. 그러나 이제 이기는 것도 어렵게 되었고, 그렇다고 이대로 물러날 수도 없는 상황이 되었다. 양측은 무공이 막상막하인지라 전력을 다해 상대할 수밖에 없었다.

황약사는 반 시진 동안 연이어 열세 번이나 기문의 무공을 전개했지만 번번이 비길 뿐이었다. 그렇게 새벽닭이 울고 태양 빛이 주막으로 들어왔지만, 그때까지도 승부는 나지 않았다.

이제 곽정의 7일 동안의 내공 운행이 끝났다. 비록 밖에서는 한창 싸움이 벌어져 난리통이었지만 곽정의 마음은 평온하기 그지없었다. 조용히 눈을 감고 성찰에 들어갔다. 몸 안에서 뜨거운 기운이 항문까지 내려가더니 다시 항문에서 콩팥으로, 척추와 쌍관雙關을 거쳐 천주天株와 옥침玉枕까지 올라가고 마지막으로 정수리의 니환궁泥丸宮까지 올라가서 잠시 멈추다가 다시 아래로 내려가기 시작했다. 신정神庭에서 강작교降鵲橋, 중루重樓를 거쳐 다시 황정黃庭과 기혈氣穴로 내려가더니 천천히 단전丹田까지 내려왔다.

황용은 곽정의 얼굴에 혈색이 돌고 광택이 나는 것을 보고 몹시 기뻤다. 그간의 걱정이 눈 녹듯 사라지고 적이 안심이 됐다.

그녀는 다시 구멍에 눈을 바짝 붙이고 지켜보다 깜짝 놀라고 말았다. 아버지가 천천히 팔괘 방위로 발을 옮기면서 일장을 발하는 것이 아닌가. 아버지는 절대 이 최상승의 무공을 함부로 사용하지 않았다. 이 무공을 쓴다는 것은 승부를 속히 끝내고 생사를 결정짓겠다는 뜻이었다.

전진칠자도 전력을 다해 무공을 펴고 있었다. 서로 고함 소리로 지시하며 머리에는 뜨거운 김이 솟아오르고, 도포는 이미 땀으로 흠뻑 젖어 있어 매초풍을 상대할 때와는 완연히 달랐다.

구양봉은 옆에서 수수방관하며 전진칠자의 천강북두진법의 오묘함에 놀라고 있었다. 그리고 한편으론 황약사가 기를 소진하고 중상을 입어 두 번째 화산논검대회에서 자신의 강적 하나가 줄어들기만을 바랐다. 그러나 황약사의 무공은 바닥을 드러내지 않고 계속해서 솟아나왔다. 이대로 가다가는 전진칠자가 패하지는 않더라도 이기기는 어려

위 보였다.

'황약사 놈, 참으로 대단하구나!'

양측의 초식은 점점 느려지면서 오히려 더 대범해졌다. 머지않아 이 무시무시한 싸움이 끝날 것 같았다. 황약사가 손불이와 담처단에게 두 장을 발하자 그들은 손으로 막았고, 유처현과 마옥이 옆에서 도와주었다. 구양봉은 길게 휘파람을 불며 소리쳤다.

"황 형, 내가 도와주겠소."

구양봉은 몸을 날려 번개같이 담처단 뒤로 가서 쌍장을 발했다. 담처단은 황약사를 전력으로 상대하고 있는 중에 갑자기 등 뒤에서 산과 바다가 뒤집힐 듯한 강력한 힘이 몰려오고 있는 것을 느꼈다. 옆의 동문들도 어찌할 바를 모르는 사이 그는 미처 피하지 못한 채 고꾸라지고 말았다. 황약사는 노성을 질렀다.

"누가 끼어들라 했소?"

구처기, 왕처일이 검을 뽑아 들고 일제히 달려들자 황약사는 소매를 뿌리쳐 막았으나 오른손 장이 마옥, 학대통 두 사람의 장력과 부딪치게 되었다.

"그럼 내 저들을 도우리다!"

구양봉은 웃으며 황약사의 등 뒤에서 쌍장을 발했다. 구양봉은 담처단을 공격할 때는 3할 정도의 힘만 실었다. 하지만 지금은 평생의 모든 무공을 실어서 공격했다. 황약사가 네 명의 적을 상대하느라 정신없는 틈을 타서 그를 일거에 죽일 속셈이었다.

그는 먼저 전진칠자 중 한 명을 죽이고 다시 황약사를 죽이려 했다. 천강북두진법이 깨지면 전진칠자가 달려든다 해도 겁나지 않을 성싶었다. 구양봉의 독초식은 너무나 삽시간에 벌어진 일이었다. 황약사의 무공이 제아무리 높다 한들 앞에서 네 명의 고수를 상대하며 서독을 막는 것은 무리였다.

'이대로 죽는구나.'

황약사는 기를 등에 집중시켜 억지로 중상의 고통을 참으며 합마공을 견디고 있었다. 구양봉의 이 공격은 속도는 느렸지만 엄청난 힘이 실려 있었다. 구양봉은 자신의 계략이 성공하자 속으로 환호를 질렀다.

그때 갑자기 검은 그림자가 어른거리더니 옆에서 누군가 튀어나왔다. 그러곤 황약사의 등을 향해 달려들더니 기합을 내지르며 합마공의 일격을 받아냈다. 황약사와 전진육자는 동시에 초식을 거두고 뒤로 물러났다. 목숨을 아끼지 않고 달려든 사람은 바로 매초풍이었다. 황약사는 고개를 돌려 구양봉을 보며 냉소를 지었다.

"늙은 독물, 이 악독한 놈! 과연 이름이 헛되지 않는군."

구양봉은 다른 사람이 자신의 일격을 맞자 속으로 안타까움을 금치 못했다. 그러나 황약사와 전진육자가 함께 덤비면 자신의 생명을 부지하기 힘들 것이라 생각하고 긴 웃음을 날리며 서둘러 도망갔다.

마옥은 급히 담처단을 안아 손을 대보고는 대경실색했다. 담처단은 상반신이 흐물거리고 머리가 옆으로 축 늘어져 있었다. 구양봉의 초식에 앞뒤 늑골과 척추가 모두 부러져버린 것이다. 마옥은 사제의 목숨이 경각에 달려 있는 것을 보고 눈물이 비처럼 흘러내렸다. 구처기가 검을 들고 구양봉을 쫓아갔으나 멀리서 그의 목소리만 들릴 뿐이었다.

"황약사! 내가 당신을 도와 왕중양의 진법을 깨뜨리고 도화도의 배반자까지 죽였으니, 남은 여섯 잡놈은 혼자서 상대하시오! 나중에 다시 봅시다.”

황약사는 코웃음을 쳤다. 그는 담처단을 죽인 오명을 고스란히 자기가 뒤집어쓰게 될까 봐 내심 염려했다. 그것이 구양봉의 이간질이라는 것을 알고 있었지만, 전진파 도인들에게 설명하고 싶지는 않았다. 자신은 누가 뭐래도 동사 황약사인 것이다. 그저 천천히 매초풍을 안아 올렸다. 붉은 피를 온통 토해낸 매초풍은 다시 살아나기 힘들 것 같았다.

구처기는 수십 장을 쫓아갔으나 구양봉을 놓치고 말았다. 마옥은 구처기가 혼자 쫓아가다가 다시 독수를 당할까 봐 걱정되었다.

“구 사제, 돌아오게!”

구처기는 눈에서 불을 뿜으며 돌아와 황약사에게 욕을 퍼부었다.

“우리 전진파가 너와 무슨 원수가 졌다고 이러는 거냐? 이 요괴! 주 사숙을 죽이더니 담 사형마저 죽여? 어찌 이럴 수 있단 말이냐?”

황약사는 어안이 벙벙했다.

“주백통? 내가 그를 죽였다고?”

“시치미 떼려는 거냐?”

황약사와 주백통, 구양봉 세 사람은 달리기 시합을 하며 수백 리를 달려갔으나 승부가 나지 않았다. 승부가 날 때까지 하려고 했으나 주백통은 불현듯 홍칠공 혼자 깊은 황궁에 있다는 사실이 생각났다. 홍칠공은 이미 무공을 잃었으니 만약 발견되면 목숨을 부지하기 힘들 것이다.

“나 노완동, 급한 일이 있으니 이제 그만하겠소!”

주백통이 그만한다면 그만하는 것이다. 황약사와 구양봉도 그런 주백통을 어찌하지 못하고 그저 내버려두는 수밖에 없었다. 황약사는 원래 주백통에게 딸의 소식을 물어보려 했으나 줄곧 여의치 않았다. 담처단 등은 뒤에서 쫓아오다가 세 사람을 놓치고 말았으나 황약사와 구양봉은 그들을 똑똑히 보았다. 노완동에게 일이 있다니 동사, 서독 두 사람은 우가촌으로 돌아와 어찌 된 영문인지 알아보려 했는데, 이런 일이 생기고 만 것이다.

구처기가 불같이 화를 내고 있는 옆에서 손불이가 담처단을 붙잡고 통곡했다. 모두 황약사와 죽기 살기로 싸우려는 마음이었다. 황약사는 뭔가 오해가 생겼다고 짐작했으나 그저 냉소만 지을 뿐 변명하지 않았다. 담처단이 천천히 눈을 뜨고 작은 소리로 중얼거렸다.

"전 이제 갑니다."

구처기 등은 급히 그의 주위로 몰려들어 무릎을 꿇고 앉았다.

"손에는 늘 신의 구슬을 들고 있었지만 떨치지 못했고, 마음을 열고 하늘의 소리를 들으려 했으나 듣지 못했네手握靈珠常奮筆 心開天籟不吹籬."

담처단은 이 말을 읊조리더니 눈을 감고 세상을 떠났다. 전진육자는 고개를 숙이고 고인의 명복을 빌었다. 마옥이 담처단의 시신을 끌어안고 나가자 나머지 사람들도 그 뒤를 따랐다. 그렇게 모두 고개도 돌리지 않고 문을 나섰다. 그들은 모두 문을 나서며 담처단이 죽었으니 천강북두진법도 파괴되어 황약사와 싸운다 한들 헛되이 여섯 사람의 목숨만 잃을 것이라 생각했다. 이 원수는 훗날 꼭 갚기로 다짐했다.

황약사의 제자들

황약사는 영문도 모르는 채 전진칠자와 결투를 벌여 깊은 원한을 맺게 되었다. 이것은 예기치 않은 사건이었다. 그는 점차 숨이 꺼져가는 매초풍을 보자 수십 년간의 원한이 떠오르며 비통한 심정이 되어 그만 눈물을 흘리고 말았다. 매초풍은 입가에 살짝 미소를 띠더니 마지막 힘을 다해 오른손을 들어 왼쪽 손목을 끊어버렸다. 이어 오른손을 석판에 사정없이 내리쳤다. 즉시 손뼈가 부러지고 말았다. 이 모습을 본 황약사는 깜짝 놀랐다.

"사부님, 제게 내리신 세 가지 명령 중에서 두 가지는 못 지키고 떠납니다."

황약사가 매초풍에게 내린 명령 중 하나는 〈구음진경〉을 찾아오는 것이었고, 또 하나는 곡영풍과 다른 두 제자의 행방을 알아오라는 것이었다. 그리고 마지막 하나가 바로 〈구음진경〉을 통해 얻은 무공을 되돌려달라는 것이었다.

매초풍은 죽기 직전에 자기 손을 부러뜨려 〈구음진경〉을 통해 배운 구음백골조와 최심장 두 가지 무공을 스스로 폐한 셈이 되었다. 황약사는 자기가 내린 세 가지 명령을 떠올리고 매초풍의 의도를 알아채자 다시 눈에 눈물이 고였다.

"됐다, 됐어. 별것도 아닌 것을……. 마음에 두지 말아라. 내 너를 다시 도화도의 제자로 삼겠다."

매초풍은 사부를 배반했던 일이 평생의 한으로 남아 있었는데, 이제 죽음을 앞두고 뜻밖의 말을 듣자 기쁨을 감출 수가 없었다. 힘들게 몸을 일으켜 사부님께 절함으로써 사제의 예를 갖추려 했다. 매초풍은 겨우 세 번 절한 후 더 이상 움직이지 못했다.

옆방에서 이 광경을 지켜본 황용은 놀랍고 두려워 가슴이 두근거렸다. 황용은 아버지가 조금만 더 오래 머물러 곽정이 단전의 기를 모으면 뵐 수 있게 되기를 바랐다. 그러나 황약사는 곧 몸을 굽혀 매초풍의 시체를 들어 올렸다. 이때 갑자기 문밖에서 말 울음소리가 들렸다. 바로 곽정의 홍마였다. 이어서 바보 소녀의 목소리도 들렸다.

"여기가 바로 우가촌이에요. 곽씨 성을 가진 사람이 있는지 없는지 내가 어찌 알겠어요? 당신이 혹시 곽씨인가요?"

"마을에 인가도 몇 집 되지 않는구먼. 그걸 모른단 말이오?"

누구인지 대답하는 사람의 목소리에 짜증이 묻어났다. 뒤이어 그들이 문을 열고 들어왔다. 황약사는 이들을 보고 안색이 변했다. 문을 열고 들어온 사람들은 뜻밖에도 황약사가 발이 닳도록 찾아 헤매던 강남육괴였던 것이다.

강남육괴는 약속을 지키기 위해 도화도에 갔으나 아무리 뒤져도 황약사의 집을 찾을 수가 없었다. 나중에 섬의 벙어리 하인을 만나서야 겨우 황약사가 섬을 떠나고 없다는 사실을 알게 되었다. 강남육괴는 섬의 숲속에 있던 홍마를 찾아 끌고 곽정을 찾으러 우가촌으로 향했던 것이다.

강남육괴가 문에 막 들어서자마자, 그중 귀가 밝은 가진악이 문 뒤에 누군가가 있다는 것을 알아챘다.

"누군가 있다!"

육괴가 동시에 몸을 돌려 문 뒤를 바라보니, 황약사가 매초풍의 시신을 품에 안은 채 입구를 가로막고 서 있었다. 강남육괴가 도망가지 못하게 하려는 품이었다. 육괴는 모두 깜짝 놀랐다. 주총이 입을 열었다.

"황 도주, 그동안 안녕하셨습니까? 저희 형제들이 도주님의 말씀대로 도화도에 가서 인사를 드리려 했으나, 마침 안 계시더군요. 오늘 여기서 뵙게 되니 이런 행운이 없습니다."

주총은 허리를 굽혀 읍을 올렸다. 황약사는 원래부터 강남육괴를 죽일 생각이었는데, 매초풍이 비참한 최후를 당하자 더욱 복수심이 불타올랐다.

'육괴는 매초풍의 원수다. 비록 숨을 거두기는 했으나, 직접 저들을 죽이도록 해주면 저승에서라도 기뻐할 테지.'

황약사는 오른손으로 매초풍의 시신을 안고 왼손으로 뼈가 부러진 그녀의 손목을 잡았다. 막 몸을 움직이는가 싶더니 어느덧 한보구 곁에 서서 매초풍의 손을 들어 한보구의 오른팔을 후려쳤다. 한보구는 깜짝 놀라 피하려 했으나 그만 오른팔에 공격을 당하고 말았다. 황약사는 비록 시신의 팔을 통해 힘을 발하긴 했으나 그 위력이 대단했다.

한보구는 다행히 팔이 부러지지는 않았지만 상반신이 마비되면서 움직일 수가 없었다.

육괴는 그가 아무 말도 하지 않고 다짜고짜 살수를 쓰는 데다 매초풍의 시체를 무기 삼아 공격하는 것을 보고 의아한 생각이 들었다. 여섯이 동시에 소리를 지르며 각자의 무기를 꺼내 들었다. 황약사는 육괴의 무기는 전혀 안중에도 없는 듯 매초풍의 시신을 높이 들고 앞으로 달려들었다. 한소영이 첫 번째 공격 대상이 되었다.

매초풍은 숨을 거둔 후에도 눈을 감지 못해 부릅뜬 모습이었다. 게다가 헝클어진 긴 머리, 입가의 핏자국 등이 공포스럽기 짝이 없었다. 황약사가 매초풍의 오른손을 들어 한소영의 머리를 내리쳤다. 한소영은 공포에 휩싸여 손발에 힘이 쑥 빠지면서 피하거나 막을 생각은 하지도 못했다.

남희인과 전금발이 각각 매초풍을 향해 멜대와 추를 휘둘렀다. 황약사는 시체의 오른팔을 뒤로 빼고 왼팔을 뻗어 한소영의 허리를 공격했다. 한소영은 고통을 이기지 못하고 그 자리에 주저앉고 말았다. 한보구는 몸을 비스듬히 비켜 금룡편金龍鞭을 휘둘렀다. 채찍은 땅 위를 기듯이 황약사를 향해 뻗어나갔다. 황약사가 왼발을 들어 채찍 끝을 밟았다. 동작이 민첩하고 정확했다. 한보구는 힘주어 채찍을 잡아당겼으나 채찍은 꼼짝도 하지 않았다. 순식간에 매초풍의 손가락이 얼굴을 향해 날아왔다.

한보구는 깜짝 놀라 채찍을 놓고 뒤로 몸을 젖혔다가 땅바닥을 굴러 뒤로 물러났다. 얼굴이 화끈거리며 아팠다. 손으로 만져보니 얼굴에는 이미 길게 다섯 손가락 자국이 나고, 온통 피투성이가 되어 있었다. 다행히 매초풍이 이미 숨을 거둬 구음백골조를 쓸 수 없는 데다 손끝의 독기운이 목숨과 함께 사라졌기에 망정이지 그러지 않았다면 이미 죽은 목숨일 터였다.

수 합을 겨루고 나자, 육괴는 곧 수세에 몰리기 시작했다. 그나마 황약사가 매초풍의 시신을 들고 공격했기 때문에 지금까지 버틸 수 있었다. 만약 직접 공격했다면 육괴는 진작 황약사의 손에 목숨을 잃었을 것이다.

곽정은 밀실 안에서 주총이 황약사에게 인사하는 소리를 듣고 뛸 듯이 기뻤다. 그러나 뒤이어 서로 싸우는 소리가 들리고, 더욱이 사부님들의 힘겨운 숨소리가 들려오자 상황이 매우 위급하다는 것을 직감했다. 비록 단전의 기가 아직 안정되지 않았지만 자신을 길러준 사부님들의 은혜가 부모와도 같거늘, 어찌 이 위급한 순간에 수수방관할수가 있겠는가?

곽정은 기를 누르고 호흡을 모아 장력을 발해 문을 밀었다. 비밀 통로의 문이 산산이 부서졌다. 황용은 깜짝 놀랐다. 지금은 기를 다스리는 마지막 단계로 매우 중요한 순간인데, 힘주어 장력을 발했으니 어쩌면 목숨을 잃게 될지도 몰랐다.

"오빠! 움직이지 말아요."

곽정은 막 장력을 발하자마자 단전의 기가 위로 솟구치면서 뜨거운 열기가 심장을 공격하는 것을 느꼈다. 하는 수 없이 급히 기를 거두어 들여 호흡을 단전으로 모았다. 황약사와 육괴는 찬장 문이 갑자기 부서지면서 곽정과 황용이 나타나자 여간 놀라지 않았다. 황약사는 갑작스레 나타난 황용을 보고 놀랍고 반가워 마치 꿈을 꾸는 것만 같았다.

아무리 눈을 비비고 다시 봐도 자신의 사랑하는 딸, 황용이 분명했다.

"용아, 용아! 정말 너란 말이냐?"

황용은 곽정의 손을 꼭 잡은 채 미소를 지으며 고개를 끄덕일 뿐 아무 말도 하지 않았다. 황약사는 그 모습과 태도에서 둘 사이가 어느 정도인지 짐작할 수 있었다. 뜻밖에 건강한 모습의 딸을 다시 만나게 되었으니 다른 문제는 그다지 중요하지 않았다. 황약사는 매초풍의 시신을 의자에 내려놓고 찬장 곁으로 다가가 가부좌를 틀고 앉았다. 왼손을 뻗어 찬장 문을 사이에 두고 곽정의 손과 맞대었다.

곽정은 체내에 몇 줄기 열기가 역동치는 탓에 무척 견디기 힘들었다. 조금 전처럼 몇 차례나 뛰어 일어나 소리라도 질러대면 조금 편안해질 것 같았다. 그런데 황약사의 손이 자신의 손에 맞닿자 강한 내공이 전해지면서 금세 안정을 되찾았다. 황약사는 내공을 실어 곽정의 요혈을 몇 차례 두드리고 문질러주었다. 황약사의 내공이 대단했기 때문에 곽정은 오래지 않아 기를 다스리고 심신을 안정시켰으며, 호흡도 잘 통하게 되었다. 7일 밤낮의 수련이 완성되자 곽정은 찬장 문을 나와 우선 황약사에게 절한 후, 다시 사부님들을 향해 절을 했다.

곽정은 사부 강남육괴에게, 황용은 아버지 황약사에게 그간에 있었던 일들을 설명하느라 잠시 소란스러웠다. 강남육괴는 처음에는 곽정의 이야기를 듣고 있었으나 그가 말도 느리고 표현력도 부족한지라 점점 답답해졌다. 반면 목소리가 낭랑하고 표현력도 뛰어난 황용이 황약사에게 설명하는 말이 훨씬 귀에 잘 들어왔다. 특히 위험에 처한 순간들을 묘사할 때면 어찌나 생동감이 넘치는지, 듣는 이도 숨을 죽이게 만들었다.

강남육괴는 어느덧 황용의 이야기에 귀가 쏠렸다. 잠시 후 곽정도 그만 입을 다물고 황용의 이야기에 귀를 기울였다. 황용은 한참 동안 이야기보따리를 풀어놓았다. 그 흥미진진함에 듣는 이들 모두 넋을 잃었다. 황약사는 딸이 개방의 방주가 되었다는 말을 듣고 너무 뜻밖인지라 어안이 벙벙했다.

'홍칠공은 괴팍하고 기이한 구석이 있는 사람이니 조심해야지. 내별호를 빌려 북사北邪라 칭하려는 건 아닐까?'

황용이 황약사와 육괴가 무공을 겨룬 이야기를 하자 황약사가 웃으며 손을 내저었다.

"됐다. 다음 이야기는 말 안 해도 다 안다. 내가 가서 구양봉, 영지상인, 구천인과 양강 이 네 놈을 모두 죽여버릴 테다. 용아, 너도 날 따라가서 구경할 테냐?"

황약사는 사람을 죽이겠다는 무서운 말을 하면서도 딸을 바라보는 표정에는 사랑이 넘쳐흘러 활짝 웃음을 띠고 있었다. 그는 강남육괴를 힐끗 바라보았다. 은근히 미안한 생각이 들었다. 그러나 선뜻 사과하고 싶은 마음은 들지 않았다. 황약사는 사과 대신 어색한 듯 한마디 던졌다.

"애꿎은 사람들을 해치지 않게 되어 다행이군."

황용은 본래 육괴가 곽정과 자신의 결혼을 허락하지 않은 것 때문에 화가 났지만, 지금은 목염자와 양강이 혼인을 약속한 사실을 모두 다 알기 때문에 더 이상 마음에 두지 않기로 했다.

"아버지, 이분들께 사죄하셔야지요."

황약사는 가볍게 콧방귀를 뀌고 화제를 돌렸다.

"나는 서독을 찾으러 가련다. 정아, 너도 같이 가자꾸나."

황약사는 사실 우둔하고 어리숙한 곽정이 마음에 들지 않았다. 자기처럼 총명하고 지략이 뛰어난 사람이 이런 바보 같은 놈을 사위로 맞는다면 강호의 웃음거리가 되지 않을까 걱정이 되었다. 우여곡절 끝에 겨우 두 사람의 혼인을 허락했는데, 또 하필이면 주백통이 끼어들어 곽정이 매초풍의 〈구음진경〉을 훔쳤다고 농담을 하는 바람에 일이 이렇게 복잡하게 꼬였던 것이다.

주백통의 거짓말을 정말로 믿은 황약사는 곽정을 배에 태워 바다로 내보내 죽게 하려 했다. 그 후 영지상인에게 속아 사랑하는 딸이 죽은 줄만 알고 있다가 뜻밖에 다시 만나니, 너무 기쁜 나머지 옛일은 모두 잊고 다시는 억지로 두 사람을 갈라놓지 않기로 했다.

사실은 주백통이 농담한 것이었다는 딸의 설명을 듣자 모든 오해가 풀렸다. 게다가 매초풍이 비참하게 죽어가는 순간까지 사부의 은혜를 잊지 않는 것을 보고 문득 후회가 되었다.

'초풍과 현풍이 서로 마음이 맞았을 때, 만약 내게 알리고 부부의 연을 맺기를 청했더라면 꼭 반대할 이유도 없었을 텐데, 왜 군이 위험을 무릅쓰고 도화도를 떠났을까? 평소에 까닭 없이 화를 내고 괴팍스러운 내 성격 탓이었겠지. 이 궁리 저 궁리 해보다가 끝내 차마 입을 열지 못한 거야. 만약 우리 용이도 내 이런 성격 탓에 매초풍과 같은 처지가 된다면……'

생각만 해도 소름이 끼쳤다. 그래서 아무래도 딸과 곽정의 관계를 허락해야겠다는 생각이 든 것이다. 조금 전 황약사가 곽정을 향해 정아라고 부른 것은 사실상 곽정을 사위로 인정하겠다는 의미였다. 황용은 기쁜 마음에 얼른 곽정의 표정을 살폈다. 그러나 곽정은 정아라는 호칭의 의미를 전혀 눈치채지 못한 듯했다.

"아버지, 우선 황궁으로 가서 사부님을 모셔오세요."

곽정은 강남육괴에게 도화도에서 황약사가 결혼을 승낙한 일이며, 홍칠공이 제자로 거두어준 일 등을 설명했다.

"넌 참 운이 좋구나. 내 어찌 반대할 까닭이 있겠느냐마는, 다만 몽고 대칸의……."

가진악은 테무친이 곽정을 부마駙馬에 봉한 일이 생각나 내심 걱정되었다. 그러나 만약 황약사가 이 사실을 알면 크게 역정을 낼까 봐 말을 끝까지 잇지 못했다. 이때 끼익, 하고 문이 열리더니 바보 소녀가 들어왔다. 어디서 났는지 손에 황피지黃皮紙로 접은 원숭이를 들고 있었다.

"수박 다 먹었니? 어떤 영감이 너 주라고 원숭이를 접어줬어."

황용은 그녀가 바보인 것을 알고 있기 때문에 별로 개의치 않고 원숭이를 받았다.

"백발 영감이 너의 사부님을 꼭 찾아줄 테니 화내지 말래."

황용은 그녀가 말한 백발 영감이 주백통인 것을 알아챘다. 종이로 만든 원숭이에 언뜻 글씨가 보여 서둘러 펴보니 비뚤비뚤한 글씨로 '거지 영감을 찾을 수가 없음'이라고 쓰여 있었다.

"이상하다? 왜 사부님을 찾을 수 없었을까?"

황약사가 잠시 생각에 잠겼다가 입을 열었다.

"노완동이 가끔 실성한 듯싶을 때가 있긴 하지만, 무공이 뛰어나니 홍칠공이 죽지만 않았다면 반드시 구해낼 수 있을 거다. 그보다 개방의 문제가 급하게 되었구나."

"무슨 문제요?"

"홍칠공이 네게 준 죽봉을 양강에게 빼앗기지 않았느냐? 그자는 무공이 강하지는 않지만 만만치 않은 놈이야. 술수가 뛰어난 악인 중의 악인이다. 구양극 같은 인물도 그자의 손에 죽지 않았느냐? 그가 죽봉을 손에 넣었으니 한바탕 음모를 꾸밀 게 틀림없다. 우린 어서 그자를 잡아 죽봉을 되찾는 게 급선무인 듯싶구나. 홍칠공의 제자들이 해를 입게 되면 방주인 네 체면이 뭐가 되겠니?"

예전의 황약사 같으면 개방에 어려운 일이 생기든 말든 관여할 리가 없었다. 도리어 은근히 고소해하면서 구경이라도 했을는지 모른다. 그런데 지금은 상황이 달라졌다. 사랑하는 딸이 개방의 방주가 되었으니 수수방관할 수만은 없는 노릇이었다. 육괴는 모두 고개를 끄덕였다.

"양강이 떠난 지 이미 여러 날이 지나서 따라잡을 수 있을지 모르겠군요."

곽정의 말에 한보구가 대답했다.

"바로 이럴 때 네 홍마를 이용해야지."

곽정은 크게 기뻐하며 밖으로 나가 휘파람을 불었다. 홍마는 주인을 보자 신이 나서 달려와 몸을 비벼대며 반가운 기색을 보였다.

"용아, 너와 정이는 어서 가서 죽봉을 빼앗아 오너라. 홍마는 발이 빠르니 틀림없이 따라잡을 수 있을 거다."

문득 황약사의 눈에 바보 소녀의 모습이 들어왔다. 바보스럽게 웃고 서 있는 모습이 어쩐지 제자 곡영풍과 닮았다는 생각이 들었다. 문득 짚이는 바가 있어 바보 소녀를 향해 물었다.

"혹시 낭자 성이 곡씨요?"

그녀는 고개를 저었다.

"난 잘 몰라요."

"아버지, 이리 와보세요."

황용이 아버지 손을 잡아끌고 밀실로 걸어 들어갔다. 황약사는 밀실의 칸막이 배치가 모두 자신이 만들어낸 것과 같은 방위로 배열된 것을 보고 틀림없이 곡영풍이 만든 것이라 짐작했다.

"아버지, 이 상자 안에 무엇이 들어 있는지 맞혀보세요. 만약 맞히면 아버진 정말 대단해요."

황약사가 상자는 거들떠보지도 않고 서남쪽 구석으로 다가가 벽을 미니 작은 구멍이 나타났다. 황약사는 구멍에 손을 집어넣더니 돌돌 말린 종이를 꺼내 들고 즉시 밀실을 나왔다. 황용은 급히 아버지의 뒤를 따라 나와 대체 무슨 종이인지 호기심 어린 눈으로 지켜보았다. 군데군데 찢어지고 누렇게 변한 종이는 온통 먼지로 덮여 있었다. 황약사가 돌돌 말린 종이를 펼치니, 비뚤비뚤 쓰인 몇 줄의 글씨가 나타났다.

도화도주 황 사부님께.

제자, 황궁에서 글과 그림이 새겨진 귀한 자기를 얻어 사부님께 드리려 했으나 불행히 궁중 시위군의 포위 공격을 받게 되었습니다. 혼자 남게 된 딸을…….

편지는 여기서 끊겼다. 편지 곳곳에 핏자국으로 보이는 얼룩이 남아 있었다. 황용이 태어났을 때는 도화도의 모든 제자가 쫓겨난 뒤였다. 그러나 아버지 문하의 제자들이 모두 대단한 무공을 지닌 걸출한 재목이었다는 것만은 잘 알고 있었다. 그런데 지금 곡영풍이 남긴 유서를 보자 만감이 교차했다.

황약사는 모든 상황이 대충 짐작되었다. 곡영풍은 억울하게 도화도에서 쫓겨난 뒤 어떻게 해서든 다시 돌아오려고 애를 썼다. 그러다 황약사가 진귀한 보물이나 골동품, 명화, 법첩法帖 등을 좋아한다는 것을 생각해내고는 위험을 무릅쓰고 황궁에 침입해 몇 차례 귀중한 물건들을 훔치다가 결국 발각되어 격투 끝에 큰 부상을 입었던 것이다.

그리고 집에 돌아와 목숨이 길지 않은 것을 알고 유서를 쓰고 있는데, 미처 다 쓰기도 전에 시위병이 쫓아와 결국 목숨을 잃은 듯했다. 황약사는 지난번 육승풍을 만났을 때 이미 가슴 깊이 후회하고 반성했는데, 이번에 매초풍의 죽음과 곡영풍의 유서까지 보자 양심의 가책을 받아 마음이 편치 않았다. 히죽히죽 웃고 있는 바보 소녀를 돌아보고는 문득 무슨 생각이 들었는지 엄한 목소리로 물었다.

"네 아버지가 네게 권법을 가르쳐주시더냐?"

그녀는 고개를 가로젓더니 문득 문으로 달려갔다. 그러곤 문을 닫아걸고 문틈 사이로 안을 들여다보는 시늉을 했다. 잠시 후 몇 가지 권법을 써 보이는데, 그나마 별 위력이 없는 벽파장법이었다.

"아버지, 아마도 저 낭자는 부친이 무공을 닦는 모습을 몰래 보고 혼자 따라 해본 모양이에요."

황약사는 고개를 끄덕였다.

"음, 영풍이 내 문하를 나간 이상 감히 내게 배운 무공을 남에게 전수했을 리가 없지. 용아, 저 아이의 하반신을 공격해 다리를 걸어 넘어 뜨려보아라."

황용이 웃으며 다가갔다.

"나랑 무술 연습할래요? 자, 조심해요!"

황용은 왼손을 허로 휘두르며 발로 두 차례 걸어찼다. 어찌나 속도가 빠른지 바보 소녀는 멍하니 서 있는 사이 오른쪽 허벅지를 걸어차이고 말았다. 급히 뒤로 물러서는데 뜻밖에도 황용의 오른발이 이미 그녀의 다리 뒤에서 기다리고 있었다. 뒤로 물러선 바보 소녀는 제대로 중심을 잡기도 전에 황용의 오른발에 걸려 그만 벌렁 넘어지고 말았다. 바보 소녀는 즉시 벌떡 일어나더니 소리를 질렀다.

"이건 반칙이야. 아우님, 다시 덤벼."

황약사의 표정이 어두웠다.

"아우님이 뭐냐? 고모라고 불러라!"

바보 소녀는 아우와 고모의 차이를 아는지 모르는지 헤헤 웃으며 따라 했다.

"고모, 고모!"

황용은 곧 아버지의 의중을 알아차렸다.

'그녀의 하반신 무공을 시험해보려는 것이었구나. 곡 사형은 양다리가 부러졌기 때문에 다리를 이용한 무공은 익히지 못했을 테지만, 만약 말로 전수했다면 상·중·하반신의 무공을 다 가르칠 수 있었을 테니까.'

황약사가 바보 소녀에게 황용을 고모라고 부르도록 시킨 것은 곧 그녀를 자기 문하로 받아들이겠다는 뜻이었다.

"바보같이 서서 뭐 하는 거냐?"

"전 원래 바보인데요."

히죽 웃으며 대꾸하는 그녀를 보며 황약사는 눈살을 찌푸렸다.

"너희 어머니는?"

바보 소녀는 금세 우는 시늉을 했다.

"외할머니 집에 가셨어요."

황약사는 이것저것 물어보았지만, 모두 제대로 된 대답을 듣지는 못했다. 황약사는 한숨을 쉬며 묻는 것을 그만두었다.

'나면서부터 바보였는지, 아니면 충격을 받아 저리 되었는지 곡영풍이 살아 돌아오지 않는 한 알 도리가 없겠군.'

잠시 후, 모두 함께 매초풍의 시신을 후원에 안장했다. 황약사는 매초풍의 묘를 바라보며 깊은 회심에 잠긴 듯 한참 동안 아무 말도 하지 못했다.

"용아, 들어가자꾸나."

황약사와 황용은 밀실 안으로 들어갔다. 황약사는 곡영풍의 해골을 바라보며 한참 동안 넋을 잃고 있다가 결국 눈물을 흘렸다.

"내 제자들 중 곡영풍의 무공이 가장 강했다. 만약 양다리가 성했다면 시위병 따위 100명이 공격해도 쉽사리 당하지는 않았을 거야."

"그랬겠죠. 아버지, 저 바보 소녀에게 직접 무공을 가르칠 생각이신가요?"

"응, 무공뿐만 아니라 시詩, 가야금에 오행술까지⋯⋯. 곡영풍이 절실히 원했으나 결국 배우지 못한 것을 모두 가르쳐줄 생각이다."

황용은 혀를 날름거렸다.

'아버지께서 큰 결심을 하셨군.'

황약사는 철로 된 상자의 문을 열고 내용물을 살폈다. 귀한 보물들이 층층이 쌓여 있었다. 볼수록 마음이 아팠다. 황약사는 그중 돌돌 말린 서화를 들고 물끄러미 바라보았다.

"이런 것들을 취미로 삼아 수양하는 것은 좋으나, 지나치게 마음을 빼앗기면 안 되는 법이다. 휘종 황제의 〈화조인물도花鳥人物圖〉를 보렴. 정말 대단한 솜씨지만, 그들이 결국 이 금수강산을 금나라에 고스란히 넘겨주지 않았니?"

황약사는 말을 이으며 서화를 펼쳤다.

"아!"

"아버지, 왜요?"

황약사가 한 폭의 수묵산수화를 가리켰다.

"이걸 좀 보렴."

그림 속에는 깎아지른 듯 높은 산이 그려져 있었다. 모두 다섯 개의 봉우리가 있는데, 그중 가운데 봉우리가 가장 높았다. 하늘 높이 솟은 봉우리의 끝은 흰 구름 속에 묻혀 있고, 산에 무성히 자란 소나무의 끝은 하얀 눈으로 덮여 있었다. 나무들이 모두 남쪽을 향해 약간 굽어 있는 것으로 보아 북풍이 부는 장면을 묘사한 듯했다. 봉우리 서쪽에 유독 눈에 띄는 노송老鬆이 있는데, 우뚝 솟은 곧고 바른 나무줄기가 자못 위엄 있어 보였다. 나무 아래에는 한 장수가 서서 바람을 맞으며 칼을 휘두르고 있는 모습을 그렸는데, 장수의 얼굴은 보이지 않았지만 옷소매가 바람에 날리는 모습이 범인의 기상이 아닌 듯했다.

전체가 수묵화로 그려져 있는 이 그림에서 유독 그 장수만 붉은색으로 묘사되어 더욱 눈에 띄었다. 그림에는 낙인이 찍혀 있지 않고, 다만 다음과 같은 시만 한 수 적혀 있었다.

> 온통 먼지가 묻은 군복을 입고
> 향기를 좇아 취미정에 오르네.
> 아름다운 산수는 보아도 끝이 없으니
> 말발굽을 재촉하여 달이 밝을 때 돌아가리.
>
> 經年塵土滿征衣 特特尋芳上翠微
>
> 好山好水看不足 馬蹄催趁月明歸

황용은 며칠 전 임안 취미정에서 한세충이 쓴 이 시를 보았기 때문에 그의 필적을 기억하고 있었다.

"아버지, 이건 한세충이 쓴 거예요. 시는 악무목이 지은 것이고요."

"맞다. 그러나 악무목의 시 속에 나오는 건 지주池州 취미산이지만, 여기 이 그림 속의 산은 산세가 험한 것이 취미산이 아니다. 이 그림은 비록 기개가 넘치기는 하나 시적인 정서가 떨어지는 것이 명가名家의 솜씨는 아닌 듯싶구나."

황용은 얼마 전 곽정이 취미정에서 손가락으로 한세충이 바위 위에 쓴 시의 필적을 더듬으며 좋아하던 모습이 생각났다.

"아버지, 이 그림 곽정 오빠에게 주세요."

"벌써 그 녀석을 챙기는 거냐? 녀석……."

황약사는 웃으며 그림을 건네주었다. 황약사는 상자 속에서 진주 목걸이를 꺼내 들었다.

"진주 한 알 한 알의 크기가 정확하게 똑같구나. 귀한 것인가 보다."

황약사는 딸의 목에 목걸이를 걸어주었다. 부녀가 서로 마주 보고 웃으니 마음속에 따뜻한 정이 넘쳤다. 황용이 그림을 다시 말고 있는데 갑자기 밖에서 매우 다급하게 울부짖는 수리 울음소리가 들렸다.

황용은 그 한 쌍의 수리를 매우 좋아했는데 화쟁이 데려가버려 매우 불쾌하게 생각하던 참이었다. 급히 밀실에서 나와 밖으로 나가보니 곽정이 문밖 큰 나무 밑에 서 있고 수리가 곽정 어깨의 옷을 물고 끌어당기고 있었다. 다른 한 마리가 그 주위를 뱅뱅 돌며 울어대자 바보 소녀는 그 모습이 재미있는지 손뼉을 치고 웃으며 수리를 따라 뱅뱅 돌았다. 곽정의 안색이 바뀌었다.

"용아, 무슨 일이 생겼나 봐. 어서 가서 구해주자."

"누구에게 무슨 일이 생겨요?"

"내 의제와 누이 말이야."

황용은 입을 삐죽거렸다.

"난 안 가요."

곽정은 까닭을 몰라 잠시 멍해졌다.

"어린애처럼 굴지 말고 빨리 가자니까."

곽정은 몸을 날려 홍마 위에 뛰어올라 말고삐를 잡았다.

"오빠! 날 좋아해요, 안 해요?"

"무슨 소리야? 나야 당연히 널 좋아하지."

곽정은 왼손으로 말고삐를 잡은 채 오른손을 황용에게 내밀었다. 황용이 환한 웃음을 지었다.

"아버지, 도와줘야 할 사람이 있어서 먼저 가요. 아버지랑 사부님들도 같이 가주실 거죠?"

황용은 곽정의 오른손에 의지해 발로 땅을 박차고 몸을 날려 곽정 앞으로 올라탔다. 곽정은 황약사와 사부님께 허리를 굽혀 인사하고 말을 몰아 길을 나섰다. 두 마리의 수리가 머리 위를 날며 길을 안내했다.

홍마는 주인을 다시 만난 기쁨에 활기가 넘쳐 쏜살같이 달렸다. 비록 수리의 속도가 빠르긴 했으나 홍마 역시 조금도 처지지 않고 뒤를 쫓았다. 오래지 않아 두 마리의 수리는 저 앞 어둠침침한 수풀 속으로 날아갔다. 홍마는 곽정이 지시를 내리기도 전에 곧장 수풀을 향해 달려갔다. 막 수풀 입구에 도착했는데, 저쪽에서 갈라지는 듯한 음성이 들렸다.

"천인 형, 내 철장鐵掌의 명성은 익히 들어왔소. 항상 천인 형의 무공을 직접 뵐 수 있기를 고대하고 있었소이다. 아깝게도 노형께서 지난 화산논검대회에 참석하지 않으셨더군요. 자, 오늘 부끄럽소만 우선 제가 먼저 변변찮은 무공을 보여 하나를 처치할 터이니, 나머지는 노형께서 철장법을 사용해 처리하심이 어떻소이까?"

곧이어 참혹한 비명 소리와 함께 나무가 흔들리더니 거목 한 그루가 서서히 쓰러졌다. 곽정은 깜짝 놀라 말에서 내려 가까이 다가갔다. 황용도 곽정의 뒤를 따라 말에서 내린 다음 홍마의 머리를 두드려주었다.

"어서 가서 아버지를 모셔와."

황용은 손을 들어 오던 길을 가리켰다. 홍마는 황용이 가리키는 방향을 향해 나는 듯이 달려갔다.

'아버지가 빨리 오시지 않으면 또 노독물한테 당하게 생겼는걸.'

황용은 나무 뒤에 몸을 숨기며 조심스럽게 다가갔다. 숲속으로 들어가 상황을 목격한 곽정과 황용은 까무러치게 놀랐다. 타뢰, 화쟁, 철별, 박이출 등 네 명이 각각 커다란 나무 위에 묶여 있고, 그 앞에 구양봉과 구천인이 서 있는 게 아닌가? 방금 넘어진 나무에도 사람이 묶여 있었다. 갑옷을 입은 것으로 보아 타뢰를 호위하던 송나라 장군인 듯한데, 이미 구양봉의 장력에 당해 붉은 피를 토하고 숨을 거둔 모양이었다. 다른 병정들의 모습은 전혀 보이지 않았다. 아마 모두 도망을 간 듯싶었다.

구천인은 구양봉의 장력을 이겨내지 못할 것 같아 몇 마디 변명으로 이 순간을 모면하려 했다. 그런데 문득 등 뒤에서 발소리가 들려 몸을 돌리니 바로 곽정이 서 있는 게 보였다. 구천인은 놀랍고도 기뻤다.

'이 기회에 구양봉의 손을 빌려 저놈을 처치해야겠다. 어떻게든 두 사람 사이에 싸움을 붙이면 되겠군. 그럼 난 나서지 않아도 되겠지.'

구양봉은 곽정이 자신의 합마공에 당하고도 죽지 않고 살아 있는 것을 보고 의아하지 않을 수 없었다. 곽정을 본 화쟁이 반갑게 소리를 질렀다.

"오빠, 살아 있었군요! 다행이에요. 정말 다행이에요."

황용은 상황을 보고 즉시 판단을 내렸다.

'어떻게든 아버지가 오실 때까지 시간을 끌어야겠다.'

"여기서 뭐 하는 거요? 또 사람을 해치려는 거요?"

구양봉은 구천인의 무공을 보려는 마음에 곽정의 말을 듣고도 아무 대꾸도 하지 않고 미소만 지었다.

"이봐, 구양 선생을 보고도 인사를 올리지 않다니⋯⋯. 죽고 싶은 거냐?”

곽정은 밀실에서 구천인이 말도 안 되는 소리를 함부로 지껄여대는 것을 모두 들은 데다 이제는 또 남을 해치려는 모습을 보자, 마음속에 증오심이 불끈 치솟았다. 곽정은 가까이 다가가 그의 가슴을 향해 항룡유회 초식으로 일장을 날렸다.

획, 하고 바람을 가르는 소리가 났다. 항룡유회는 항룡십팔장 중 하나로 대단한 위력을 가진 초식이었다. 게다가 곽정이 열에 여섯은 장을 발하고, 넷은 장을 거두었기 때문에 힘이 뻗다 되돌아오는 초식이었다. 구천인은 급히 몸을 비켜 피하려 했으나, 곽정의 장풍에 말려 뒤로 피한다는 것이 도리어 앞으로 넘어지고 말았다. 곽정은 왼손으로 구천인의 뺨을 내리치려 했다. 치아 밑 혀뿌리를 내리쳐 다시는 세 치 혀로 나쁜 수작을 부리지 못하게 만들 작정이었다. 곽정의 손이 막 그의 뺨을 때리려는 순간, 황용이 외쳤다.

“멈춰요!”

곽정의 왼손은 곧 공격 방법과 방향을 바꾸어 구천인의 뒷덜미를 낚아챘다. 곽정이 고개를 돌려 황용을 바라보았다.

“무슨 일이야?”

황용은 곽정이 그를 해치면 구양봉이 즉시 나설 것을 염려했던 것이다.

“어서 손을 놓아요. 그 사람은 뺨의 무공이 대단해서 오빠가 뺨을 내리치면 그 힘이 다시 튕겨 나와 오빠가 내상을 입게 된다고요.”

곽정은 황용의 내심을 알아채지 못하고 믿지 못하겠다는 표정을 지었다.

"설마, 그럴 리가!"

"구천인 선생은 입으로 천하를 주무르는 사람인데, 그 정도 못 하겠어요? 어서 놓아주세요."

곽정은 더더욱 믿기지 않았으나, 황용이 이렇게 말하는 데는 반드시 무슨 이유가 있으리라는 생각에 잠자코 손을 놓고 물러섰다. 구천인은 큰 소리로 웃었다.

"역시 어린 낭자께서 총명하시군. 사실 우리 사이에 무슨 원한이 있는 것도 아니고, 서로 충돌할 이유가 있겠어? 나 역시 연장자로서 이유 없이 나보다 어린 후배들을 해칠 생각은 전혀 없어."

"그렇고말고요. 구 선생님의 무공은 익히 들어 잘 알고 있습니다. 오늘 한번 가르침을 받을까 하는데, 설마 어린 후배를 다치게 하시지는 않겠지요?"

황용은 왼손을 위로 쳐들고 오른손을 둥글게 오므려 입에 대고 입김을 몇 차례 불었다.

"이건 아주 무시무시한 무공이에요. 허풍권이라고 하지요."

황용은 히죽히죽 웃으며 구천인을 놀려댔다.

"나이도 어린 낭자가 겁이 없군. 구양 선생이 누구신데 감히 이분 앞에서 이리 까부는 거지?"

찰싹! 황용은 대꾸도 하지 않고 오른손으로 구천인의 따귀를 사정없이 후려쳤다.

"이건 철면피권이고요. 하하하……!"

갑자기 멀리서 누군가 웃는 소리가 들려왔다.

"하하하! 잘했다. 손봐주는 김에 한 대 더 때려라."

황용은 아버지 황약사의 목소리를 듣자 무서울 것이 없었다. 곧장 아버지가 시키는 대로 뺨을 때리려 오른손을 들었다. 구천인은 급히 고개를 숙여 피하려 했으나 뜻밖에도 이는 허초였다. 황용은 오른손을 내뻗자마자 다시 거두어들이고, 동시에 왼손을 뻗어 공격했다.

구천인은 통비육합장通臂六闔掌으로 황용의 오른손 공격을 피하려 했으나, 황용의 작은 손이 마치 나비처럼 눈앞에서 왔다 갔다 하는 통에 잠시 정신을 놓는 사이 이번에는 오른뺨을 호되게 얻어맞고 말았다. 구천인은 계속해봐야 자기만 불리하다는 것을 깨달았다. 우선 급히 두 서너 차례 주먹을 휘둘러 황용을 뒤로 물러나게 만들고 얼른 옆으로 비켜섰다.

"잠깐!"

"왜요? 그만하시게요?"

구천인이 정색을 하고 대답했다.

"낭자, 낭자는 이미 내상을 입었어. 어서 밀실로 돌아가 49일 동안 바람을 쐬지 말고 요양해야 해. 그러지 않으면 생명이 위독할 거야."

황용은 구천인의 진지한 표정에 잠시 멈칫했으나, 금세 몸을 비틀며 깔깔깔, 웃어대기 시작했다. 이제 강남육괴까지 모두 도착했다. 그들은 타뢰 등이 모두 나무 위에 묶여 있는 것을 보고 깜짝 놀랐다.

구양봉은 구천인이 대단한 무공을 지녔다는 소문을 종종 들어왔다. 언젠가 구천인이 한 쌍의 철장으로 천남天南에 이름을 떨치는 형산파衡山派의 고수들을 한꺼번에 물리쳤으며, 형산파가 이 일로 인해 몰락하기 시작해 무림에서 더 이상 이름을 날리지 못하게 되었다는 소문도 들었다. 그런데 오늘 보니 황용 같은 어린아이 하나 상대하지 못했다.

'설마, 정말 얼굴에도 내공이 있어 황용에게 내상을 입히기라도 했다는 말인가?'

그러나 그런 무공이 있다는 말은 듣도 보도 못한 데다 황용의 표정으로 봐서 그도 아닌 듯싶었다. 잠깐 생각에 잠겼다 고개를 들자, 황약사가 어깨에 채색 비단으로 만든 자루를 메고 있는 것이 눈에 들어왔다.

자루에는 하얀 비단실로 한 마리의 낙타가 수놓여 있었다. 그 자루는 바로 구양봉의 조카 구양극의 것이었다. 구양봉은 순간 마음이 서늘해졌다. 그가 담처단과 매초풍을 죽인 뒤 떠났다가 다시 돌아온 것도 바로 조카 때문이었다.

'설마 황약사가 제자의 원수를 갚으려고 내 조카를 죽였단 말인가?'

구양봉은 떨리는 목소리로 물었다.

"내 조카는 어떻게 되었느냐?"

"내 제자 매초풍과 같은 꼴이 되었다."

황약사의 목소리는 차갑고 냉정했다. 구양봉은 가슴이 철렁 내려앉는 것 같았다. 구양극은 비록 겉으로는 조카지만 사실은 구양봉이 목숨처럼 사랑하는 친자식이었다. 황약사와 전진파가 자기와 깊은 원한을 맺기는 했지만, 이들은 모두 강호에서 이름을 떨치는 호걸들이 아닌가. 따라서 이들이 결코 양다리를 쓰지 못하는 불구인 아들 구양극을 해치지는 않을 것이라고 생각했다. 사람들이 흩어지고 나면 아들을 조용한 곳으로 데려가 요양을 시킬 계획이었다. 그런데 뜻밖에도 아들이 이미 목숨을 잃었다니!

황약사는 구양봉이 꼼짝도 하지 않고 눈을 부릅뜬 채 자신을 노려보는 것을 보고 그가 곧 공격해오리라 짐작했다. 이번에 싸움이 붙으면 그야말로 사생결단을 낼 것이기에 마음속으로 방비 태세를 갖추었다.

"네 제자들이 죽인 거냐, 아니면 전진파가 죽인 거냐?"

구양봉이 평소보다 더욱 귀에 거슬리는 목소리로 물었다. 구양봉은 황약사가 절대로 불구인 아들을 직접 죽였을 리 없다는 사실을 잘 알고 있었다. 황약사가 죽였다면 누군가를 시켰을 게 틀림없었다.

"전진파의 무공도 배우고 도화도의 무공도 배운 녀석이 죽였다. 네 놈도 잘 아는 놈이니 직접 찾아가 복수하거라."

황약사는 양강을 가리켜 한 말이었으나 구양봉은 즉시 곽정을 떠올렸다. 그는 비통한 마음에 마치 불꽃이라도 튈 것 같은 눈으로 한참 동안 곽정을 노려보았다. 구양봉은 다시 황약사에게 물었다.

"내 조카의 자루를 들고 뭐 하는 거냐?"

"네 조카가 가지고 있던 도화도의 지도를 되찾은 것뿐이다. 땅에 묻힌 뒤에 다시 파내어 지도를 찾으면 너무 억울할 것 아니냐?"

구양봉은 만약 지금 황약사와 싸우면 몇 천 초식을 겨루어도 승패를 가리기 어렵다는 것을 잘 알고 있었다. 게다가 자기가 이기리라는 확신도 없었다. 다행히 〈구음진경〉은 이미 손에 넣었으니 복수를 서두를 필요는 없다는 생각이 들었다. 그러나 또 한편 만약 구천인이 강남 육괴와 곽정, 황용을 처치하고 자신을 도와 두 사람이 함께 황약사를 공격한다면 안 될 것도 없다는 생각이 들었다.

구양봉은 친자식이 죽었다는 비보를 전해 들은 순간에도 냉정하게 사태를 따져보았다. 결국 어느 정도 승산이 있으니 기회를 놓쳐서는 안 된다는 판단이 섰다.

"구 형, 나는 황약사를 상대할 테니 구 형께서 저 여덟 명을 맡으시오."

"좋지요. 제가 저들을 없애고 구양 형을 도와드리지요."

구천인은 부채를 가볍게 흔들며 대답했다.

"좋소."

구양봉은 황약사를 노려보며 천천히 몸을 굽혀 쭈그려 앉았다. 황약사는 발을 많이 모으지도 많이 벌리지도 않으며 동방을목東方乙木 방위를 딛고 섰다. 이제 곧 두 사람은 상승 무공으로 생사를 결정지을 한판 승부를 가릴 참이었다.

"우선 나부터 처치해보시지."

황용의 말에 구천인은 고개를 저었다.

"낭자는 작고 귀여워 차마 손을 못 대겠는걸. 아니, 이런…… 아이코! 하필이면 이럴 때!"

구천인은 갑자기 배를 움켜쥐며 허리를 굽혔다.

"왜 그래요?"

구천인이 인상을 쓰며 대답했다.

"조금만 기다려. 배가 아파서 볼일 좀 보러 가야겠어!"

"핏!"

황용은 코웃음을 치기는 했으나 뭐라 응수할 말이 떠오르지 않았다.

"아이고!"

구천인은 오만상을 찌푸리며 두 손으로 엉덩이를 막은 채 비틀비틀 걸음을 옮겼다. 금방 설사라도 할 것 같은 자세였다. 황용은 틀림없이 거짓말일 거라는 생각은 들었으나, 혹시 정말 설사라도 할까 봐 차마 막지 못하고 멍하니 그의 뒷모습을 바라보았다. 주총이 날 듯이 다가가 자루 속에서 종이를 한 장 꺼내주었다.

"종이 여기 있소이다."

주총은 구천인의 어깨를 두드리며 웃었다.

"고맙소이다."

구천인은 근처 수풀 속으로 들어가 쪼그려 앉았다. 황용이 돌멩이를 집어 들어 구천인의 등을 향해 던졌다.

"더 멀리 가서 해요."

돌멩이가 막 등에 맞으려는 순간, 구천인이 손을 돌려 막아냈다.

"냄새날까 봐 그러는 건가? 멀리 가면 될 것 아니야. 다들 꼼짝 말고 기다리고 있어."

구천인은 주섬주섬 바지를 추슬러 10장 정도 떨어진 수풀 사이로 가 쪼그려 앉았다.

"둘째 사부님, 아무래도 도망가려는 모양이에요."

주총이 고개를 끄덕였다.

"저놈이 얼굴은 두꺼워도 발은 느려서 도망가진 못할 거다. 재미있는 걸 보여주마."

주총은 품속에서 예리한 검 한 자루와 철로 만든 손을 꺼냈다. 방금 구천인의 어깨를 두드릴 때 훔쳐낸 것이었다. 황용은 밀실 속에서 구천인이 전진칠자를 상대로 검을 배에 찔러대며 허풍을 떠는 소리를 들었다. 물론 속임수가 있으리라 생각은 했으나 정확히는 알 수가 없었다. 그런데 지금 그 검을 들고 살펴보니 그가 어떤 속임수를 썼는지 알 것 같았다. 황용은 검을 들고 깔깔대며 웃어댔다. 그녀는 구양봉의 집중력을 흐뜨려놓으려는 생각에 검을 들고 구양봉에게 다가갔다.

"구양 선생, 전 살고 싶지 않아요."

황용은 오른손을 휘둘러 그 예리한 검으로 배를 힘껏 찔렀다. 황약사와 구양봉은 막 기를 모아 공격을 발하려는 찰나, 황용이 갑자기 뛰어들어 검으로 배를 찌르자 둘 다 깜짝 놀라지 않을 수 없었다. 황용은 검을 들고 칼날을 넣었다 뺐다 하며 아버지에게 보여주었다. 구양봉은 한심한 생각이 들었다.

'구천인, 저자가 정말 허풍쟁이란 말인가? 그렇다면 그 대단한 소문들도 다 거짓일까?'

황약사는 구양봉이 천천히 몸을 일으키는 것을 보고 그가 무슨 생각을 하는지 짐작할 수 있었다. 황약사는 딸이 건네주는 철로 만든 손을 받아 들었다. 손바닥에는 구救 자가, 손등에는 물결무늬가 새겨져 있었다.

'이것은 상중湘中의 철장방鐵掌幇 방주 구천인의 영패令牌로군. 20년 전만 해도 이 영패가 강호에서 위세를 떨쳤지. 누구든지 이 영패만 가지고 있으면 동으로 구강九江에서부터 서로는 성도成都에 이르기까지 누구의 제재도 받지 않고 마음대로 통행할 수 있었으니까. 흑도黑道든 백도白道든 이 영패를 가진 자의 명령에 복종했지. 최근 몇 년 동안 철장방의 소식을 전혀 듣지 못했는데, 이미 해산했는지 모르겠군. 그런데 설마 이 영패의 주인이 저 파렴치한 늙은 노인이란 말인가?'

황약사는 영패를 딸에게 돌려주었다. 표정이 매우 어두웠다. 구양봉도 잠시 물끄러미 철장을 바라보더니 이상한 표정을 지었다. 황용은 눈살을 가볍게 찌푸렸다.

"이 가짜 손은 가지고 놀면 재미있을 것 같아요. 하지만 사람 속이는 칼 따윈 필요 없어요. 자, 받아요!"

황용은 구천인을 향해 검을 던지려 했다. 그러나 구천인이 상당히 멀리 떨어져 있어 그곳까지는 미치지 못할 것 같았다. 황용은 아버지에게 검을 건네주었다.

"아버지, 아버지가 던지세요."

황약사는 구천인의 신분이 의심스러워 그의 무공이 실제로 어떤지 시험해보고 싶었다. 왼손을 펴 칼날이 밖을 향하도록 손 위에 검을 평평하게 놓은 후, 오른손 중지로 검의 자루 끝을 튕겼다.

검은 경쾌한 소리와 함께 궁수들이 쏘는 활보다 더 대단한 기세로 구천인을 향해 날아갔다. 황용과 곽정은 손뼉을 치며 좋아했다. 반면 구양봉은 은근히 놀라움을 금치 못했다.

'탄지신통공彈指神通功이 대단하군.'

검은 사람들의 탄성을 뒤로하고 구천인의 등을 향해 날아가 쪼그려 앉은 구천인의 등에 꽂혔다. 비록 칼날이 안으로 들어가도록 되어 있는 가짜 칼이기는 했지만 황약사의 진력이 실린 까닭에 죽지 않으면 중상을 입었을 게 틀림없었다. 곽정이 빠른 걸음으로 다가가 살펴보았다.

"이런!"

곽정은 구천인이 입고 있던 누런 웃옷을 들어 공중에서 흔들어 보이며 소리쳤다.

"벌써 도망가고 없는데요."

구천인은 이미 웃옷을 벗어 키 작은 나무에 걸쳐두고 금선탈각술金
蟬脫殼術로 빠져나갔던 것이다. 황약사와 구양봉은 마침 서로를 응시하
고 있었고, 주총 등도 이 두 사람에게 신경 쓰느라 미처 깨닫지 못했
다. 동사와 서독은 서로 눈을 마주치더니 결국 큰 소리로 웃고 말았다.

구양봉은 황약사가 단순하고 솔직한 홍칠공과 달리 영리하고 기민
한 사람이라는 것을 잘 알고 있었다. 그런 까닭에 그에게 속임수를 쓰
는 게 쉽지 않았다. 그러나 순간 구양봉은 황약사가 경계를 늦추고 웃
고 있는 지금이 바로 기회라는 생각이 들었다. 구양봉은 갑자기 웃음
을 멈추고 황약사를 향해 읍을 하고는 곧바로 암기를 날렸다.

황약사는 여전히 하늘을 바라보며 껄껄 웃더니 왼손을 들고 오른손
으로 암기를 낚아챈 후, 구양봉을 향해 두 손을 모아 공손히 예를 갖췄
다. 두 사람 모두 잠시 중심을 잃고 비틀거렸다. 구양봉은 자신의 일격
이 실패로 돌아가자, 훌쩍 뒤로 물러났다.

"동사, 다음 기회를 기약합시다."

구양봉은 자리를 떠나려는 듯 소매를 휘날리며 몸을 휙 돌렸다. 순
간, 황약사의 안색이 바뀌더니 왼손을 뻗어 딸의 앞을 막았다. 곽정도
서독이 무언가 음험한 계교가 있어 벽공장 같은 수법으로 황용을 공
격하려 한다는 것을 눈치챘다. 그러나 곽정은 황약사만큼 민첩하지 못
하기 때문에 막아야겠다는 생각이 드는 순간 이미 늦어버려 구할 수
가 없었다.

곽정은 큰 소리를 지르며 서독의 가슴을 향해 쌍권을 날렸다. 구양
봉이 자신의 공격을 막으려 하면 초식의 위력이 떨어질 거라고 생각
했기 때문이다. 구양봉은 원래 몸을 돌리면서 일으킨 기의 위력으로

황용을 공격하려 했는데, 황약사의 팔에 부딪쳐 기의 방향이 곽정에게 로 바뀌었다. 구양봉의 힘에 황약사가 밀어내며 실린 힘이 더해진 탓에 그 위력이 만만치 않았다. 곽정은 정면으로 대응할 엄두를 내지 못하고 땅바닥을 굴러 피한 뒤 벌떡 일어났다. 얼굴이 창백해져 있었다.

"애송이 녀석, 며칠 안 보는 사이 무공이 많이 늘었구나."

구양봉은 적이 막아내는 힘을 빌려 또 다른 적을 공격하는 이 변화무쌍한 초식을 곽정이 피하는 것을 보고 내심 놀랐다.

강남육괴는 양쪽이 무공을 겨루기 시작하자, 둥글게 반원을 그려 구양봉의 뒤를 막아섰다. 그러나 구양봉은 전혀 개의치 않는 듯 몸을 돌려 떠나려 했다. 전금발과 한소영은 감히 막지 못하고 옆으로 비켜섰다. 결국 구양봉은 모든 이가 지켜보는 가운데 유유히 자리를 떴다. 황약사가 만약 지금 손을 쓰면 곽정과 황용, 강남육괴의 힘을 빌려 손쉽게 매초풍의 원한을 갚을 수 있었다. 그러나 그는 여럿이 함께 하나를 공격했다는 말을 듣고 싶지 않았다. 언젠가 혼자서 구양봉을 찾아가 결판을 지으리라 생각하며 냉소만 머금을 뿐이었다.

세상 사람들보다 후에 기뻐한다

곽정과 전금발 등은 화쟁, 타뢰, 철별, 박이출의 결박을 풀어주었다. 화쟁은 곽정이 살아 있는 것을 보자 기뻐 어쩔 줄 모르며 자신을 속인 양강에게 욕을 퍼부어댔다.

"난 또 양가 놈이 좋은 녀석인 줄만 알고, 급히 악주로 가야 한다기에 준마를 세 필이나 줬지 뭐야."

타뢰가 후회스럽다는 듯 인상을 찌푸렸다. 타뢰와 화쟁 등은 곽정이 처참하게 죽었다는 말을 듣고 비통함을 금치 못하던 차에 의형을 위해 복수하겠다고 장담하는 양강의 소리를 듣고 철석같이 믿었다.

그들은 양강을 따라 임안 북쪽의 작은 객점에 함께 묵게 되었다. 개방의 두 거지는 양강이 타구봉을 들고 있는 것을 보고 깍듯이 방주 대접을 하느라 양강의 방 밖에서 삼엄한 경계를 펼쳤다. 양강은 그날 밤 여러 차례 타뢰를 죽이려 했으나 번갈아가며 보초를 서는 거지들 때문에 밤만 꼬박 새웠을 뿐 결국 목적을 달성하지 못했다. 다음 날, 양강은 타뢰를 속여 말 세 필을 얻어내고 두 명의 거지와 함께 서쪽으로 향했다.

　타뢰 등은 지난밤 자신들이 생명의 위기를 넘긴 사실을 까맣게 모른 채 북으로 향했다. 그런데 갑자기 흰 수리가 방향을 돌려 남쪽으로 되돌아 날아가더니 반나절을 기다려도 돌아오지 않았다. 타뢰 등은 수리가 영물이라는 것을 알고 있기 때문에 무언가 이유가 있으리라는 생각이 들어 객점에서 이틀을 기다렸다. 사흘째 되는 날, 두 마리의 수리가 날아오더니 화쟁을 향해 울어댔다. 타뢰 등은 수리가 인도하는 대로 다시 남쪽으로 향했다. 그러던 중 뜻밖에 숲속에서 구천인과 구양봉을 만나게 된 것이다.

　구천인은 금의 사주를 받아 강남의 호걸들을 이간질시키려는 흑심을 품고 있었다. 구천인은 숲속에서 구양봉을 향해 말도 안 되는 소리를 지껄여대고 있다가 길을 지나던 타뢰가 몽고의 사신임을 알고 구양봉과 함께 공격했던 것이다. 비록 철별 등이 용감하고 무예가 뛰어나긴 하지만 결코 구양봉의 적수가 될 수는 없었다. 원래 수리가 이들을 남쪽으로 인도한 것은 홍마의 흔적을 발견했기 때문이다. 그런데 뜻밖에 주인들이 이런 봉변을 당하자 급히 곽정을 찾아 도움을 청한 것이다. 만약 수리가 곽정과 황용을 불러오지 않았다면 지금쯤 타뢰, 화쟁 등은 이 숲속에서 비명횡사했을 터였다.

　화쟁은 곽정의 손을 잡고 그동안 있었던 일들을 이야기했다. 황용은 화쟁이 곽정에게 살갑게 굴수록 기분이 점점 불쾌해졌다. 게다가 화쟁이 지껄여대는 몽고말을 전혀 알아듣지 못해 더욱 짜증이 났다. 황약사가 딸의 안색을 살피며 물었다.

　"용아, 저 여자아이는 누구냐?"

세상 사람들보다 후에 기뻐한다

"곽정 오빠의 정혼자라나 봐요?"

황용이 어두운 얼굴로 대답했다. 황약사는 자기의 귀를 믿을 수가 없었다.

"뭐라고?"

"아버지가 직접 물어보세요."

황용은 고개를 푹 숙였다. 주총이 옆에 있다가 상황이 난처하게 돌아가는 것을 보고 얼른 나서서 곽정이 몽고에서 화쟁과 정혼을 하게 된 사연을 간략하게 이야기했다. 황약사는 끓어오르는 화를 참을 수 없어 매서운 눈으로 곽정을 노려보았다.

"오호, 도화도에 와서 청혼을 하기 전에 이미 정해진 혼처가 있었단 말이로군?"

"어떻게든…… 어떻게든 원만한 해결책을 찾아야지요."

"용아, 아버지가 하는 일을 막지 말거라."

황약사가 매섭게 소리쳤다.

"아버지, 뭘 어쩌시려고요?"

황용의 목소리가 떨렸다.

"저 나쁜 연놈들을 한꺼번에 죽여버려야겠다. 이런 모욕을 받고 어찌 저들을 살려두겠느냐?"

황용이 깜짝 놀라서 아버지의 오른손을 잡았다.

"아버지, 오빤 진심으로 절 좋아해요. 오빠에게 저 말고 다른 여자는 없다고 했어요."

"흥! 그래?"

황약사는 냅다 곽정에게 소릴 질렀다.

"이봐, 너 내 앞에서 그 여자를 죽여 너의 마음을 분명히 밝혀라."

곽정은 평생을 살면서 이렇게 난처한 상황을 겪어본 적이 없었다. 타고난 바탕이 둔한 편인 그는 황약사의 말을 듣자 몸 둘 바를 몰라 멍하니 그 자리에 서 있었다.

"이미 혼인을 약속한 처자가 있는 사람이 또 청혼을 하다니, 이걸 어떻게 설명할 테냐?"

강남육괴는 서슬이 퍼런 황약사의 얼굴을 보자 바짝 긴장하기 시작했다. 만약 황약사가 화를 참지 못하고 곽정을 내려치기라도 하면 곽정은 그 자리에서 목숨을 잃을 게 뻔했다. 강남육괴도 무공을 따지면 황약사에 훨씬 못 미치기 때문에 황약사가 정말 곽정을 죽이려 들면 막을 도리가 없었다. 곽정은 거짓말을 못 하는 성격이라 솔직하게 대답했다.

"전…… 전 평생 동안 용이만 사랑할 거예요. 용이가 없으면 저도 살 수가 없어요."

황약사의 안색이 금세 누그러졌다.

"좋다. 그럼 저 여자를 죽이지 않아도 좋으니, 다시는 만나지 말거라."

곽정은 아무 말도 하지 못했다. 그 모습을 보다 못해 황용이 입을 열었다.

"저 여자를 꼭 만나야겠어요?"

"내겐 친동생이나 마찬가지인데, 만약 만나지 못한다면 가끔씩 보고 싶을 것 같아."

황용이 환히 웃으며 대답했다.

"그래요, 만나고 싶으면 만나요. 난 괜찮아요. 오빠가 저 여자를 사랑하는 게 아니라는 걸 믿어요."

"좋다. 나 황약사, 저 여자의 형제들, 네 사부님들이 있는 이 자리에서 똑똑히 맹세해라. 너와 결혼할 사람은 저 여자가 아닌 내 딸 황용이라고 똑똑히 말해보아라."

황약사가 다시 한번 못을 박았다. 황약사 성격대로라면 이대로 넘어갈 리 없었지만, 그나마 이 정도에서 타협을 본 건 딸의 체면을 생각해서였다. 곽정은 고개를 숙인 채 생각에 잠겼다. 문득 양쪽 허리에 차고 있던 대칸이 준 금도와 구처기가 준 비수가 눈에 띄었다.

'아버지의 유언대로라면 나와 양강은 생사를 같이해야 할 의형제지만 양강의 사람됨으로 보아 그건 안 될 말인 것 같고, 양철심 숙부의 유언대로라면 목염자 누이를 아내로 맞아야 하지만 그것 또한 안 될 말이니……, 어른들의 뜻을 하나도 받들지 못하게 되었구나. 나와 화쟁의 혼인은 대칸께서 결정하신 일이긴 하지만, 그것 때문에 용이와 헤어질 수는 없지.'

곽정은 결심이 선 듯 고개를 들었다. 이때 타뢰도 주총에게서 상황을 전해 들었다. 곽정이 망설이는 모습을 보자 자신도 퍽 난처했다. 보아하니 곽정은 자기 누이에게 마음이 없는 듯했다. 타뢰는 동생을 생각하니 분통한 심정이 되었다. 그는 화살통에서 화살을 하나 빼어 들고 분명한 목소리로 말했다.

"곽정! 천하를 호령하는 대장부가 우유부단해서야 되나? 자네가 내 누이에게 마음이 없는데, 대칸의 딸인 내 동생이 자네한테 매달릴 수야 없지. 좋네. 이걸로 우리 의형제의 연을 끊도록 하세. 어려서 자네가 목숨을 걸고 날 도와주었고, 아버지와 내 목숨을 구해준 적도 있었지. 내 그 은혜는 잊지 않겠네. 북에 계시는 자네 어머니는 내가 최선을 다해 봉양함세. 만약 자네가 어머님을 남쪽으로 모셔오고 싶다면 내가 안전하게 모셔다드리겠네. 남아일언중천금이라, 내 이 약속을 분명히 지킬 테니 걱정하지 말게."

타뢰는 단호한 태도로 긴 화살을 절반으로 부러뜨려 말 앞에 던졌다. 타뢰의 단호하고 딱 부러진 말에 곽정은 마음이 크게 흔들렸다.

'그의 말이 옳다. 남아일언중천금인데, 내가 내 입으로 화쟁과 혼인하겠다 하지 않았었나? 자기가 한 말을 책임지지 않는다면 그게 어디 사람인가? 황 도주께서 날 죽이거나, 용이가 평생 날 미워한다 해도 어쩔 수 없지.'

곽정은 고개를 들고 의연한 표정으로 입을 열었다.

"황 도주, 사부님, 타뢰, 그리고 철별, 박이출 두 사부님, 저 곽정은 신의 없는 사람이 될 수는 없습니다. 전 화쟁과 결혼하겠습니다."

곽정은 한어와 몽고어로 각각 한 번씩 말했다. 모두들 이 뜻밖의 말에 깜짝 놀랐다. 타뢰와 화쟁은 기뻐 어쩔 줄 몰랐고, 강남육괴는 내심 제자의 강단과 기개 있는 모습에 칭찬을 아끼지 않았다. 반면 황약사는 곽정을 노려보며 냉소를 지었다.

황용은 마음이 찢어질 듯 아팠다. 한참을 멍하니 있다 갑자기 화쟁에게 다가가 찬찬히 뜯어보기 시작했다. 건장한 체구에 큰 눈, 시원스러운 인상이었다. 황용은 긴 한숨을 내쉬었다.

"오빠, 알겠어요. 오빠 결국 이 여자의 사람이군요. 두 분이 사막에 사는 한 쌍의 수리라면 난 버드나무 아래 제비에 불과해요."

곽정이 다가가 황용의 손을 꼭 쥐었다.

"용아, 네 말이 맞는지 틀리는지는 모르지만 내 마음속엔 여전히 너뿐이야. 너도 알지? 다른 사람이 뭐라 하든지, 설사 내 목에 칼이 들어온다 해도 내겐 너뿐이야."

황용은 눈물이 그렁그렁한 채 울먹였다.

"그럼 왜 이 여자랑 결혼하는 거죠?"

"내가 원래 우둔해서 융통성이 없잖아. 내가 한 말에 책임을 져야지. 하지만 난 거짓말은 못 해. 어쨌든 내겐 너밖에 없어."

황용은 기뻐해야 할지, 슬퍼해야 할지 종잡을 수가 없었다. 잠시 후, 황용은 마른 웃음을 지으며 입을 열었다.

"진작 이럴 줄 알았더라면, 차라리 그 무인도에서 돌아오지 말 것을……."

"흥! 걱정할 것 없다."

황약사가 눈썹을 치켜세우더니 갑자기 소매를 휘둘러 화쟁을 치려 했다. 황용은 아버지의 눈에 살기가 번득이는 것을 보고 깜짝 놀라 화쟁의 앞을 막아섰다. 그러곤 아버지가 잠깐 주춤하는 사이 얼른 화쟁을 말에서 끌어내렸다. 결국 황약사의 팔이 말의 안장을 내리쳤다. 처음에는 아무렇지도 않아 보이던 말이 점차 고개를 숙이더니 결국 다리가 풀리고 온몸을 둥글게 말면서 땅바닥에 쓰러져 숨을 거두고 말았다. 이 말은 몽고에서 유명한 준마였다. 비록 한혈보마만은 못하다 할지라도 튼튼하고 건장한 보기 드문 말이었다. 그런데 황약사의 일장에 그 자리에서 숨을 거두다니, 무공이 얼마나 대단한지 알 수 있었다. 타뢰와 화쟁은 가슴이 쿵쿵 뛰었다. 만약 화쟁이 맞았다면 이미 죽은 목숨이 아닌가.

황약사는 뜻밖에 황용이 나서서 화쟁을 구해주는 것을 보고 너무나 의아했다. 그러나 금세 황용의 의도를 파악했다. 만약 아버지가 화쟁을 죽이면 곽정과 원수가 될까 봐 두려웠던 것이다.

황약사는 그런 딸의 처량한 모습을 보자 자기도 모르게 마음이 아팠다. 마치 아내가 죽은 후 의기소침해 있던 자신의 모습을 보는 것 같았다. 딸은 죽은 아내와 많이 닮았다. 바로 아내의 이런 모습에 자신이 그토록 정신없이 빠져들지 않았던가. 비록 아내가 죽은 지 15년이 넘었지만 황용을 보면 지금도 날마다 곁에 있는 것만 같았다.

황약사는 딸의 표정을 보니 딸이 곽정을 얼마나 깊이 사랑하는지 알 것 같았다. 딸의 성정이 자신과 닮아 한번 빠지면 헤어나지 못한다는 걸 잘 알고 있었다. 황약사는 깊은 한숨을 내쉬었다.

"아아! 인생은 솥과 같아서 모든 괴로움이 그 안에서 끓는구나且夫天地爲爐兮 造化爲工 陰陽爲炭兮 萬物爲銅!"

황용은 눈물을 흘리며 넋이 나간 듯 서 있었다. 한보구가 주총의 소매를 잡아당기며 낮은 목소리로 물었다.

"무슨 뜻이죠?"

"한조漢朝 때 가賈씨 성을 가진 사람이 쓴 글인데, 이 세상의 모든 사람이나 만물이 끓는 솥 안에 있는 것처럼 괴롭다는 뜻이야."

"저렇게 대단한 무공을 지닌 사람도 괴로운 일이 있을 수 있나요?"

주총은 고개를 저을 뿐 아무 말도 하지 않았다.

"용아, 가자꾸나. 다시는 저놈을 만나지 말자."

황약사의 목소리는 더할 수 없이 온화했다.

"안 돼요. 전 악주로 가야 해요. 사부님께서 제게 개방의 방주가 돼라 하셨어요."

"거지들의 우두머리가 되어봐야 귀찮기만 할 뿐 좋을 것 하나 없다."

"사부님과 이미 약속했는걸요."

황약사는 한숨을 쉬었다.

"그럼 어디 며칠만 해보거라. 만약 더럽고 힘들어 하기 싫거든 당장 다른 사람에게 넘겨라. 저놈을 또 만날 테냐?"

황용은 곽정을 힐끗 바라보았다. 곽정은 사랑과 애정이 담뿍 담긴 애틋한 눈으로 황용을 바라보고 있었다.

"아버지, 오빠가 다른 사람을 아내로 취했으니 나도 다른 사람에게 시집을 가야죠. 오빠 마음에도 저 하나뿐이고, 내 마음에도 오빠 하나뿐이니……. 그럼 된 거 아니에요?"

"하하! 역시 도화도주의 딸이로구나. 그것도 좋겠다. 그러나 만약 네 남편이 네가 저 녀석과 만나는 것을 싫어하면 어쩔 테냐?"

"흥! 누가 감히 날 막아요? 내가 누구 딸인데요?"

"어리석은 녀석, 이 아비는 머지않아 죽을 텐데……."

황용의 안색이 흐려졌다.

"저 여자와 함께 있는 오빠를 보면서 전들 오래 살 수 있겠어요?"

"넌 그래도 저 무정하고 의리 없는 녀석과 함께 있겠다는 거냐?"

"그래도 오빠 곁에 있는 게 제겐 기쁨인걸요……."

황용의 표정은 처량하고 비통하기 그지없었다. 강남육괴가 비록 성격이 괴팍하고 별나기는 했으나, 두 부녀의 대화를 듣고 있자니 놀라지 않을 수 없었다.

송은 예를 중시하는 나라였다. 황약사는 비록 무공뿐만 아니라 주

역과 유교 이론에 정통한 사람이었지만 동사라는 별명에서도 알 수 있듯이 모든 일에 일반적인 세속, 정리와는 정반대로 행동하는 사람이었다. 황용도 어려서부터 아버지의 영향을 받은지라 정조 따위를 중요시하지 않았다. 황용의 머릿속에는 결혼은 결혼이고 사랑은 사랑이라는 사고방식이 자리 잡고 있었다.

황약사와 황용에게는 너무나 자연스러운 대화였지만 듣는 사람은 기가 찰 노릇이었다. 대범하고 호탕한 성격의 가진악조차 저도 모르게 고개를 설레설레 흔들었다.

곽정은 마음이 아파 견딜 수가 없었다. 어떻게든 황용을 위로하고 싶었지만 평소에도 무뚝뚝한 편인지라 무슨 말을 해야 할지 몰랐다. 황약사는 딸과 곽정을 번갈아 바라보다 갑자기 하늘을 올려다보며 길게 휘파람을 불었다. 그러자 숲이 쩌렁쩌렁 울리고 놀란 참새 떼가 후드득 날아올랐다.

"참새야, 참새야! 오늘 밤 견우와 직녀가 만난다는데, 어서 다리를 놓지 않고 무엇 하는 거냐?"

황용이 한숨을 쉬었다. 황약사는 땅바닥에서 돌멩이를 한 움큼 움켜쥐더니 참새 떼를 향해 던졌다. 10여 마리의 참새가 땅에 떨어졌다. 황약사는 표연히 몸을 돌렸다. 순식간에 황약사의 뒷모습이 숲속으로 사라졌다.

어차피 그들의 대화를 알아듣지 못하는 타뢰는 오로지 곽정이 동생과 결혼하겠다는 말에 기쁨을 감추지 못하는 듯했다.

"안답, 어서 볼일을 끝내고 몽고로 돌아왔으면 좋겠네."

곽정이 고개를 끄덕였다.

"내 어머님께 반드시 아버지의 원수를 갚겠다고 말씀드려줘."

철별, 박이출 두 사람도 곽정과 인사를 나누고 말을 몰아 숲을 떠났다.

한소영이 물었다.

"이제 어쩔 셈이냐?"

"홍 사부님을 찾아야죠."

가진악이 고개를 끄덕였다.

"그렇게 하거라. 우리도 이제 그만 돌아가야겠다. 황 도주가 우리 집에 간 적이 있기 때문에 식구들이 모두 걱정하고 있을 거다. 홍 방주를 뵙거든 가흥으로 와서 요양하시라 전해라."

곽정은 사부들과 헤어지고 황용과 함께 임안으로 돌아왔다. 그날 밤, 두 사람은 황궁으로 들어가 부엌을 샅샅이 뒤졌으나 홍칠공은 보이지 않았다. 환관 몇 사람을 잡아 물어보았으나 최근 궁내에 자객이 들어온 적은 없다고 했다. 두 사람은 다소 안심이 되었다. 비록 홍칠공이 무공을 잃기는 했으나 현명하고 경험이 풍부한 사람이니 반드시 이곳을 빠져나갔을 것이라 생각했다. 이곳은 개방이 모이기로 한 장소와 가까웠다. 두 사람은 더 이상 지체할 수 없어 다음 날 아침, 서쪽을 향해 길을 나섰다.

당시 중국은 동으로는 회수淮水, 서로는 산관散關을 경계로 이미 절반 이상이 금인들에게 점령당한 상태였다. 남송은 양절兩浙, 양회兩淮, 강남동서로江南東西路, 형호남북로荊湖南北路, 서촉사로西蜀四路, 복건福建, 광동廣東, 광서廣西 등 십오로十五路밖에 남아 있지 않았다. 그야말로 국운이 기울면서 국가의 영토가 날로 줄어들고 있었던 것이다.

이날 두 사람은 강남서로에서 장령長嶺으로 들어섰다. 갑자기 찬 바람이 불어오더니 동쪽 하늘에서 검은 먹구름이 몰려왔다. 마침 성하盛夏의 계절인지라 수시로 큰비가 내리곤 했다. 잠시 후, 우르릉! 쿵쾅! 소리와 함께 번개가 치더니 굵은 빗방울이 후드득 떨어지기 시작했다. 곽정이 막 우산을 펴 황용과 함께 쓰려는데 갑자기 불어온 돌풍에 우산이 찢어지며 우산대만 남았다. 우산대를 손에 든 채 멀뚱한 표정을 짓고 있는 곽정을 보고 황용은 깔깔대며 웃었다.

"오빠도 타구봉을 가지고 있네요."

곽정도 따라 웃었다. 사방을 둘러보았으나 마땅히 비를 피할 장소를 찾을 수 없었다. 곽정은 겉옷을 벗어 황용에게 주려 했다.

"조금만 있으면 어차피 젖게 될걸요, 뭐."

"우리, 어서 뛰어가자."

황용이 고개를 저었다.

"오빠, 이런 이야기가 있어요. 큰비가 내리는 어느 날, 모든 사람이 정신없이 뛰어가는데 딱 한 사람만 천천히 걸어가더래요. 이를 이상히 여긴 사람이 왜 뛰지 않는지 묻자, 그 사람이 '저 앞에도 비가 내리는데 뛰어가나 걸으나 젖는 건 마찬가지 아니오?' 하더래요."

"하긴 그렇지."

황용은 문득 화쟁이 생각났다.

'어차피 운명은 이미 결정된 것, 걱정해도 쓸데없는 것 아닌가. 지금 우리가 비를 맞고 있는 것처럼 어차피 피할 수 없는 법.'

두 사람은 비를 맞으며 천천히 걸었다. 한참 걸어 장령을 지나니 한 농가가 보였다. 두 사람은 농가에 들어가 옷을 빌려 젖은 옷을 갈아입고 비를 피했다. 황용은 농가 아녀자의 옷을 걸쳐 입은 제 모습이 우스워 키득거렸다. 갑자기 옆방에서 옷을 갈아입던 곽정이 소리를 질렀다. 황용은 급히 건너갔다.

"무슨 일이에요?"

곽정이 속상한 듯 황약사가 준 그림을 펼쳐 보였다. 비에 젖는 바람에 그림이 엉망이 되어버렸던 것이다.

"아까워라!"

그림을 받아 들고 보니 종이도 군데군데 찢어지고 먹물이 번져 다시 복구하기는 어려울 것 같았다. 막 그림을 내려놓으려던 황용은 문득 한세충이 쓴 시 옆에 또 몇 줄의 글씨가 쓰여 있는 것을 발견했다. 자세히 살펴보니 그림과 표구 사이의 얇은 종이에 쓰인 것으로 만약 그림이 비에 젖지 않았다면 절대 볼 수 없었을 글씨였다.

그러나 비에 젖어 종이가 찢어진 데다 군데군데 글씨가 번져 제대로 읽기가 힘들었다. 전체 형태로 보아 4행으로 이루어진 듯싶었다. 황용이 자세히 들여다보며 천천히 글씨를 읽어 내려갔다.

"목유서…… 재철장…… 중지봉…… 제2…… 절……."

나머지 글씨는 도저히 알아볼 수가 없었다.

"〈무목유서〉!"

곽정이 갑자기 소리를 질렀다.

"맞아요, 완안홍열 그 도둑놈이 궁중의 취한당 옆에서 악무목의 유서가 들어 있다는 석갑을 훔쳤는데 거기에 유서는 없었다고 하더니, 이 글씨들이 악무목의 유서와 깊은 관계가 있는 모양인데……. 철장…… 중…… 봉……."

황용이 잠시 생각에 잠겼다가 입을 열었다.

"그때 귀운장에서 육 사형과 사부님께서 그 사기꾼 구천인에 대해 이야기하셨잖아요? 그가 철장방의 방주라면서요? 철장방이 한때는 위세가 대단해서 강호에 이름을 날렸다고 하셨는데, 그럼 악무목의 유서가 구천인과 무슨 관계가 있을까요?"

곽정이 고개를 가로저었다.

"구천인이 허풍을 친 거겠지. 난 절대 믿을 수 없어."

"하긴, 저도 그래요."

7월 열나흘째 되는 날, 두 사람은 형호남로에 도착했고, 다음 날 정오가 되지 않아 악주에 다다랐다. 길을 상세히 알아본 다음 말을 끌고 수리와 함께 악양루로 향했다. 악양루에 도착한 두 사람은 술과 음식을 주문한 뒤 동정호의 경치를 감상했다. 바다처럼 넓은 호수는 보는 이의 가슴을 탁 트이게 해주었으며, 사방을 둘러싼 높고 낮은 산이 그야말로 장관을 이루고 있었다. 태호와는 또 다른 매력을 지닌 곳이었다. 한참 넋을 잃고 바라보고 있노라니 술과 음식이 나왔다. 호남의 음식은 몹시 매워 두 사람의 입맛에 맞지 않았지만, 밥그릇도 크고 젓가락도 긴 것이 무언가 독특한 운치가 있었다. 어느 정도 배가 부르자, 곽정과 황용은 악양루의 사방 벽에 붙은 시문을 둘러보았다. 곽정이 범중엄范仲淹의 〈악양루기岳陽樓記〉를 조용히 읊조렸다.

세상 사람들보다 먼저 근심하고,

세상 사람들보다 후에 기뻐한다.

이 구절에 가서는 자신도 모르게 목소리가 높아졌다.

"오빠 그 구절에 대해 어떻게 생각해요?"

곽정은 묵묵히 생각에 잠겨 있느라 아무 대답도 하지 않았다.

"이 글을 쓴 범문정공範文正公은 당시 서하西夏에 위세를 떨치던 사람이었어요. 문무에 모두 뛰어나 천하에 그를 따를 사람이 없었지요."

곽정은 황용에게 범중엄에 대해 자세히 말해달라고 부탁했다.

범중엄은 가난한 집에서 태어나 일찍 아버지를 여의었다. 어머니가 재가하자 수없이 많은 고초를 겪었다. 그러면서도 그는 자라서 부귀영화를 누리게 되었다. 그러나 여전히 근검 성실한 태도를 잃지 않았고, 백성들을 극진히 생각했다.

곽정은 이야기를 듣고 보니 그를 존경하는 마음이 일었다. 곽정은 술병을 들어 밥그릇에 술을 가득 담아 쭉 들이켰다.

"세상 사람들보다 먼저 근심하고, 세상 사람들보다 후에 기뻐한다! 진정한 영웅이라면 그 정도 도량은 있어야지."

"그런 도량이 있으면 물론 좋겠죠. 그러나 세상 사는 게 기쁨보다는 근심이 많게 마련인 법, 평생 어디 기뻐할 날이 있기나 하겠어요? 난 차라리 그런 도량 안 가질래요."

곽정이 미소를 지었다.

"오빠, 난 세상 사람들이 근심하건 기뻐하건 간에 오빠가 내 곁을 떠나지만 않으면 좋겠어요. 오빠 없이는 영원히 기쁠 수 없을 거예요."

황용의 목소리가 점점 가라앉더니 곧 얼굴에 수심이 가득 찼다. 곽정도 그녀의 마음을 잘 알고 있었다. 그러나 위로할 말이 떠오르지 않아 고개를 숙인 채 침묵을 지킬 뿐이었다. 황용이 갑자기 고개를 들더니 미소를 지었다.

"관둬요. 어차피 이렇게 된 것. 오빠, 범중엄이 지은 〈척은등剔銀燈〉이라는 시를 들어본 적 있나요?"

"아니, 들려줄래?"

"이 시의 후반부를 들려줄게요. 세상에 백 살까지 사는 사람은 없으니, 어려서는 어리석고 늙어서는 초라하되, 오직 청년의 시절만 화려할 뿐이라. 헛된 명성에 집착하지 말고, 사랑하는 여인과 삶을 누릴지니, 누구도 백발을 피할 수 없도다人世都無百歲 少癡騃 老成尫悴 只有中間 些子少年 忍把浮名 牽擊 一品與千金 問白髮 如何廻避."

황용은 다시 한번 시의 뜻을 풀이해주었다.

곽정이 중얼거렸다.

"좋은 시절을 헛된 부귀영화를 좇는 데 소비하지 말라, 그 말이지?"

황용이 낮은 소리로 시를 읊조렸다.

"술이 배에 들어가니 그리움의 눈물이 되어 흐르네酒入愁腸 化作相思淚."

"그것도 범문정공의 글이니?"

"네, 범문정공 같은 영웅호걸도 감정을 가진 사람이었던 거죠."

두 사람은 함께 술을 마셨다. 황용이 술을 마시는 다른 객들을 훑어보았다. 동쪽에 거지 차림의 노인 셋이 앉아 술을 마시고 있었다. 비록 군데군데 기운 옷을 입고 있었지만 깔끔하고 청결해 보였다. 보아하니 개방의 중요 인물들로 오늘 밤 개방 모임에 참석하러 온 것 같았다. 그 셋을 제외하면 나머지 손님들은 모두 평범해 보였다.

악양루 옆 큰 버드나무에서 매미가 끊임없이 울어댔다.

"하루 종일 맴맴맴, 뭘 그리 울어대는지……. 시끄러운 매미 소리를 들으니 떠오르는 사람이 있군요."

"그게 누군데?"

황용이 장난기 어린 웃음을 띠며 대답했다.

"누구긴 누구예요? 시끄럽게 허풍만 떨어대는 철장수상표 구천인 이지요."

곽정이 큰 소리로 웃었다.

"그 사기꾼이……."

곽정의 말이 채 끝나기도 전에 누각 구석에서 음험한 목소리가 들렸다.

"철장수상표 구천인을 비웃다니, 대단한 기개로군!"

곽정과 황용은 목소리가 들려오는 쪽을 돌아다보았다. 검은 얼굴에 남루한 옷을 입은 늙은 거지가 두 사람을 바라보며 웃고 있었다. 곽정이 보아하니 개방 사람인 듯싶은 데다 웃는 모습이 친근해 보여 일단 마음을 놓았다.

"선배님, 오셔서 술 한잔하시지요."

"좋소이다!"

늙은 거지가 다가왔다.

"앉으세요. 자, 잔을 받으시죠."

황용은 젓가락 한 벌을 새로 놓고 술잔에 술을 따랐다.

"거지 주제에 의자에 앉을 자격이 있나요?"

늙은 거지는 땅바닥에 털썩 주저앉더니, 등에 지고 있던 마대에서 낡은 그릇과 대나무 젓가락 한 벌을 꺼내 들었다. 거지는 황용을 향해 그릇을 내밀었다.

"드시다 남은 반찬 조금만 주시면 됩니다."

"그럴 수야 있나요. 선배님께서 무슨 음식을 좋아하는지 알려주시면 제가 주문하도록 하겠습니다."

"거지는 어디까지나 거지입니다. 거지의 분수를 지키지 않으려면 거지가 되어선 안 되지요. 음식을 좀 나눠주려면 주시고, 그게 싫으면 관두시지요. 전 다른 곳으로 가서 밥을 구걸해 먹도록 하겠소이다."

황용이 곽정을 바라보며 웃음을 지었다.

"선배님 말씀이 맞군요."

황용은 곧 먹다 남은 음식을 그의 낡은 그릇에 부어주었다. 거지는 마대에서 식은 주먹밥을 꺼내어 황용이 준 반찬과 함께 맛있게 먹기 시작했다. 황용은 몰래 거지가 메고 있는 마대의 수를 세어보았다. 모두 아홉 개였다. 저쪽 탁자에 앉아 있던 세 명의 거지를 살펴보니, 그들도 모두 아홉 개씩 메고 있었다. 다만 그들의 상에는 술과 요리가 풍성하게 놓여 있었다. 그 세 사람은 늙은 거지를 쳐다보지도 않았지만 표정으로 보아 무언가 불쾌한 기색이 엿보였다.

늙은 거지가 한창 맛있게 먹고 있는데 누각 아래에서 누군가 걸어 올라오는 소리가 들렸다. 곽정이 고개를 돌려 바라보니 앞의 두 사람은 우가촌에서 양강과 함께 떠났던 거지들이었고, 세 번째 사람은 바로 양강이었다.

양강은 뜻밖에 곽정이 아직 살아 있는 것을 보자 놀랍고 두려운 나머지 즉시 몸을 돌려 계단을 내려가기 시작했다. 양강이 뭐라 재촉하자 두 명의 거지 중 뚱뚱한 거지는 급히 몸을 돌려 따라 내려갔고, 다른 홀쭉한 거지는 저쪽 탁자에 앉아 술을 마시던 세 명의 거지에게 낮은 목소리로 뭔가 신호를 보냈다. 그러자 그 세 명의 거지도 당장 일어나 누각을 내려갔다.

땅바닥에 앉아 밥을 먹던 거지는 오로지 먹는 데 정신이 팔려 전혀 신경 쓰지 않았다. 황용이 창가로 다가가 아래를 내려다보았다. 10여 명의 거지가 양강을 둘러싼 채 서쪽을 향해 가고 있었다. 얼마 가지 않아 양강이 고개를 돌려 누각을 바라보았다. 마침 아래를 내려다보고 있던 황용과 눈이 마주치자 즉시 고개를 돌리고 발걸음을 더욱 재촉했다.

그 거지는 밥을 다 먹고 나더니 혀로 그릇을 깨끗이 닦았다. 젓가락도 소매에 깨끗이 문질러 닦은 후 자루에 집어넣었다. 얼굴엔 주름이 가득하고 안색이 초췌해 보였다. 손이 특이하게 커서 보통 사람의 손보다 배는 되어 보였다. 곽정이 일어나 손을 모으며 예를 갖추었다.

"선배님, 올라오셔서 말씀 나누시지요."

"의자에 자주 앉아 보질 않아서 도리어 불편합니다. 게다가 두 분은 홍 방주의 제자분이시니 비록 나이가 저보다 많이 어리기는 하나 제가 사형뻘이 되겠지요. 그냥 사형이라 부르시면 됩니다. 저는 노유각魯有脚(굼뜬 다리가 있다는 뜻)이라 합니다."

곽정과 황용은 그가 자신들의 내력을 알고 있는 데 놀라 서로 마주 보았다.

"노 사형, 이름이 재미있으시네요."

"속담에 거지는 몽둥이가 없으면 개에게도 무시를 당한다 했지요.

전 비록 몽둥이는 없지만 두 다리가 있지 않습니까? 만약 개가 와서 괴롭히면 이 발로 개 머리를 콱 내질러주지요. 그럼 즉시 꼬리를 감추고 도망간답니다."

"하하! 개가 만약 사형의 이름을 안다면 미리 도망갈 텐데요."

황용이 손뼉을 치며 웃어댔다.

"여생에게 두 분의 이야기를 들었지요. 정말이지 나이는 어리지만 의협심도 강하고 대단하신 분들이시더군요. 그러니 홍 방주께서 두 분을 제자로 삼으셨겠지요."

곽정이 일어나 예를 갖추며 감사를 표했다.

"두 분께서 방금 철장방 구천인에 대해 말씀하시는 것을 들어보니 무언가 잘못 알고 계시지 않나 싶소이다마는……."

"그래요? 사형께서 좀 알려주시죠."

"구천인은 철장방의 방주이십니다. 철장방은 지금 호남, 호북, 사천 일대에 악명이 높지요. 살인에 도둑질 등 못 하는 짓이 없습니다. 처음에는 관官과 결탁해 나쁜 짓을 일삼더니 지금은 아예 돈으로 관직을 사 공공연히 사악한 짓을 하고 있습니다. 더욱 분한 것은 금과 내통해 나라를 팔아먹고 있다는 것이지요."

"구천인의 인물됨으로 보아 사기나 좀 칠 뿐 그렇게 큰 세력을 가진 철장파의 두목으로 보이지는 않던데요."

"그를 무시하면 큰코다칩니다."

"그를 만나보신 적이 있나요?"

"만나본 적은 없습니다. 그는 지금 10년 넘게 깊은 산속에 은거하며 철장신공을 연마한다 들었습니다."

"속으셨군요. 전 그 사람을 몇 번이나 만나봤어요. 무공을 겨룬 적도 있는걸요. 철장신공은 무슨…… 하하하……!"

황용은 구천인이 설사를 하는 척하다 도망간 일이 생각나 깔깔대고 웃었다. 노유각이 정색을 하며 말했다.

"어찌 된 영문인지 그 연유야 알 수 없지만, 어쨌든 섣불리 철장방을 무시했다가는 큰일 납니다."

곽정은 노유각의 기분을 거스를까 봐 얼른 나섰다.

"사형 말씀이 옳습니다. 용이가 원래 실없이 잘 웃는지라……."

"내가 언제 실없이 웃었어? 아이고, 아이고, 배야."

황용은 구천인의 말투를 흉내 내며 배를 붙잡고 아픈 시늉을 했다. 그 모습을 보자 곽정도 구천인의 모습이 생각나 그만 웃음을 터뜨리고 말았다. 황용은 곽정이 따라 웃자 도리어 웃음을 거두고 화제를 바꾸어 물었다.

"사형, 방금 여기서 술을 드시던 세 분과는 혹시 아는 사이이십니까?"

노유각은 큰 한숨을 내쉬었다.

"두 분께서는 우리 개방 사람이니 말씀드려도 상관없겠지요. 혹시 전에 홍 방주께 우리 개방이 정의파淨衣派와 오의파汚衣派로 나뉘었다는 말씀을 들은 적이 있는지요?"

"그런 말씀은 하신 적 없는데요."

"방내에 파가 갈린 것이 자랑할 일은 아니니까요. 홍 방주께서도 이 일에 대해 매우 안타까워하시며 두 파를 하나로 합치기 위해 많은 노력을 하셨지요. 개방에는 홍 방주 밑으로 네 명의 장로가 있습니다."

"그건 알고 있어요."

황용은 홍칠공이 아직 살아 있는 한 그가 자기를 방주로 임명한 사실을 남에게 알리고 싶지 않았다.

"저는 서로西路의 장로입니다. 방금 여기 있던 세 명도 모두 장로지요."

눈치 빠른 황용이 말을 받았다.

"알았다. 사형께서는 오의파의 장로시고, 저들은 정의파의 장로로군요?"

곽정이 신기한 듯 물었다.

"와! 어떻게 알았어?"

"사형의 옷을 봐. 사형의 옷은 초라하고 남루한데 아까 그 사람들은 깨끗한 옷을 입고 있었잖아. 노 사형, 깨끗한 옷을 입으면 좋지 않아요? 더럽고 냄새나는 옷을 입으면 불쾌하잖아요. 그냥 옷을 깨끗이 빨아 입으면 두 파가 하나가 되는 것 아닌가요?"

황용의 말을 듣고 노유각이 갑자기 화를 버럭 냈다.

"낭자야 부잣집 금지옥엽이시니 당연히 더럽고 냄새나는 거지가 싫겠지요."

곽정이 얼른 나서 사과를 하려 했으나 노유각은 뒤도 돌아보지 않고 씩씩거리며 누각을 내려가버렸다. 황용이 혀를 날름거렸다.

"오빠, 노 사형을 화나게 했다고 야단치지는 말아요."

곽정이 피식 웃었다.

"방금 정말 걱정했어요."

"뭘 걱정해?"

"노 사형이 화가 나서 발로 오빠를 차버리면 어쩌나 하고요."

"내가 뭘 잘못했다고 나를 발로 차? 설사 네가 말실수를 좀 했다 한들 사람을 발로 차면 되니?"

황용은 입을 삐죽거리며 아무 말도 하지 않았다. 곽정은 무슨 뜻인지 알 수가 없었다. 황용이 웃으며 한숨을 지었다.

"노 사형이 왜 이름을 그렇게 지었는지 한번 생각해보시죠."

"아하! 너, 지금 날 개라고 놀리는 거구나?"

곽정이 손을 들어 황용을 때리는 시늉을 하자, 황용이 웃으며 피했다. 다정한 연인들의 모습 그대로였다.

그렇게 장난을 치며 놀고 있는데 양강을 따라 내려갔던 개방파의 세 장로가 다시 올라오더니 두 사람의 탁자로 다가와 예를 올렸다. 그중 한 거지는 희고 피둥피둥한 몸집에 무성한 흰 수염을 늘어뜨린 모습이었다. 색이 바래고 구멍 난 옷만 아니라면 대부호나 선비 같은 인상을 풍겼다. 그 거지는 얼굴에 가득 호의 어린 웃음을 띠고 말했다.

"방금 성이 노씨인 늙은 거지가 몰래 두 분에게 독수를 썼습니다. 그냥 두고 볼 수 없어서 구해주러 온 것입니다."

곽정과 황용은 어안이 벙벙해 동시에 소리쳤다.

"독수라니요?"

"그 거지가 두 분이 남긴 음식을 먹으려 하지 않았지요?"

황용은 속으로 흠칫 놀라며 급히 물었다.

"그럼 우리 음식에 독을 넣었단 말인가요?"

"우리 개방파에서 그런 비열한 사람이 나오다니, 참으로 애석한 일입니다. 저 늙은 거지는 독을 잘 쓰기로 유명한 자입니다. 손가락을 가볍게 튕겨서 손톱 안에 숨기고 있던 독을 귀신도 모르게 음식이나 술에 집어넣습니다. 두 분은 이미 독이 든 음식을 드셨으니, 반 시진이 지나면 해독할 길이 없게 됩니다.”

황용은 반신반의했다.

“우리와 아무런 원한이 없는데 왜 그런 독수를 썼을까요?”

“아마 두 분의 말씀 중에 마음에 안 드는 구석이 있었던 거지요. 빨리 해독약을 복용해야만 살 수 있습니다.”

그 거지는 품에서 가루약 한 첩을 꺼내어 술잔 두 개에 나누어 타고 곽정과 황용에게 어서 마시라고 했다. 황용은 아까 그들이 양강과 함께 있는 것을 보았기에 이들의 행동에 의심을 품었다.

“양 공자와 우리는 아는 사이이니, 양 공자를 불러서 만나게 해주세요.”

“곧 만나시게 될 겁니다. 그 사악한 거지가 탄 독은 매우 독해서 빨리 해독약을 드시지 않으면 치유할 수 없을 것입니다.”

“세 분의 호의에 정말 감사드립니다. 일단 앉아서 함께 몇 잔 마셔요. 예전 개방의 제11대 방주께서는 북고산北固山에서 홀로 일봉쌍장一捧雙掌으로 낙양오패洛陽五覇를 무찔렀다고 들었어요. 정말 대단한 영웅이시지요.”

황용은 홍칠공, 곽정과 함께 명하도에서 뗏목을 만들 때, 홍칠공에게서 개방의 옛일들에 대한 이야기를 자주 들었다. 홍칠공은 앞으로 방주가 될 황용이 방내의 일에 대해 어느 정도 알고 있어야 한다는 생각을 가지고 있었다. 제11대 방주의 영웅적인 사적에 대한 이야기도 그때 들은 것이다.

개방의 세 장로는 갑자기 황용이 개방의 옛일을 꺼내자 서로 쳐다보며 놀라움을 감추지 못했다. 이렇게 어린 여자아이가 그 일을 알고 있는 것이 자못 궁금했다.

"홍 방주의 항룡십팔장은 천하무적이라고 들었어요. 세 분께서는 몇 장이나 배우셨나요?"

세 거지의 얼굴에 순간 먹구름이 끼었다. 그들은 항룡십팔장 중 한 장도 전수받지 못했고, 팔대 제자인 여생만이 신룡파미 한 장을 전수받았을 뿐이다.

"방금 노 장로께서 독수에 능하다고 하셨는데, 제가 보기엔 평범하던걸요. 지난달 서독 구양봉이 우리에게 독이 든 술 석 잔을 마시라고 한 적이 있어요. 서독의 그 독수야말로 정말 정통한 독수라고 할 수 있지요. 이 해독 술은 세 분께서 직접 드셔보는 게 좋겠어요."

황용은 가루약을 탄 두 개의 술잔을 세 거지 앞으로 밀었다. 거지들은 얼굴색이 약간 변했다. 황용이 핑계를 대면서 약을 먹으려 하지 않는다는 것을 눈치챈 것이다. 부호의 풍모를 지닌 장로가 웃으며 말했다.

"낭자께서 의심이 드신다면 억지로 권하지는 않겠소이다. 우리가 괜한 호의를 베푼 것 같구려. 하지만 내 한 가지 알려드릴 게 있소. 알게 되면 낭자도 자연히 믿을 것이오. 두 분은 내 눈을 보세요. 뭔가 이상한 점이 없습니까?"

곽정과 황용은 일제히 그의 두 눈을 응시했다. 그의 두 눈은 피둥피둥한 살 속에 푹 파묻혀 가는 실 같은 흔적만 있었으나 눈빛만은 맑고 반짝거렸다.

"두 분은 내 눈을 똑바로 보고 절대 다른 생각을 하지 마십시오. 지금 두 눈꺼풀이 묵직해지면서 머리가 어질어질하고 온몸에 힘이 쭉 빠지는 것을 느낄 것입니다. 이것이 바로 중독 현상입니다. 자, 이제 두 눈을 감고 잠에 빠져듭니다."

그는 매우 또렷하게 말했지만 목소리를 들으니 노곤해지기 시작했다. 곽정과 황용은 피로를 느끼며 잠이 오는가 싶더니 온몸에 힘이 빠졌다. 뭔가 이상하다고 느낀 황용은 고개를 이리저리 돌려 그의 눈빛을 피하려 했지만 그의 두 눈에 사로잡혀 자신도 모르게 다시 그를 응시하게 되었다.

"이곳은 큰 호수와 접하고 있어 아주 시원하고 상쾌하지요. 두 분은 서늘한 바람 속에서 깊은 잠에 빠져듭니다. 잠에 빠져듭니다. 잠에 빠져듭니다."

그의 말은 끝으로 갈수록 더욱 부드럽고 달콤해졌다. 곽정과 황용은 자신도 모르게 연신 하품을 하며 탁자에 엎드려 깊은 잠에 빠져들었다.

거지들의 집회

　얼마나 시간이 흘렀을까, 두 사람은 몽롱한 의식 속에 서늘한 바람이 느껴졌다. 또 몸에 한기가 들면서 물결치는 소리가 들렸다. 눈을 떠 보니 구름과 안개 사이로 밝은 달이 떠오르고 있었다. 두 사람은 깜짝 놀랐다. 악양루에서 술을 마시던 방금 전만 하더라도 훤한 대낮이었는데 어찌 순식간에 어두운 밤이 되었단 말인가. 여전히 의식이 희미한 가운데 일어서려고 하다가 더욱 놀라고 말았다. 두 손과 발이 밧줄에 묶인 데다 입안에는 마麻의 씨가 물려 있었다. 황용은 그 뚱뚱한 거지 놈의 술수에 걸려들었다는 것을 알았다. 그러나 무슨 사악한 수법을 쓴 것인지 아무리 생각해도 알 수가 없었다. 순간 생각을 접고 황급히 곽정을 찾아보았다. 자신의 옆에 누워 힘껏 버둥거리고 있는 곽정을 보자 일단 안심이 되었다.

　곽정의 내공은 이미 상당히 강해서 아무리 견고한 밧줄이라도 내공을 몇 번만 운기하면 쉽게 끊을 수 있었다. 그러나 있는 힘을 다해 손과 발을 움직여도 밧줄은 쨍쨍, 소리만 낼 뿐 조금도 끊길 기미가 보이지 않았다. 소가죽과 철사를 꼬아서 만든 밧줄이었던 것이다.

곽정이 다시 내공을 가하려는데 얼굴에 차가운 기운이 느껴졌다. 얼음같이 차갑고 예리한 칼날이 자신의 뺨 위를 가볍게 두 번 툭툭 친 것이다. 고개를 돌려보니 네 명의 젊은 거지가 병기를 들고 지키고 서 있었다. 어쩔 수 없이 더 이상 몸부림치는 것을 포기하고 황용을 보았다.

황용은 정신을 바짝 차리고 주변 상황을 살펴본 뒤 이곳에서 벗어날 궁리를 했다. 그런데 몸을 옆으로 돌려보다 혼비백산했다. 자신들이 묶여 있는 곳은 어느 작은 봉우리의 꼭대기로 달빛 아래 호수에는 얕은 안개가 아득히 뻗은 푸른 호수를 감싸고 있었다.

'동정호의 산 정상까지 끌려왔구나. 그런데 어째서 아무것도 느끼지 못했을까?'

모두 쥐 죽은 듯 말이 없어 처음에는 발견하지 못했는데, 10여 장 밖에 있는 높은 누대 주위에 수백 명의 거지가 겹겹이 에워싸고 앉아 있었다. 황용은 속으로 너무 기뻤다.

'아, 맞다! 오늘이 7월 15일, 바로 개방파의 방회가 열리는 날이구나. 무슨 방법을 쓰든지 간에 입을 열어서 사부의 명령을 전달하기만 하면 모두들 따를 거야.'

한참 시간이 흘렀지만 거지들은 아무 움직임이 없었다. 황용은 몹시 초조했으나 움직일 방법이 없어 그저 꾹 참고 있었다. 다시 반 시진이 흐르자 손과 발이 조금씩 저려오기 시작했다. 차가운 달이 점점 하늘 한가운데에 높이 떠 누대를 반쯤 비추었다.

'이태백은 시에서 '엷은 달빛이 호수를 비치니, 옥 같은 경치가 나타

나고 단청 그림 같은 군산이 모습을 드러낸다淡掃明湖開玉境 丹靑畵出是君山'
라고 했다. 이태백은 산에서 달을 감상하며 자유롭게 경치를 즐겼을
테지. 오늘 밤의 경치도 그와 똑같은데 나와 곽정 오빠는 이곳에 묶여
있다니……, 참으로 분하고 우습구나!'

달이 천천히 자리를 옮겨 누대를 비추자 헌원대軒轅臺라는 글자가
드러났다. 황용은 이 누대를 보니 천하의 호수에 대해 아버지가 해준
이야기가 떠올랐다. 전설에 따르면 황제는 동정호에서 솥을 만들고,
솥이 완성되자 용을 타고 하늘로 올라갔다고 했다.

잠시 뒤, 높은 누대가 영롱한 달빛 속에 완연한 제 모습을 드러냈다.
갑자기 퉁퉁퉁, 퉁퉁퉁, 하는 소리가 들려왔다. 느렸다가 빨랐다가, 높
아졌다 낮아졌다 하면서 나름의 박자를 가지고 있는 듯했다. 바로 여
러 거지가 작은 몽둥이를 들고 앞의 돌을 때리는 소리였다.

황용이 속으로 그 소리를 세어보니 9,981번이었다. 소리가 멈추고
여러 거지 중 네 명이 우뚝 일어서니 달빛이 그들의 모습을 훤하게 비
추었다. 바로 노유각과 정의파의 세 장로였다.

네 장로가 헌원대의 네 모서리에 각각 좌정하자 뭇 거지들이 일제
히 일어나서 손을 가슴에 모으고 몸을 굽혀 예를 표했다. 뚱뚱한 늙은
거지는 뭇 거지들이 앉기를 기다렸다가 쩌렁쩌렁한 소리로 말했다.

"여러 형제 여러분, 큰 화가 우리 개방에 닥쳤습니다. 정말 대천지
재난입니다. 우리의 홍 방주께서 임안에서 세상을 뜨셨다고 합니다!"

이 말에 거지들은 쥐 죽은 듯이 조용해졌다. 그러다 갑자기 누군가
울부짖으며 땅에 엎드리자 사방의 거지들이 가슴을 치며 큰 소리로
울부짖기 시작했다. 통곡 소리가 숲을 뒤흔들어 호수 너머 멀리까지

눈을 떠보니 곽정과 황용은 손발이 묶인 채 수많은 거지에게 둘러싸여 있었다.

퍼져나갔다. 곽정도 이 말을 듣고 놀라지 않을 수 없었다.

'사부님을 찾을 수 없더니 세상을 뜨시고 말았구나.'

자신도 모르게 눈물이 흘러내렸지만 입에는 마의 씨가 들어 있어 울음소리가 새어나오지 않았다. 그러나 황용은 생각이 달랐다.

'저 뚱보는 사악한 술수로 우리를 잡았으니, 필시 나쁜 마음을 먹고 있을 거야. 그런 사람의 말을 어떻게 믿을 수 있담? 분명히 거짓말일 거야.'

거지들은 홍칠공의 은덕을 생각하며 모두 방성대곡했다. 그때 노유 각이 갑자기 소리쳤다.

"팽 장로, 방주께서 세상을 뜨신 것을 직접 보았소?"

"노 장로, 방주가 세상에 살아 계신다면 어떤 간덩이 부은 놈이 감히 그런 거짓말을 할 수 있겠소? 방주가 돌아가신 것을 본 사람이 여기에 있소. 양 공, 이분들에게 자세히 말씀해주십시오."

뭇 거지들 중 한 사람이 자리에서 일어났다. 바로 양강이었다. 그는 손에 녹죽봉을 들고 누대 앞에 섰다. 거지들은 일제히 엄숙하고 조용해졌다. 그러나 낮게 흐느끼는 소리는 끊이지 않았다.

"홍 방주께서는 한 달 전에 임안부에서 적과 대결하다가 실수로 그만 살해당하셨습니다."

거지들은 이 말을 듣고 일제히 분노에 휩싸여 소리쳤다.

"원수가 누구요? 어서 말하시오. 어서!"

"방주께서는 그토록 신령한 무공을 지니셨는데, 어찌 실수를 할 수 있단 말이오?"

"필시 원수 놈들이 한꺼번에 공격해서 중과부적으로 지신 것이오."

곽정은 양강의 말을 듣고 슬픔이 분노로 바뀌었다가 다시 기쁨으로 바뀌었다.

'한 달 전에는 사부께서 분명 우리와 함께 계셨다. 저놈이 거지들에게 헛소리를 한 거로군.'

황용은 화를 감추지 못했다.

'저놈은 늙은 사기꾼 구천인의 제자라도 되나? 날조한 거짓말을 퍼뜨리는 더러운 사기 무공을 배웠군그래!'

양강은 두 손을 들어 거지들을 진정시키고 다시 말을 이었다.

"방주를 죽인 원수는 도화도 도주인 동사 황약사와 전진파의 일곱 간적들이오."

대부분의 거지에게 황약사는 낯선 인물이었지만, 전진칠자는 익히 알려진 존재였다. 황약사는 오랫동안 도화도에만 머물며 강호에 모습을 드러내지 않은 반면, 전진칠자는 강호에서 대단한 명성을 떨치고 있었던 까닭이다. 또한 이곳 방회에 참석할 수 있는 거지들은 개방 중에서도 어느 정도 서열을 차지하는 이들이므로 전진칠자의 무공을 모두 알고 있었다. 그들은 황약사가 어떤 놈인지는 몰라도 전진칠자가 함께 공격했다면 방주의 무공이 아무리 뛰어나다 한들 혼자서는 상대하지 못했을 것이라 짐작했다. 그들 가운데는 비분강개해 욕을 해대는 사람도 있고, 즉시 방주의 원수를 갚으러 가자고 소리치는 사람도 있었다.

양강은 일전 홍칠공이 구양봉의 합마공에 중상을 입어 목숨을 부지하기 어려울 것이라는 말을 듣고 그런 거짓말을 하게 되었다. 또 황궁에서 자신의 칼에 맞아 죽었으리라 짐작한 곽정을 뜻밖에 악양루에서 만나자 그를 죽일 생각으로 개방의 세 장로에게 두 사람을 사로잡으라고 지시했던 것이다.

양강은 이 일들이 언젠가는 밝혀질 것이고 황약사, 전진칠자, 강남 육괴가 반드시 복수하러 올 것이라는 사실도 예상하고 있었다. 강남 육괴는 무공이 높지 않아 별로 두려울 것이 없으나, 동사와 전진칠자 는 양강이 상대하기에는 벅찬 사람들이다. 그런 까닭에 양강은 홍칠공 을 죽인 죄를 그들에게 덮어씌운 것이다. 그렇게 되면 개방파가 분연 히 떨치고 일어나 도화도와 전진교로 달려갈 것이고, 자신의 큰 우환 을 없애줄 것이라고 생각했다. 뭇 거지들이 술렁거리는 가운데 동로의 간 장로가 일어났다.

"형제 여러분! 제 말을 들어보시오!"

눈썹과 수염이 허옇고 키는 5척 정도 되어 보였는데, 그가 입을 열 자 뭇 거지들은 일시에 조용해졌다. 개방파에서 상당한 지위를 차지하 는 사람인 듯했다.

"우리에게는 지금 두 가지 큰일이 있습니다. 첫 번째는 방주의 유언 에 따라 제19대 방주를 옹립하는 일입니다. 두 번째는 방주의 설욕을 어떻게 갚느냐 하는 것입니다."

뭇 거지들은 일제히 "옳소!" 하고 소리쳤다. 그러나 노유각이 쩌렁 쩌렁한 소리로 말했다.

"먼저 방주의 영령에 제사를 지내야 할 것입니다."

노유각은 즉시 진흙을 긁어모아 대충 사람 형태를 만들고 헌원대 앞에 놓은 뒤 엎드려 통곡했다. 뭇 거지들도 일제히 따라 통곡했다.

황용은 통곡하는 거지들을 보며 생각했다.

'사부가 멀쩡히 살아 있는데, 너희 더러운 거지 놈들은 뭘 그리 울고 난리냐? 홍! 아무 까닭도 없이 오빠와 나를 이곳에 묶어두니까 괜히 쓸데없이 울 일이 생기지. 고소하다.'

거지들이 한바탕 통곡을 하고 있는 중에 간 장로가 세 번 박수를 치자 점차 울음소리가 그쳤다.

"본 방파의 모든 형제는 오늘 이곳 악주 군산君山 대회에서 홍 방주가 누구를 계승자로 지정할 것인지를 들으러 왔습니다. 지금 그분은 불행히 세상에 계시지 않지만 방주의 유언에 따라 후계자를 정해야 합니다. 만약 유언이 없으면 본 방파의 장로 네 명이 함께 천거하기로 되어 있습니다. 이것은 본 방파에서 대대로 전해 내려오는 규율이니 형제 여러분께서 모두 아시는 바입니다."

팽 장로가 말을 받았다.

"양 공, 방주께서 임종하실 때 어떤 유언을 하셨는지 말씀해주십시오."

방주를 옹립하는 것은 개방파의 가장 큰일로, 개방의 흥망성쇠는 대부분 방주의 덕과 재능에 달려 있었다. 예전 제17대 방주는 어리석고 유약한 인물로, 무공은 높았지만 일 처리가 공정하지 못해 정의파와 오의파 간 분쟁이 끊이질 않았다. 그로 인해 개방의 명성도 크게 퇴색했다.

그러나 홍칠공이 방주 자리를 이어받자 파벌 간 내란이 많이 줄어들었고, 개방은 강호에서 다시 위세를 떨치게 되었다. 이 일을 오늘 회의에 참석한 거지들은 모두 잘 알고 있었다. 그래서 방주 옹립이라는 사안에 대해 모두 큰 관심을 가질 수밖에 없었다. 모든 거지가 일제히 정신을 집중해 양강의 말을 기다렸다.

양강은 두 손에 들고 있던 녹죽봉을 머리 위로 높이 들고는 쩌렁쩌렁한 목소리로 말했다.

"홍 방주는 악인의 협공을 당해 중상을 입고 생명이 위태로우셨습니다. 저는 우연히 이를 보고 홍칠공을 저희 집 지하 동굴에 숨겨서 악인들을 따돌렸습니다. 또 즉시 명의를 불러서 치료하려 했으나 부상이 너무 깊어 구할 수 없었습니다."

거지들은 이 말을 듣고 여기저기서 탄식을 연발했다. 양강은 잠시 멈추었다가 다시 입을 열었다.

"홍 방주는 임종하시기 전, 이 죽봉을 저에게 주시면서 제19대 방주의 중임을 맡기셨습니다."

이 말에 거지들은 일제히 술렁거리기 시작했다. 개방 방주의 중임을 이런 멀끔한 공자에게 맡길 줄은 상상도 못 한 것이다. 임안 우가촌 바보 소녀의 주막에서 우연히 녹죽봉을 준 양강은 뚱보와 말라깽이 두 거지가 자신에게 지나칠 정도로 공손히 대하자 이상한 생각이 들어 오는 길에 에둘러 죽봉의 내력을 캐냈다. 두 거지는 양강이 죽봉을 가지고 있었으므로 대답하지 않을 이유가 없었다. 그래서 아는 대로 모조리 이야기해주었다.

악주에 도착할 무렵이 되자, 양강은 개방의 상황을 거의 대부분 파악하게 되었다. 단지 개방에서 외부인에게 말하지 않도록 엄격히 규정한 기밀에 대해서는 양강이 물을 수도 없었고, 거지들도 자발적으로 말하지 않았다. 양강은 개방의 위세가 대단하고 방주 또한 막대한 권력을 가지고 있다는 것을 알았다. 홍칠공이 죽었든 살았든 간에 일단 시작한 이상 좋은 기회를 놓칠 수가 없어 방주를 자칭하고 나서기로 했다. 이렇게 되면 수천수만의 거지를 마음대로 부릴 수 있을 테니 모험을 두려워할 까닭이 없었다. 그래서 거짓으로 홍칠공의 유언을 전하며 방주 자리를 노렸다.

양강은 수백 명의 개방 영웅호걸 앞에서 거침없이 거짓말을 해대면서도 얼굴 표정 하나 바뀌지 않았다. 만약 이 거짓말이 탄로 난다면 필시 거지들에게 맞아 뼈도 못 추릴 것이 틀림없었다. 그러나 홍칠공은 이미 죽었고, 그가 지닌 녹죽봉이 자신의 손에 있는 데다 곽정과 황용도 사로잡았으니 별다른 위험은 없을 듯싶었다.

일단 방주 자리를 차지하면 일일이 다 말할 수 없을 만큼 좋은 점이 많을 것 같았다. 개방에는 수천수만의 무리가 있으니 이들을 발판으로 부귀영화를 누리는 것은 시간문제라는 생각이 들었다.

정의파의 간, 팽, 양 세 장로는 양강의 말을 듣고 얼굴에 기쁨이 가득했다. 정의파는 너덜너덜 기운 거지 옷을 입기는 하지만 평소에는 보통 사람과 다를 바 없는 곳에서 살았다. 이들은 원래 강호의 호걸이거나 개방의 의협심 넘치는 행동에 탄복해 온 사람, 혹은 개방의 제자와 친분이 있어 들어온 사람으로 실제로는 거지가 아니었다.

반면 오의파는 실제로 구걸을 하며 살아가는 사람들로 개방의 계율을 엄격히 준수했다. 즉, 금전과 관련된 일을 전혀 하지 않고 외부인과 한 탁자에 앉아 식사하지 않으며, 무공을 모르는 자들과 싸움도 하지 않았다.

두 파는 서로의 입장을 내세우며 내분이 끊이질 않았다. 홍칠공은 공정하고 청렴한 본보기를 보여 첫 번째 해에는 깨끗한 옷을 입고, 두 번째 해에는 더러운 옷을 입으며 정의파와 오의파를 공정히 대했다.

더러운 옷을 입고 구걸하는 것이 개방 정종의 본모습이지만, 홍칠공 자신이 워낙 식탐이 있다 보니 구걸해서 찬밥 덩어리로 허기를 때우는 것이 그에게는 절대 불가능한 일이었다. 홍칠공은 자신도 오의파의 계율을 엄격히 지키지는 않았으나, 네 장로 가운데 노유각을 제일 총애했다. 만약 노유각의 성질이 급하고 불같아서 대사를 몇 번 그르치지만 않았더라면 벌써 그를 계승자로 임명했을 것이다.

이번 악주 대회를 앞두고 정의파의 거지들은 걱정이 많았다. 방주의 계승자로 덕성이나 인품, 무공 면에서 모두 노유각이 유리했기 때문이다. 비록 4대 장로 중에서 세 명이 정의파라고는 하나 중간과 하층 제자 중에는 오의파가 절대다수였다. 정의파의 세 장로는 대책을 고심했지만 홍칠공의 위엄에 감히 이견을 낼 수는 없었다. 그들은 양강의 등장과 홍칠공의 비보를 접하고 비통한 심정을 가눌 길이 없었지만, 한편으론 오의파를 누를 수 있는 절호의 기회라고 생각했다.

그래서 양강에게 더욱 공손히 대하며 홍칠공의 유언을 미리 들으려 호시탐탐 기회를 노렸다. 그러나 양강은 혹시 무슨 변고가 생길까 봐 유언에 대해서는 한마디도 꺼내지 않다가 대회 중간에 드디어 선포를 한 것이다.

정의파의 세 장로는 자신들에게 차례가 오지 않으리라는 것을 일찌감치 알고 있던 터라 그다지 실망하지 않았다. 다만 노유각이 방주가 되지 않으면 된다는 생각뿐이었다. 게다가 양강은 나이가 어리니 잘만 꼬드기면 자신들에게 유리하게 일이 진행될 거라는 확신이 들었다. 더욱이 그는 복장이 화려하고 먹는 것도 까다로우니, 오의파에 치우칠 리가 없었다. 세 사람은 서로 눈을 마주치며 고개를 끄덕였다. 간 장로가 말했다.

"양 공이 가지고 계신 것은 분명 우리 개방의 물건입니다. 형제분들 중에 의심이 있으시면 올라와서 살펴보십시오."

노유각은 양강을 곁눈질하며 생각했다.

'저 젊은이가 어찌 우리 방파의 방주가 되어 천하의 거지들을 통솔할 수 있단 말인가?'

노유각은 죽봉을 받아 들고 살펴보았다. 죽봉은 초록색으로 투명하게 빛나는 것이 분명 개방파에서 대대로 전해 내려오는 물건이 틀림없었다.

'분명 홍 방주가 도와준 은혜에 감사하는 마음으로 줬을 것이다. 방주의 유언을 내 어찌 감히 어길 수 있겠는가? 내 헌신을 다해 그를 보좌하여 홍 방주가 세우신 위업을 잘 이어가리라.'

노유각은 두 손으로 죽봉을 받들어 머리 위에 올려서 공손히 양강에게 되돌려주고 쩌렁쩌렁한 목소리로 말했다.

"방주의 유언에 따라 양 공을 본 방파의 제19대 방주로 모십니다."

거지들은 일제히 환호성을 질렀다. 곽정과 황용은 몸도 못 움직이고 말도 못 하는 터라 속으로만 애를 태웠다.

'황 도주의 예측이 틀림없구나. 양강이 감히 방주 행세를 하려 들다니, 필시 나중에 큰 화를 입을 것이다.'

'저놈이 오빠와 나를 그냥 놓아줄 리 없으니, 그저 저놈이 어떤 처분을 내리든지 임기응변으로 대처하는 수밖에 없겠군.'

그때 양강이 겸손하게 사양하는 소리가 들렸다.

"저는 나이가 어리고, 아는 것도 없으며, 덕도 능력도 없는데 어찌 이런 중임을 맡겠습니까?"

"홍칠공의 유언이 이러하니 양 공께서는 너무 사양하지 마십시오. 뭇 형제들이 마음을 모아 보좌할 테니 걱정 마십시오."

팽 장로의 말에 노유각도 찬성했다.

"맞습니다."

노유각은 기침을 한 번 하더니 가래를 그의 얼굴에 뱉었다. 너무나 뜻밖의 행동에 양강은 피하지도 못하고 오른쪽 뺨에 가래를 맞고 말았다. 그가 너무 놀라 그 이유를 물으려 하는데 간 장로, 팽 장로, 양 장로도 그의 몸에 침을 뱉는 게 아닌가.

'이제 죽었구나.'

양강은 음모가 들통났다고 생각해 달아나려고 했다. 도망치는 것이 가만히 앉아 죽음을 기다리는 것보다는 나을 거라고 생각했다. 그런데 네 장로가 두 손을 가슴에 엇갈려 모으고 땅에 엎드려 절했다. 양강은 영문을 몰라 아무 말도 나오지 않았다. 거지들은 서열에 따라 한 사람씩 양강에게 침을 뱉으며 개방의 가장 큰 예를 올렸다. 양강은 놀라움과 기쁨이 교차했다.

'나에게 가래를 뱉는 것이 존경의 표시란 말인가?'

그는 방주를 옹립할 때 반드시 새 방주에게 침을 뱉어야 한다는 개방의 규율을 몰랐던 것이다. 거지는 사방에서 구걸을 하다 보면 수많은 사람의 욕을 얻어먹게 마련이다. 그러므로 뭇 거지들의 우두머리는 반드시 먼저 방내의 많은 거지에게 욕을 당해야 한다는 깊은 뜻이 숨어 있었다.

황용은 문득 전에 명하도에서 홍칠공이 방주 자리를 물려주면서 자신의 옷에 가래를 뱉었던 것이 생각났다. 그때는 그저 사부님의 부상이 중해 뱉는 힘이 약해서 그렇게 된 것이라 생각했지, 그것이 방주를 옹립하는 예라는 것은 전혀 몰랐다. 그때 홍칠공이 했던 말이 생각났다.

'나중에 모든 거지가 정식으로 네게 인사를 할 때 더럽고 지저분한 일을 겪어야 할 텐데…… 이것 참, 미안하구나.'

홍칠공은 황용이 더럽다고 방주의 자리를 사양할까 봐 일부러 말하지 않았던 것이다. 황용은 이제야 그 사실을 깨달았다. 한참이 지나서 거지들의 예가 모두 끝이 났다.

"양 방주님, 헌원대에 오르십시오."

거지들이 일제히 소리쳤다. 양강은 누대가 그리 높지 않은 것을 보고 자신의 무공을 뽐내고 싶은 마음에 두 발을 굴러 날아올랐다. 매우 날렵하고 아름다운 자태였다. 비록 자태는 아름다웠으나 네 장로는 모두 무공에 조예가 깊은 자들이라 그의 무공이 겉으로만 번드르르했지 실속이 없고, 기초가 탄탄하지 못하다는 것을 눈치챘다. 그러나 나이가 아직 젊고 필시 고수에게 전수받은 무공이라 여겨 그 정도도 대단한 것이라 생각했다. 양강은 헌원대에 올라 낭랑하게 말했다.

"방주를 죽인 원흉을 아직 죽이지는 못했지만, 원수 두 놈은 여기에 잡아왔소이다."

이 말을 들은 거지들은 일제히 시끌벅적 소리를 질렀다.

"어디에 있습니까? 어디예요?"

"빨리 칼로 토막을 내줍시다."

"단칼에 죽이지 말고 그 죽일 놈들에게 온갖 고통을 맛보게 해줍시다."

"헌원대로 끌고 오시오!"

팽 장로는 곽정과 황용에게 성큼 다가가 한 손에 한 사람씩 들고 헌원대 앞에 내동댕이쳤다.

노유각은 곽정과 황용을 보고 크게 놀라 성급히 말했다.

"방주께 아룁니다. 이 두 사람은 전 방주의 제자인데, 어찌 해를 가했겠습니까?"

양강은 치를 떨며 비장하게 말했다.

"바로 그렇기 때문에 더욱 분노하는 것이오. 이 두 사람은 돌아가신 방주를 기만하는 대죄를 저질렀소."

팽 장로가 끼어들었다.

"양 방주께서 직접 보셨는데, 어찌 틀림이 있겠습니까?"

개방 중에 여생과 여조흥은 보응현에서 함께 정요가를 구하려다 구양극의 손에 목숨을 잃을 뻔했으나 곽정과 황용의 도움을 받고 목숨을 구한 적이 있었다. 그는 그 일로 곽정과 황용에게 고마운 마음을 품고 있었다. 또 홍칠공이 이 두 제자를 극진히 아끼는 것을 알고 있던 터라 무리를 뚫고 급히 앞으로 뛰쳐나왔다.

"방주께 아룁니다. 이 두 분은 의를 추구하는 영웅이십니다. 소인, 감히 목숨을 걸고 말씀드리건대 노 방주의 죽음은 이분들과는 절대 상관이 없습니다."

여생의 말에 여조흥도 거들었다.

"이 두 분은 좋은 사람들이고, 우리의 친구입니다."

양 장로가 눈을 부라리며 호통을 쳤다.

"할 말이 있으면 너희들 장로에게 해라. 여기가 어디라고 감히 네깟

놈들이 끼어드는 거냐?"

여생과 여조흥은 오의파로서 노유각 밑에 있는 거지들이었다. 두 사람은 서열이 낮은지라 감히 더 말하지 못하고 씩씩거리며 물러날 수밖에 없었다.

"소인, 감히 방주의 말씀을 불신하는 것은 아니지만 이 일은 방주의 복수를 갚는 중차대한 일입니다. 방주께서 한 번 더 살피시어 진상을 밝혀주십시오."

노유각이 간청을 올렸다. 그러나 양강은 이미 마음속으로 생각하는 바가 있었다.

"좋소, 내가 분명히 밝히겠소."

양강이 곽정과 황용을 보며 말했다.

"너희들은 대답할 필요 없이 내 말이 맞으면 고개를 끄덕이고, 틀리면 고개를 저어라. 만약 조금이라도 기만하려 한다면 칼이 사정을 봐주지 않을 것이다."

손을 옆으로 내젓자 팽, 양 두 장로가 병기를 뽑아 곽정과 황용의 등에 댔다. 팽 장로는 검을, 양 장로는 칼을 들었는데 둘 다 날카롭기 그지없었다.

황용은 분노에 치를 떨며 낯빛이 창백해졌다. 우가촌에서 육관영이 정요가에게 청혼하면서 고개를 끄덕이거나 저으라고 했던 일이 생각났다. 그 당시의 아름다운 상황이 자신에게 닥치니 사악한 놈에게 우롱당하는 꼴이 된 것이다. 황용은 또 예전에 자신이 구양극에게 이런 장난을 친 것을 떠올리며 자신이 그대로 당하는구나 생각했다. 비록 화가 나 있는 상황에서도 황용은 어떻게 하면 고개를 끄덕이고 가로

저으면서 노유각의 의심을 불러일으킬까 고심했다. 말만 할 수 있다면 양강의 음모를 밝혀내는 것은 어려운 일이 아니었다. 양강은 곽정이 우직해 속이기 쉽다는 것을 알고 한쪽으로 끌어낸 다음 큰 소리로 물었다.

"이 여자가 황약사의 친딸인가, 아닌가?"

곽정이 눈을 감고 모른 척하자 양 장로가 칼로 그의 등을 겨누며 소리쳤다.

"맞는지 틀리는지 고개를 끄덕이거나 저어야 할 게 아니냐?"

곽정은 원래 깊이 생각할 줄 몰랐다.

'설사 말을 할 수 없다 하더라도 옳고 그름은 분명한 법이지.'

곽정은 그저 이렇게 생각하고 고개를 끄덕였다. 거지들은 황약사가 홍칠공을 죽인 불구대천의 원수라고 생각하고 있는데, 곽정이 고개를 끄덕이자 일대 소란이 일어났다.

"뭘 또 물어보시오? 어서 죽이시오! 죽여요!"

"어서 저 어린 간적을 죽이고 늙은 간적 놈을 찾아 원수를 갚자!"

"형제 여러분, 잠시 조용해주시오. 내가 더 물어보겠소."

거지들은 방주의 명령에 일시에 평정을 되찾았다.

"황약사가 딸과 너의 혼인을 허락했다. 그렇지?"

곽정은 이 또한 사실이므로 고개를 끄덕였다. 양강은 허리를 굽혀 그의 몸을 더듬어 번쩍이는 비수를 꺼내 들었다.

"이것은 전진칠자의 구처기가 너에게 준 것이고, 구 도장이 비수에 너의 이름을 새겨주었다. 그렇지?"

곽정은 다시 고개를 끄덕였다.

"전진칠자 중에 마옥이 너에게 무공을 전수해주었고, 왕처일은 너의 생명을 구해준 적이 있다. 잡아떼지는 않겠지?"

'잡아뗄 이유가 없지.'

곽정을 이렇게 생각하고 또 고개를 끄덕였다.

"홍 방주께서는 너희 둘을 좋은 사람이라 생각하고 절기의 무공을 전수하셨다. 그렇지?"

곽정이 고개를 끄덕이자 다시 질문이 이어졌다.

"홍칠공이 적의 흉계에 빠져 중상을 입었을 때 너희 둘은 그분의 곁에 있었다. 그렇지?"

곽정은 고개를 끄덕였다. 황용은 속이 바짝 탔다.

'바보 오빠, 저놈이 묻는 말이 맞든지 틀리든지 무조건 고개를 저어야지요. 그래야 어쩔 수 없이 재갈을 풀어줄 거 아니에요?'

거지들은 양강이 점점 엄한 목소리로 다그치고 곽정이 계속 고개를 끄덕이자 죄를 인정하는 것이라고 생각했다. 이 질문들이 홍칠공이 죽은 것과는 별반 관련이 없고, 모두 양강이 모함하기 위해 꾸민 것이라고는 생각지도 못했다. 이제 노유각마저 곽정과 황용에 대해 뼈에 사무치는 증오를 느끼게 되었다. 노유각은 성큼 다가와 곽정을 여러 차례 힘껏 발로 찼다. 그때 양강이 말했다.

"형제 여러분, 이 간적은 그래도 시원시원하구려. 그럼 갖은 고통을 겪는 것은 면해줘야지요. 팽 장로, 양 장로! 어서 죽이시오!"

곽정과 황용은 처연히 서로를 바라보았다. 황용이 갑자기 미소를 지었다.

'나와 곽정 오빠가 나란히 함께 죽는다. 화쟁이 아니라 나야. 이렇게

죽는 것이 차라리 낫겠다. 어쨌든 앞길도 험난하니까……. 이제는 도망갈 필요도 없겠구나.'

곽정은 고개를 들어 하늘을 보며 멀리 사막에 계신 어머니를 생각했다. 북쪽 하늘을 바라보니 반짝반짝 빛나는 북두칠성이 눈에 들어왔다. 갑자기 전진칠자가 매초풍, 황약사와 겨룰 때 폈던 진세가 생각났다. 사람은 죽을 때 갑자기 영민해지는 법이다. 곽정의 눈앞에 천강북두진법의 공수와 진퇴, 여닫음 등의 진세가 또렷이 펼쳐졌다.

팽, 양 두 장로가 칼과 검을 곧게 들고 다가와 손을 쓰려 했다. 그때 노유각이 갑자기 황용과 곽정 앞을 막아섰다.

"멈추시오!"

노유각은 곽정의 입에서 마씨를 꺼내며 물었다.

"홍 방주께서 어떻게 돌아가셨는지 분명히 말해보아라."

양강이 끼어들었다.

"물을 필요 없소. 내가 다 알고 있소."

"방주님, 자세히 물을수록 좋습니다. 이 일과 관련 있는 모든 놈은 하나라도 빠져서는 안 됩니다!"

양강은 초조해졌다. 만약 진상을 말하게 하면 사태는 크게 변할 것이 틀림없으나 노유각의 말에 일리가 있어 저지하지도 못하는 형편이었다. 양강은 이마에 물방울같이 굵은 땀이 뚝뚝 떨어졌다.

그러나 곽정은 입에서 마씨를 다 빼냈는데도 아무 말도 하지 않고 고개를 들어 넋을 잃고 북쪽 하늘만 바라보았다. 노유각이 재차 물었지만 곽정은 듣지도 못한 듯했다. 모든 정신을 천강북두진법을 연구하는 데 뺏긴 채 몰아의 경지에 빠진 것이다.

황용과 양강은 곽정이 이 좋은 기회에 변명을 하지 않고 정신을 놓고 있는 모습에 어리둥절했다. 양강이 손을 내젓자 팽, 양 두 장로가 일제히 칼과 검을 들었다. 그때 쉭쉭, 하는 소리가 나더니 자주색 불빛이 호수를 스쳐갔다. 팽 장로와 양 장로는 놀라 뒤를 돌아보았다. 남색 불빛 두 줄기가 하늘을 향해 올라갔다. 이 광선은 군산에서 수 리 정도 떨어진 호수 중앙에서 올라온 것이었다.

간 장로가 말했다.

"방주, 귀빈이 오셨습니다."

양강은 흠칫 놀랐다.

"누구를 말씀하시오?"

"철장방의 방주입니다."

양강은 철장방의 내력을 전혀 몰랐다.

"철장방?"

"철장방은 사천성과 호남성 일대의 대방회입니다. 철장파의 방주께서 오시면 융숭하게 접대하셔야 합니다. 이 두 놈은 이따가 처리해도 늦지 않을 것입니다."

"좋소! 간 장로가 귀빈을 맞으시오."

간 장로의 호령에 맞추어 펑펑펑, 소리가 나더니 군산도君山島에서도 세 줄기의 불화살이 날아올랐다. 팽 장로는 곽정과 황용을 거지들 속으로 밀어넣으며 제자에게 잘 감시하라고 명령했다.

황용은 곽정을 살펴보았다. 곽정은 멍청한 표정으로 하늘을 바라보며 입으로 무언가 알아듣지 못하는 말을 끊임없이 중얼거리고 있었다. 황용은 그가 너무 억울한 나머지 정신이 나가버렸다고 생각했다.

황용은 누가 오든지 간에 어쨌든 살아날 수 있는 기회가 생긴 것이라 생각하고 골똘히 계책을 강구했다.

햇불 아래 검은 옷을 입은 수십 명의 사내가 한 노인을 에워싸고 헌원대 앞으로 다가왔다. 황색 단삼을 입고 손에 부채를 든 노인은 다름 아닌 구천인이었다. 황용은 화가 나고 우습기도 했다. 게다가 엄청난 실망감마저 밀려왔다. 구천인이 왔으니 좋은 일이 생길 리 없었다.

간 장로는 앞으로 나아가 영접하며 강호의 예법대로 아주 공손하게 인사말을 건넸다. 그리고 양강에게 구천인을 소개했다.

"이분은 철장수상표 구천인 방주님이십니다. 신과 같은 장력을 가진 천하무적이시지요. 그리고 구 방주님, 이분은 우리 개방파에서 오늘 새로 옹립한 양 방주님이십니다. 젊은 영웅이시지요. 두 분께서 가깝게 지내시길 바랍니다."

양강은 태호 귀운장에서 구천인의 우스운 꼴을 다 보았기 때문에 그가 눈에 찰 리 없었다. 그저 구천인 같은 사기꾼이 방회의 방주라는 생각에 속으로 코웃음을 치다가 갑자기 좋은 생각이 떠올랐다. 양강은 짐짓 모른 체하고 웃으며 환대했다.

"영광입니다!"

양강은 구천인에게 손을 내밀었다. 두 손을 마주 잡자 양강은 전신의 힘을 손에 실었다. 있는 힘껏 꽉 잡아서 비명을 지르며 살려달라고 애원하게 만들 심산이었다.

'모두들 당신의 무공이 대단하다고 알고 있는데, 내 손에 박살 나겠구나. 이것이야말로 하늘에서 내린 기회가 아닌가. 저 노인을 이용해 거지들 앞에서 위신 좀 세워야겠다.'

그러나 양강이 한 번 힘을 주자 손바닥 중앙이 불에 덴 듯 뜨거웠다. 마치 숯에 덴 듯해 급하게 손을 움츠렸으나 상대방에게 손을 꼭 잡혀 뺄 수가 없었다. 타는 듯한 열이 가슴까지 전해지자 더 이상 참지 못하고 비명을 내질렀다. 얼굴이 순식간에 창백해지면서 눈물이 줄줄 흘러내리고 아파서 허리를 펼 수조차 없었다. 양강은 그대로 혼절할 것 같았다.

개방의 4대 장로들은 이 광경을 보고 대경실색해 일제히 달려 나갔다. 4대 장로 중 수장인 간 장로는 손에 들고 있던 쇠지팡이를 돌에 힘껏 내려쳤다. 쨍하는 소리와 함께 불꽃이 사방으로 튀었다.

"구 방주! 방주는 손님으로 왔고, 우리 양 방주는 아직 나이가 어린데 어찌 우리 방주의 무공을 시험하시는 거요?"

구 방주가 노하여 소리쳤다.

"나는 기분 좋게 악수하려 했는데, 귀방의 방주께서 먼저 이 늙은이를 시험한 것이오. 양 방주가 이 늙은이의 뼈를 으스러뜨리려 했소."

구천인은 냉담하게 말하면서 손의 힘을 조금도 풀지 않았다. 그가 한마디씩 할 때마다 양강은 연신 비명을 질러댔다. 말을 마칠 때쯤에는 비명 소리조차 가늘어지더니 고통을 견디지 못하고 혼절해버리고 말았다. 구천인이 손을 풀자 이미 혼절한 양강은 힘없이 앞으로 고꾸라졌다. 노유각이 급히 달려와 양강을 부축했다.

"구 방주! 이, 이런…… 대체 무슨 뜻이오? 세상에 이런 법이 어디에 있소?"

간 장로가 분노해 소리쳤으나 구천인은 콧방귀를 뀌더니 그의 면상을 향해 왼손 장을 날렸다. 간 장로가 쇠지팡이로 막자 구천인은 번개같이 초식을 바꾸어 왼손을 아래로 눌렀다. 구천인의 손아귀에 쇠지팡이가 잡혔다. 구천인은 손바닥이 지팡이 끝에 닿자 꽉 움켜쥐기도 전에 자기 쪽으로 끌어당겼다. 그러나 간 장로의 무공도 비범한지라 놀라는 가운데서도 지팡이를 놓치지 않았다. 구천인은 지팡이가 순순히 끌려오지 않자 오른손 장을 질풍같이 날렸다.

땅, 하는 소리와 함께 그의 장이 지팡이 중심을 강타했다. 간 장로는 두 손이 떨어져 나가는 듯한 통증을 느꼈다. 두 손에서 피가 줄줄 흘러내렸다. 그는 더 이상 버티지 못하고 지팡이를 구천인에게 내주고 말았다.

구천인은 지팡이를 횡으로 내리치면서 팽 장로와 양 장로의 칼과 검을 막고, 지팡이를 거두면서 오른쪽 팔꿈치로 노유각의 얼굴을 가격했다. 순식간에 개방의 4대 장로를 모두 물리친 것이다. 거지들은 놀라 서로를 바라보다, 일제히 손에 병기를 들고 방주의 명이 떨어지기만을 기다렸다.

구천인은 왼손으로 쇠지팡이의 머리 부분을 잡고, 오른손으로는 지팡이 끝을 잡은 채 긴 웃음을 날렸다. 그는 지팡이를 두 동강 내기 위해 두 손에 진력을 실으면서 "얏!" 하고 기합을 내질렀다. 그러나 간 장로의 쇠지팡이는 수백수천 번 제련해 만든 것으로 견고하기 이를 데 없었으니, 뜻밖에도 부러지지 않고 구천인의 양팔 힘에 의해 그저 휘어지기만 할 뿐이었다. 구천인은 힘을 거두지 않고 쇠지팡이를 천천히 구부려서 활 모양으로 만들었다.

거지들이 놀라고 분노하는 가운데, 구천인은 왼팔을 뒤로 젖히더니 즉시 앞으로 뻗었다. 활 모양으로 휘어진 지팡이가 맞은편 돌을 향해 바람같이 날아갔다. 쨍하는 굉음이 울리더니 지팡이 머리가 돌에 박혔다. 돌과 쇠가 부딪치는 소리가 한참 동안 여음을 내며 귀를 울렸다. 구천인의 이런 무공을 보고 거지들은 모두 놀라 탄복했으나 황용은 의아하지 않을 수 없었다.

'저 노인네는 분명 아무 무공도 없는 사기꾼인데, 어째서 갑자기 저렇게도 무섭게 변했을까? 분명 양강, 간 장로와 짜고 또 무슨 술수를 쓴 걸 거야. 저 쇠지팡이에 분명 무슨 수를 썼을 거야.'

그러나 아무리 보아도 귀운장과 우가촌에서 보았던 그 구천인이 틀림없었다. 황용은 고개를 돌려 곽정을 보았다. 곽정은 여전히 하늘을 보고 있었다. 이런 상황에서도 천문 기상을 살펴보고 있다니, 정말 미쳐버린 것 같았다. 황용은 곽정이 너무 걱정되어 구천인이 어떤 수작을 부리는지 더 생각해볼 여유도 없이 곽정의 얼굴을 계속 살펴보았다.

"철장방과 귀방은 대대로 서로 침범하지 않고 잘 지내왔소. 듣자니 귀방이 오늘 방회를 연다기에 좋은 뜻으로 방문한 것인데, 귀방의 방주가 보자마자 나에게 권위를 부리려 하는구려."

구천인이 싸늘하게 말했다. 간 장로는 이미 구천인의 위세에 눌려 잔뜩 겁을 먹었지만, 그의 말에 적의가 깊지 않자 황급히 변명을 늘어놓았다.

"그건 구 방주의 오해십니다. 구 방주께서는 천하에 명성이 자자하신 분으로 오랫동안 흠모해왔습니다. 오늘 구 방주께서 친히 찾아주시니 저희 개방으로서는 참으로 영광입니다."

구천인은 대답도 하지 않고 고개를 치켜들고 서 있었다. 그 자태가 오만하기 이를 데 없었다. 한참 뒤 구천인이 다시 입을 열었다.

"홍 방주께서 타계하셨다 들었소이다. 천하의 영웅이 한 명 사라지다니 참으로 애석하고 또 애석한 일이외다. 그런데 귀방에서 이런 자를 새 방주로 맞았다니…… 거참, 안타깝소이다."

이때 이미 의식을 차린 양강은 그의 조롱하는 말을 듣고 화가 났지만 감히 대꾸하지 못했다. 오른손바닥이 여전히 불에 덴 듯 따끔거리고, 다섯 손가락이 퉁퉁 부풀어 올라 있었다. 개방의 네 장로는 구천인의 조롱에 당황스러워 어떻게 대응할지 몸 둘 바를 몰랐다.

"오늘 제가 방문한 것은 귀방에 가르침을 구할 일이 있기 때문입니다. 그 밖에 또 귀한 선물을 드리려고 찾아왔습니다."

"감히 가르침이라니요? 구 방주께서 말씀을 내려주십시오."

간 장로의 말에 구천인이 설명했다.

"며칠 전 저희 방파 형제 몇몇이 이 늙은이의 명을 받아 밖으로 일을 하러 갔는데, 무슨 이유인지는 모르겠으나 귀방 사람 두 분이 감정을 상하게 해서 중상을 입었습니다. 방파 형제들의 무공이 얕은 것이 죄라 할 말은 없으나 만약 강호에 이 일이 전해지면 철장파의 위신이 뭐가 되겠습니까? 이 늙은이, 시비를 알 수가 없으니 귀방의 그 두 분께 가르침을 청하려 합니다."

개방파 사람을 아끼는 마음이 있을 리 없는 양강은 거지 두 명 때문에 구천인의 화를 불러일으킬 생각은 추호도 없었다.

"누가 멋대로 사고를 쳐서 철장방의 친구를 건드렸는가? 어서 구 방주께 사죄를 드려라!"

개방파는 홍칠공이 방주가 된 이래 강호에서 그 위력이 대단했다. 그런데 지금 홍칠공이 죽은 데다 새 방주마저 이렇게 유약하니 거지들은 그의 말을 듣고 모두 울분을 참을 수 없었다. 여생과 여조흥이 다시 거지 무리에서 걸어 나왔다. 여생이 분명한 어조로 말했다.

"방주께 고합니다. 본방의 방규 제4조에 따르면, 모든 개방의 거지는 의를 받들고 협을 행하여 어려움에 처한 자를 구해주라고 되어 있습니다. 일전에 우리 두 사람은 길을 가다 철장방 사람이 양민을 괴롭히고 아녀자를 희롱하는 것을 보았습니다. 이를 참지 못해 저지하다가 싸움이 났고, 철장방 사람을 다치게 한 것입니다."

"어찌 됐든 구 방주께 사죄하라."

여생과 여조흥은 가슴속에 분노가 차올라 서로 바라보았다. 만약 사죄를 하지 않으면 방주의 명을 어기는 것이 될 테지만, 사죄하면 울분을 그대로 삼키는 것이 되니 더 참기 힘들 것 같았다. 여생이 큰 소리로 소리쳤다.

"형제 여러분! 만약 홍 방주께서 살아 계셨더라면 절대 우리를 수치스럽게 만들지 않았을 것입니다. 오늘 저는 이런 모욕을 당하느니 차라리 죽음을 택하겠습니다."

여생은 다리에서 단도를 꺼내 들어 심장에 꽂고 그대로 명을 달리했다. 그의 행동이 매우 갑작스럽게 이루어진 까닭에 중인들은 미처 말릴 사이도 없었다. 이어서 여조흥도 여생의 몸에 엎드려 단도를 뽑아 들고 자신의 가슴에 꽂아 여생의 곁에서 나란히 죽음을 맞았다. 거지들은 모욕 대신 자결을 택한 두 사람을 보고 일제히 울분이 치솟았다. 그러나 개방의 방규가 너무 엄격한지라 방주의 명령 없이는 누구도 감히 다른 행동을 할 수 없었다. 구천인은 담담하게 미소를 지었다.

"이 일은 이렇게 마무리되었으니 이제 시원합니다. 그럼 귀방께 선물을 올리겠습니다.”

왼손을 옆으로 젓자, 뒤에 있던 수십 명의 검은 옷 사내들이 상자를 한 손에 하나씩 들고 양강 앞에 놓았다. 안에는 찬란한 금은보화가 가득 들어 있었다. 거지들은 철장방이 갑자기 보석을 바치자 더욱 의혹이 생겼다.

“철장방은 먹고살 만은 하나 이런 귀한 선물을 할 능력은 없습니다. 이 선물은 대금국의 조왕야께서 이 늙은이에게 부탁해서 가지고 온 것입니다.”

양강은 놀랍고 기쁜 마음에 황급히 물었다.

“조왕야께서는 어디에 계십니까? 내가 한번 뵈어야 합니다.”

“몇 개월 전에 조왕야께서 저희 철장방으로 사람을 보내어 귀방에 말을 전하라 했습니다.”

양강은 음, 하는 소리를 내며 생각에 잠겼다.

‘그건 아버지가 강남으로 오시기 전에 분부하신 일이다. 그런데 왜 이 거지들한테 이런 선물을 보내는지 알 수가 없구나.’

“조왕야께서는 귀방의 영웅들을 흠모해 특별히 이 늙은이에게 선물을 가져다주라고 부탁하셨소이다.”

“구 방주께서 힘들게 귀한 발걸음을 해주셨으니 어찌 감사해야 할지요?”

“양 방주는 나이는 어리나 참으로 사리를 아시는 분이니 홍 방주보다 훨씬 낫소이다그려.”

구천인이 시원하게 웃어젖혔다. 양강은 연경에 있을 때 완안홍열이 개방과 어떤 친분을 맺으려 한다는 말을 들어본 적이 없었다. 그래서 그의 뜻이 무엇인지 알고 싶었다.

"조왕야께서 개방에 어째서 사신을 보냈을까요? 방주께서 가르침을 주십시오."

"사신이라니요, 당치 않습니다. 그저 조왕야께서는 이 늙은이에게 내키는 대로 말을 꺼낸 것뿐입니다. 북방은 땅이 메마르고 백성이 빈궁해 뜻을 펼치기 힘들다고 하시며……."

"조왕야께서 우리에게 남방으로 내려가라고 하신 겁니까?"

"양 방주는 참으로 총명하십니다. 아까는 이 늙은이가 정말 실수했습니다. 조왕야께서는 '강남은 호수가 넓고 기온이 따뜻하며, 물자가 풍족하고 인구도 많은 곳인데 개방의 형제들이 어찌 남방으로 내려가서 편히 쉬지 않는가? 궁핍하고 추운 북방보다는 훨씬 좋을 것이다'라고 하셨습니다."

"조왕야와 구 방주의 좋은 가르침에 감사하며 명을 받들겠습니다."

두 사람은 오랜 지기처럼 화기애애하게 이야기를 나눴다. 구천인은 상대가 얼굴 하나 붉히지 않고 이렇게 순순히 응답하자 너무 뜻밖이었다. 그저 이 사람은 나이가 어리고 유약해 방금 자신의 손바닥에 꼭 잡힌 것이 너무 고통스럽고 겁이 난 나머지, 무슨 말을 하든지 감히 거역하지 못하는 것이라 생각했다. 그러면서도 개방은 북방에서 뿌리가 깊은 방파인데 이렇게 순순히 물러갈까 의심이 되기도 했다. 나중에 의논을 하면 개방파는 필시 후회할 게 틀림없으니 그때 가서 다시 말을 바꾸지 않도록 확실히 해두어야 한다는 생각이 들었다.

"남아일언중천금입니다. 양 방주께서 오늘 친히 승낙을 했으니 개방의 형제들은 강을 건너 다시는 북방으로 돌아오지 말아야 합니다."

양강이 대답을 하려고 하는데 노유각이 나섰다.

"방주께 고합니다. 저희들은 구걸을 업으로 삼고 있는데 금은보화가 무슨 소용입니까? 게다가 우리 방파의 거지들은 수십만 명으로 천하를 떠돌아다니고 있는데, 어찌 지역에 제한을 받을 수 있습니까? 방주께서는 통촉해주십시오."

양강은 그제야 완안홍열의 뜻을 깨달았다. 개방은 역대로 강북에 뿌리를 두고 금인을 적으로 대해왔으니 금나라로서는 눈엣가시 같은 존재였다. 이들은 금병이 남하할 때마다 후방인 북방에서 소동을 피우며 장수를 살해하고 양식을 불태웠다. 개방 사람을 남으로 보낸다면 필시 금의 남벌에 크게 유리할 것이다.

"이것은 구 방주의 아름다운 호의이니, 우리가 받아들이지 않는다면 너무 무례한 일이오. 나는 금은보화는 필요 없으니 네 장로께서 여러 형제들께 나눠주시오."

노유각이 황급히 끼어들었다.

"우리 홍 방주를 북개北丐라고 칭하는 것을 세상이 다 알고 있습니다. 북방의 근거지를 어찌 쉽게 버릴 수 있습니까? 우리 개방은 우국충정의 마음으로 대대로 금인을 원수로 대해왔습니다. 선물을 받아서는 안 되고, 남하하는 것은 더더욱 안 될 말입니다."

양강이 순식간에 얼굴색이 변하며 어찌 답해야 좋을지 망설이고 있는데, 팽 장로가 웃으며 말했다.

"노 장로, 우리 방파의 대사는 모두 방주께서 결정하실 일이지 당신이 결정할 일이 아니지 않소?"

노유각은 비장하게 말했다.

"만약 충의를 버린다면 나는 죽어도 따르지 않을 것이오. 간 장로, 팽 장로, 양 장로, 그대들의 뜻은 어떠하오?"

간 장로와 양 장로는 어찌 대답해야 할지 망설였다. 두 사람은 개방이 장강長江을 건너는 것은 옳지 않다고 생각했으나 팽 장로만은 달랐다.

"방주의 분부를 따르겠습니다. 저희들이 감히 어찌 어기겠습니까?"

"좋소, 8월 초하루부터 우리 방파는 장강을 건너가기로 하겠소."

이 말을 듣자 거지들은 웅성거리기 시작했다. 양강은 거지들이 동요하자 어찌해야 할 바를 몰랐다. 간, 팽, 양 장로가 큰 소리로 저지했으나 웅성거리는 소리는 모두 오의파에서 나온 것이라 이들 장로의 말은 들은 척도 하지 않았다.

"노 장로, 방주에게 반역을 꾀할 셈이오?"

팽 장로가 호통치자 노유각은 비장하게 대답했다.

"설사 몸이 가루가 되는 한이 있어도 절대 방주의 뜻을 저버리지 않을 것이고, 모반을 꾀하지도 않을 것이오! 단, 우리 방의 역대 선조들 유지를 저버릴 수 없을 뿐이오. 금나라 개는 우리 대송의 철천지원수요. 홍 방주께서 생전에 우리에게 뭐라고 말씀하셨소?"

간 장로와 팽 장로는 후회하는 듯 고개를 숙이며 아무 말도 하지 못했다.

구천인은 사태가 점점 악화하자 노유각을 저지하지 않으면 일이 성사되기 어렵겠다는 판단이 섰다. 냉소를 한 번 날리고는 양강에게 말했다.

"양 방주, 노 장로가 너무 제멋대로 날뛰는구려."

말을 마치자마자 두 손을 번개같이 뻗어 노유각의 어깨를 치려 했다. 노유각은 그가 냉소를 지을 때부터 이미 방어를 한 터라 쌍장이 무섭게 날아오자 감히 맞받아치지 못하고 급히 몸을 움츠려 그의 사타구니 밑으로 기어갔다. 그러곤 허리를 펴기도 전에 퍽퍽퍽, 구천인의 엉덩이를 연달아 세 번 걷어찼다. 과연 그의 다리 무공은 노유각이라는 이름에 걸맞게 대단해 발을 뻗는 속도가 아주 빨랐다.

구천인은 노유각이 갑자기 자신의 사타구니 밑을 지나가자 초식이 아주 괴이하다 생각했는데, 등 뒤에서 바람 소리가 나자 급히 장을 돌려 막았다. 노유각이 네 번째로 뻗는 다리에 힘을 충분히 주었더라면 구천인의 엉덩이에 명중시킬 수 있었을 테지만, 만약 구천인의 철 같은 손바닥에 맞는다면 자신의 다리가 성치 않을 것임을 알고 뻗은 발을 억지로 거둬들였다. 그리고 그 힘에 밀려 한 번 고꾸라지더니 구천인의 몸 옆으로 굴러가 갑자기 그의 얼굴에 가래를 뱉었다. 구천인은 고개를 옆으로 돌려 이를 피했으나, 노유각의 괴상한 초식에 어안이 벙벙했다. 이때 양강이 호통을 쳤다.

"노 장로는 귀한 손님께 무례하게 굴지 마시오!"

노유각은 양강의 말에 즉시 두 걸음 물러났다. 그러나 구천인은 사정을 봐주지 않고 두 손을 집게 모양으로 만들어 그의 목구멍을 누르려 했다. 노유각은 속으로 흠칫 놀라 뒤로 물러났으나 적의 얍, 하는 소리와 동시에 두 손을 잡히고 말았다.

노유각은 백전노장의 고수였다. 힘껏 손을 빼려 해도 꼼짝하지 않자 즉시 머리로 그의 배를 치고 들어갔다. 그는 일찍이 동추철두銅錘鐵頭의 무공을 연마해 머리로 벽에 구멍을 낼 수 있었다.

노유각은 재빨리 구천인의 엉덩이를 걷어찼다. 그의 발 기술은 명성에 걸맞게 역시 대단했다.

한번은 개방 사람들이 그와 황소 뿔 중 어느 것이 더 센지 겨루는 내기를 했는데, 그의 머리는 멀쩡하고 황소는 기절하고 만 적이 있었다. 그러니 지금 머리로 받아버리면 구천인을 다치게 하지는 못할지라도 두 손을 뺄 수는 있을 것 같았다. 그러나 머리가 막 구천인의 배에 닿자, 마치 푹신한 솜에 부딪친 것처럼 물컹한 느낌이 들었다. 노유각은 큰일 났다 싶어 급히 뒤로 몸을 뺐으나 구천인의 배가 따라왔다. 노유각은 있는 힘껏 벗어나려고 발버둥 쳤으나 배는 엄청난 흡인력을 지니고 있어 그의 머리를 놓아주지 않았다. 놀라 당황한 가운데 머리가 점점 타는 듯 뜨거워졌고, 두 손도 용광로에 담근 듯 아파 견딜 수가 없었다. 구천인이 소리쳤다.

"이제 패배를 인정해라."

"더러운 놈! 지긴 뭘 져?"

구천인이 왼손에 힘을 주자 뚜두둑, 소리가 났다. 노유각의 오른쪽 다섯 손가락이 모두 부러진 것이다.

"졌지?"

"더러운 놈! 지긴 뭘 져!"

다시 뚜두둑, 소리가 나더니 왼쪽 다섯 손가락마저 부러졌다. 노유각은 고통으로 정신이 아득했지만 입으로는 계속 욕을 해댔다.

"내가 뱃가죽에 힘을 주면 네놈의 머리는 으스러질 것이다. 그래도 욕을 하나 어디 보자."

말이 끝나기도 전에 거지 무리에서 체구가 크고 어깨가 넓은 한 사람이 나왔다. 바로 곽정이었다. 곽정은 성큼 노유각의 뒤까지 걸어오더니 오른손 장을 높이 들어 그의 엉덩이를 연달아 세 번 강타했다. 탁탁탁, 맑은 소리가 귀를 울렸다. 곽정은 분명 노유각의 엉덩이를 찼지만 오히려 공격을 당한 것은 구천인이었다. 구천인은 굉장한 힘이 노유각의 머리에서 자신의 배로 세 번 전해지는 것을 느꼈다. 뒤에 가해지는 힘이 앞의 힘보다 훨씬 더 셌다. 배의 흡인력이 모두 풀리자 노유각은 머리가 헐거워지는 것을 느끼고 급히 몸을 일으켜 세웠다. 그러나 두 손은 여전히 구천인에게 꽉 잡힌 채였다.

"당신은 구 선배의 적수가 아니니 물러서시오!"

곽정은 왼쪽 다리를 옆으로 들어 노유각의 어깨를 쳤다. 이 다리 공격은 방금 전과 마찬가지로 노유각을 찬 것이었지만 그 힘은 오히려 구천인의 양팔에 전해졌다. 구천인은 엄청난 고통에 상대방을 꽉 잡고 있던 장력이 자신도 모르게 풀렸다. 노유각은 이 기회를 틈타 얼른 옆으로 벗어났다. 그러나 머리가 너무 오래 끼어 있던 탓에 하늘과 땅이 빙빙 도는 듯 어지러워 서 있지 못하고 땅에 엎어지고 말았다.

구천인은 곽정의 세 번의 장력과 한 번의 다리 공격을 보고 놀라움을 금치 못했다. 이렇게 어린 나이에 격물전근隔物傳筋(사물을 통해 힘을 전달하는 무공)의 무공을 익히다니, 개방에 이런 인물이 있을 줄은 생각지도 못했다. 그래서 방어를 더욱 철저히 하며 선제공격을 하지 않았다.

그러나 거지들은 깊은 사정을 모른 채 방주를 살해한 원흉인 곽정이 노유각마저 공격하는 것을 보고 분노해서 소리를 지르며 달려들었다.

거지들의 진짜 방주

곽정은 조금 전까지만 해도 손과 발이 철사와 소가죽을 꼬아서 만든 밧줄에 꼭 묶여 있어서 옴짝달싹할 수 없었다. 그는 줄곧 하늘의 북두칠성을 바라보며 전진칠자가 일전 우가촌에서 사용한 진법을 떠올리며 너무나 익숙하게 외운 〈구음진경〉의 경문과 계속 대조해보았다. 그러자 풀리지 않던 많은 의혹이 자연스레 머릿속에서 풀리기 시작했다. 〈구음진경〉은 선대의 고수가 《도가》와 《장자》를 통해 깨달은 무공이므로 마옥이 전한 전진파 도가의 내공과 전진칠자의 천강북두진법은 일맥상통했다. 다만 〈구음진경〉이 더욱 심오하고, 한 단계 높은 무공이라는 차이가 있을 뿐이었다.

그러나 곽정은 원래 우둔해 오랫동안 그 연관성을 알지 못하다가 갑자기 하늘의 북두칠성을 보고 어렴풋이 깨닫게 된 것이다. 구천인이 양강, 간 장로, 노유각 등과 말을 주고받을 때 곽정은 〈구음진경〉 하권의 수근축골법收筋縮骨法에 온 생각을 집중하고 있었다. 이것은 수골법收骨法 중 가장 하위의 무공으로 좀도둑들이 구멍을 뚫고 담을 넘어갈 때 쓰는 수법이다. 그러나 상승 무공을 연마하면 전신의 근육과 뼈를 아주 작은 한 덩어리로 축소할 수 있다. 마치 고슴도치가 적을 만나면 몸을 둥글게 움츠리는 것과 같은 이치이다.

곽정은 명하도에서 홍칠공의 분부에 따라 역근단골편을 연마하기 시작해 이미 어느 정도 익힌 상태였다. 탄탄한 기초를 바탕으로 〈구음진경〉에서 전하는 대로 수근축골법을 해보니 자신도 모르게 밧줄에서 벗어날 수 있었다. 그의 몸은 머리보다 열 배는 더 빠르게 잘 돌아갔다. 밧줄은 이미 풀었지만 곽정은 도대체 어찌 된 영문인지 잠시 상황을 파악하지 못했다.

팽 장로는 원래 곽정 곁에 있었는데 그가 밧줄을 풀자 이만저만 놀란 것이 아니었다. 팔을 뻗어 낚아채려 했으나 곽정은 잡히지 않았다. 고개를 숙여보니 땅에는 밧줄이 그대로 묶인 채 덩그러니 놓여 있었다. 마치 밧줄에 묶여 있던 사람이 미꾸라지라도 되어 빠져나간 듯했다. 얼른 쫓아가서 잡으려 했으나 곽정은 이미 노유각을 구해주느라 구천인과 겨루고 있었다. 팽 장로는 나서봤자 좋을 것이 없다는 판단에 그 자리에 꼼짝도 않고 서서 소리만 냅다 질렀다.

"저놈을 잡아라!"

거지들이 일거에 달려들었다. 곽정은 오래 묶여 있어서 화가 나 있는 데다 황용까지 묶여 있는 것을 생각하니 더욱 분노가 치밀었다. 비록 개방의 거지들이 양강의 꾐에 빠져서 자신들을 괴롭혔다는 사실을 알았지만, 소리치며 달려 나오는 그들을 보고 기분이 좋을 리 없었다.

'오늘 너희들을 한 대씩 패서 용이의 화를 풀어줄 것이다!'

곽정은 방금 터득한 천강북두진법을 시험해볼 요량으로 발을 천권의 위치에 고정시켰다. 예닐곱 명의 거지가 동시에 앞뒤, 좌우에서 덤벼들자 곽정은 마치 산처럼 두 발로 우뚝 버티고 서서 왼팔을 횡으로 돌려 가슴 앞에 두었다. 먼저 도착한 세 명의 서지가 농시에 곽정의 팔을 잡으려고 손을 뻗었다. 곽정이 움직이지 않자 순식간에 또 여러 명이 덤벼들었다. 곽정은 갑자기 팔을 휘두르며 빙글빙글 원을 돌면서 몇몇 거지의 등에 질풍같이 손과 발을 날렸다. 등을 밀리고 허리와 엉덩이를 맞은 거지들의 비명 소리가 연신 들리더니 예닐곱 명이 모두 한군데로 나가떨어졌다.

'이 수법이 과연 통하는구나.'

곽정은 속으로 기뻐하며 양강에게 따지려고 고개를 돌렸다. 그때 두 명의 거지가 황용에게 달려드는 것이 보였다. 곽정은 혹시 황용이 다칠까 봐 걱정되었다. 거리가 멀어 제때 구해주지 못할 상황이고, 자신에게는 암기도 없었다. 급한 마음에 허리를 굽혀 신고 있던 신발 두 짝을 힘껏 던졌다.

이 방법은 그가 생각해낸 것이 아니라 일전에 강남육괴가 법화사에서 대결할 때 둘째 사부인 주총이 신발을 벗어 구처기에게 던졌다는 말을 듣고 배운 것이다. 거지 두 명은 황용도 곽정처럼 밧줄에서 벗어날까 봐 병기를 들고 죽여서 방주의 원수를 갚으려 했다.

그런데 황용 곁으로 달려가 병기를 들기도 전에 등 뒤에서 질풍 같은 바람 소리와 함께 어떤 물건이 날아오는 소리가 들렸다. 그들은 누군가 자신들을 노리고 있음을 알아챘다. 그중 무공이 비교적 높은 한 사람은 급히 몸을 돌리는 바람에 가슴에 신발을 맞았고, 미처 몸을 돌리지 못한 또 한 사람은 등에 맞았다. 천으로 만든 신발은 가볍고 부드러웠지만 곽정의 내공이 실리자 막강한 위력을 발휘했다. 두 거지는 신발을 맞고 휘청하더니 한 사람은 하늘을 보고, 다른 한 사람은 땅을 보고 쓰러져 데굴데굴 굴렀다. 옆에서 지켜보던 팽 장로는 곽정이 신발을 날려서 이렇게 맹렬하고 무서운 가격을 하자 더욱 놀라고 두려운 마음에 뒤로 엉거주춤 물러났다.

곽정은 손을 휘둘러 세 명의 개방 거지를 헤치고 황용 곁으로 달려가 밧줄을 풀기 시작했다. 겨우 매듭 하나를 풀었을 뿐인데 개방 무리가 몰려들어 진을 쳤다. 곽정은 아예 땅에 앉아서 구처기, 왕처일 등이 천강북두진법으로 적을 맞이하던 진세를 따라 했다. 오른손 장만으로 적을 상대하며 황용을 무릎에 앉힌 채 왼손으로 천천히 밧줄의 매듭을 풀었다.

그는 일찍이 주백통에게 쌍수호박술과 일심이용법一心二用法(마음을 둘로 분산시키는 무공)을 배운 터라 왼손으로 매듭을 풀고, 오른손으로 적을 상대하면서도 전혀 초조하거나 서두르는 기색을 보이지 않았다. 삽시간에 곽정과 황용의 주위에 수백 명의 거지가 몰려들어 겹겹이 에워쌌다. 뒤에 있는 거지들은 출수는 고사하고 곽정의 모습조차 볼 수 없을 정도였다. 곽정은 한 손만으로 방어하며 공격도 살수도 펴지 않은 채 황용의 손발에 묶인 밧줄을 푸는 데 여념이 없었다. 밧줄을 다 풀자 그제야 입을 열었다.

"용아, 다친 데 없지?"

황용은 그의 무릎에 누운 채 말했다.

"온몸이 욱신거리고 마비된 것 같지만 다친 데는 없어요."

"좋아, 누워서 좀 쉬어. 내가 대신 분풀이를 해줄게."

두 사람은 각각 앉고 누운 채 얘기를 나누었다. 사방에서 요란한 소리를 내는 병기와 시끌벅적 떠드는 거지들은 눈에 들어오지도 않는 듯했다.

"오빠, 싸우세요. 하지만 내 제자들을 정말로 다치게 하면 안 돼요."

"알았어."

곽정은 왼손으로 부드럽게 그녀의 매끄러운 머리를 쓰다듬고 오른장으로 무서운 장풍을 발했다. 세 명의 거지가 무리의 머리 위로 휙 날아갔다. 거지들이 순간 어지러이 동요하는 가운데, 다시 네 명이 그의 장력에 나가떨어졌다. 그때 무리 중 누군가 소리쳤다.

"형제들, 비키시오. 팔대 제자들이 저 두 연놈을 상대하겠소."

바로 간 장로의 목소리였다. 개방 무리는 호령을 듣고 일제히 길을 터주었다. 곽정과 황용 옆에는 이제 세 사람밖에 남지 않았고, 다른 다섯은 뒤에서 달려들 태세였다. 그렇게 여덟 거지가 곽정과 황용 주위에 진을 쳤다. 이 여덟 거지는 모두 등에 여덟 개의 마대를 지고 있었다. 서열로 따지면 4대 장로 다음 가는 인물들로, 모두 각 로路의 개방 무리를 통솔하고 있었다. 그들 중에는 양강을 데리고 온 뚱보와 말라깽이 거지도 있었다. 팔대 제자는 원래 아홉 명이었으나 여생이 자결하는 바람에 여덟 명이 되었다. 곽정은 그들이 하나같이 고수라는 사실을 알고 자리에서 일어서려 했다. 그러나 황용이 나지막이 만류했다.

"앉아서 싸워도 상대할 수 있어요. 저들은 오빠 상대도 안 돼요."

만약 여덟 명이 한꺼번에 달려든다면 감당하기 힘들 것이라 생각한 곽정은 몇 명을 먼저 쓰러뜨리기로 했다. 그는 뚱보와 말라깽이가 우가촌에서 양강을 이곳까지 데리고 온 거지들이라는 것을 알고 있었다. 그는 즉시 왼손으로 황용의 몸에서 푼 밧줄을 들고 단경반타斷脛盤打 수법으로 땅을 후려쳤다. 이것은 마왕신 한보구가 전수해준 금룡편의 한 초식이었다. 그러나 무공이 크게 진전되어 방법은 같으나 그 위력은 예전의 두 배로 증강되어 있었다.

두 거지는 철 밧줄이 땅을 후려치며 다가오자 급히 몸을 날려 피했다. 곽정은 밧줄을 민첩하게 흔들어 견고한 성벽을 쌓은 듯 앞과 뒤, 왼쪽을 막았다. 뚱보와 말라깽이 거지 앞에 비어 있는 오른쪽이 그대로 노출되어 있었지만 나머지 여섯 거지는 밧줄에 저지당해 공격해 들어갈 수 없었다. 두 거지는 좋은 기회다 싶어 즉시 공격했다. 그때 팽 장로가 소리쳤다.

"공격하지 마라!"

그러나 이미 때는 늦었다. 곽정은 바람 같은 장풍을 두 번 날려 두 거지의 어깨를 격타했다. 거지들은 그 힘에 허공으로 붕 떠서 검은 옷의 철장파 무리를 향해 날아갔다.

두 거지는 모두 똑같은 힘을 받았지만 하나는 뚱보요, 또 하나는 말라깽이여서 무거운 쪽은 가까운 곳에, 가벼운 쪽은 멀리까지 날아갔다. 그들은 검은 옷을 입은 두 명의 사내와 각각 부딪쳤다. 이때 한쪽에서 팔짱을 낀 채 두 거지들이 날아가든 말든 전혀 신경 쓰지 않던 구천인은 그들이 서로 부딪치는 소리를 듣자 흠칫 놀랐다.

'우리 파가 죽지 않으면 부상을 입겠구나.'

구천인은 급히 달려 나갔다. 두 거지는 조금의 부상도 없이 단숨에 일어났는데, 철장파의 두 제자는 뼈가 부러져 일어나지 못하고 있었다. 구천인이 대로해 고개를 돌리려는데 뒤에서 바람 소리가 들리더니 다시 두 명의 개방 제자가 곽정의 장력에 밀려 날아왔다.

구천인은 조금 전에 곽정이 사용한 격물전근의 위력을 경험한 터라 개방의 제자는 직접 힘을 받아 부상이 미미하지만 그들과 부딪치면 굉장한 타격을 입게 되리라는 것을 알고 있었다.

그는 즉시 날아오는 거지 한 명을 사람이 없는 쪽으로 밀어버리고, 쌍장을 서로 모아 또 다른 거지의 등을 향해 내리쳤다. 이 일격은 바로 그가 평생 갈고닦은 철장 무공이었다. 만약 그의 이 일격이 곽정보다 세다면 날아오는 공격을 무력화할 수 있을 뿐 아니라 남은 힘으로 그 거지에게 중상을 입힐 수 있을 터였다. 그러나 곽정보다 약하면 구천인 자신이 부상을 입든지, 아니면 뒤로 고꾸라지거나 후퇴하게 될 것이다. 개방 4대 장로와 황용은 구천인이 쌍장 일격으로 곽정과 겨루는 것을 보고 이 대결로 두 사람의 승패가 판가름 날 것임을 직감했다.

구천인이 쌍장을 발하자 그 개방 제자는 거꾸로 몇 장 날아가다가 가볍게 살짝 땅으로 떨어졌다. 그러곤 잠시 멍하게 있다가 급히 몸을 돌려 다시 곽정 쪽으로 뛰어갔다. 조금도 부상을 입지 않고 아주 멀쩡했다. 이를 통해 개방의 네 장로는 곽정과 구천인의 무공이 막상막하라는 것을 확인했다. 비록 곽정이 조금 떨어지기는 하지만 아주 미미한 차이니 실로 두려운 생각이 들었다. 이를 지켜보던 황용은 더욱 놀랍고 의아했다.

'저 사기꾼 늙은이의 무공이 대단한걸. 어떻게 오빠의 일장을 막아낼 수 있지? 분명히 정면으로 일장을 받아냈으니 어떤 술수를 쓸 수 없었을 텐데 말이야. 정말 알 수가 없네.'

구천인은 이 일장을 받아내면서 곽정의 무공을 이미 파악했다. 내공으로 따지면 자기가 곽정보다 조금 위라는 것을 알 수 있었다. 그렇지만 이 젊은이가 개방의 적인지 아군인지 아직 모르는 상태이고, 자신은 지금 개방파의 무리에 둘러싸여 있으니 여기서 그와 싸우는 위험을 무릅쓰고 싶지 않았다. 그는 곧 오른손을 휘저어 철장파를 뒤로 물렸다.

개방 팔대 제자들의 무공은 윤지평, 양강 등과 비슷했다. 곽정이 일거에 네 명을 격파한 뒤 그중 한 명이 다시 돌아와 공격에 가담하긴 했지만 그들은 곽정을 당해낼 수 없었다. 만약 곽정이 사부의 얼굴을 생각해서 봐주지 않았다면 이 거지들은 벌써 죽거나 부상을 입었을 것이다. 10초식만에 다시 두 명의 거지가 그의 장력에 나가떨어졌다. 이제 남은 세 거지는 감히 공격하지도 못하고 달아나려 했다. 곽정은 왼손으로 철 밧줄을 휘둘러 두 사람의 발목을 휘감아 자기 쪽으로 끌어당겼다.

"묶어요!"

황용이 소리치자 곽정은 밧줄로 두 사람의 손과 발을 묶었다. 황용은 곽정이 대승을 거두자 기쁨을 감출 수 없었다. 그런 와중에 자신을 사로잡은 사람이 얼굴에 웃음을 가득 띤 팽 장로라는 것을 기억해냈다. 황용은 지난번에 사부님이 하신 말씀을 떠올렸다. 강호에는 섭심술攝心術이라는 게 있는데, 그것은 사람을 갑자기 잠들게 만들어 반항할 능력을 없애고 그를 마음대로 좌지우지하는 술수라고 했다. 이 팽 장로가 사용한 게 바로 그 사악한 술수였던 것이다.

"오빠, 〈구음진경〉에 섭심법 같은 게 있어요?"

"없어."

황용은 크게 실망해서 작은 소리로 말했다.

"저 웃는 얼굴의 나쁜 거지를 조심해요. 그와 눈이 마주치면 안 돼요."

곽정은 고개를 끄덕였다.

"내가 저 사람을 흠씬 두들겨서 화를 풀어줄게."

곽정은 황용의 등을 부축해 나란히 선 다음 양강을 노려보며 성큼성큼 다가갔다. 양강은 곽정이 막강한 위력으로 거지들을 상대하자 초조하고 불안해지기 시작했다. 그가 가까이 오면 목숨을 부지하기 힘들 것이었다. 급한 마음에 소리를 내질렀다.

"네 분 장로님, 여기 수많은 영웅호걸이 있는데 어찌 저놈이 설치도록 내버려두는 것이오?"

그는 급히 간 장로 뒤로 몸을 숨겼다. 간 장로는 고개를 돌려 낮은 소리로 말했다.

"방주, 안심하세요. 저놈의 무공이 아무리 높아도 수적으로는 당하지 못할 것입니다. 우리가 차륜전車輪戰으로 꼼짝없이 죽게 만들겠습니다."

간 장로는 즉시 소리를 높여 외쳤다.

"팔대 제자들, 견벽진堅壁陣을 폅시다!"

팔대 제자 중 한 명이 "예" 하고 대답하더니 10여 명의 무리를 두 열로 만들었다. 그리고 두 팔을 서로 잡고 열댓 명이 하나의 견고한 벽을 이루더니 호령 소리와 동시에 곽정과 황용을 향해 돌진했다.

"아이코!"

황용은 급히 왼쪽으로 피하고 곽정은 오른쪽으로 피했다. 그런데 동쪽과 서쪽에서도 두 열로 늘어선 거지 떼가 돌진해왔다. 곽정은 이 괴상한 전법을 보고도 후퇴하지 않고 견고한 벽이 가까이 오기를 기다렸다가 벽 중앙의 사람에게 쌍장을 발했다.

곽정의 장력이 아무리 강해도 10여 명의 체중이 한꺼번에 합쳐지고 속도까지 붙은 견벽진은 꿈쩍도 하지 않았다. 곽정은 견고한 벽에 부딪쳐 쓰러질 뻔했으나 급히 왼발에 힘을 주어 공중으로 떠오른 뒤 인간 벽의 머리 위로 날아갔다. 그러나 발이 땅에 닿기도 전에 쓴 비명을 지를 수밖에 없었다. 거지 떼가 만든 또 하나의 견고한 벽이 덮쳐오고 있었던 것이다. 곽정은 급히 숨을 들이쉬고 오른발을 굴러 다시 머리 위로 날아갔다. 그러나 견고한 벽들이 또다시 물밀듯이 밀려왔다. 하나를 피하고 나면 다른 하나가 연이어 닥쳤다. 마치 거대한 수레바퀴가 계속 굴러오는 듯했다. 곽정의 무공이 아무리 높다 한들 인해전술에는 속수무책일 수밖에 없었다.

황용은 신법이 날렵해 뛰어오르고 나는 무술은 곽정보다 한 수 위였다. 그러나 거대한 벽이 계속해서 밀려들자 황용도 피하는 데 한계를 느꼈다. 숨이 가빠오고 심장이 요동쳤다. 동에 번쩍, 서에 번쩍하며 피하다가 어느덧 곽정과 함께 점차 산봉우리 끝으로 몰리게 되었다. 그때 갑자기 좋은 생각이 떠올랐다.

"오빠, 절벽 끝으로 피하세요."

곽정은 이 소리를 듣고 무슨 뜻인지는 알 수 없었으나 시키는 대로 절벽 끝으로 피했다. 절벽 끝까지 겨우 5~6척 정도를 남겨두자, 개방의 견고한 벽이 갑자기 걸음을 멈추고 더 이상 돌진해오지 않았다. 그제야 곽정은 이해할 수 있었다.

'아, 아래는 심곡이니…… 돌진해오다가 발을 멈추지 못하면 바로

떨어져 죽게 되는구나.'

황용을 바라보고 총명하다며 칭찬해주려는데 문득 황용의 얼굴에 다시 수심이 가득했다. 더 두껍고 더 넓은 인간 벽이 천천히 다가오고 있는 것이었다. 이번에는 돌진해오는 것이 아니라 천천히 걸어서 두 사람을 심곡으로 밀어버리려 했다. 수백 명이 전후로 열 개의 열을 이루니 날아서 넘어갈 수도 없었다.

곽정은 몽고에서 저녁마다 마옥과 함께 절벽을 내려가고 기어올랐다. 이 군산의 절벽은 사막의 절벽보다 높지 않고, 게다가 거대한 벽이 점차 다가오자 다른 방도가 없을 듯했다.

"용아, 내 등에 업혀. 우리, 내려가자."

"안 돼요. 저들이 위에서 큰 돌을 떨어뜨리면 꼼짝없이 죽을 거예요."

곽정은 도무지 어떻게 해야 좋을지 방법이 떠오르지 않았다. 그런데 이런 위급한 생사의 갈림길에서 문득 〈구음진경〉 상권에 있는 글자들이 떠올랐다.

"용아, 〈구음진경〉에 이혼대법^{移魂大法}이라는 것이 있는데…… 아마 네가 말한 무슨 섭심법과 비슷한 것 같아. 좋아, 우리 저들과 싸우자. 저들을 끌고 같이 떨어지는 거야."

"저들은 모두 사부님의 형제들인데, 우리가 죽여봤자 뭐가 좋겠어요?"

황용이 탄식했다. 곽정은 갑자기 두 팔을 뻗어 황용을 안고 나지막이 속삭였다.

"빨리 도망가!"

그러곤 황용의 뺨에 가볍게 입을 맞추고 젖 먹던 힘까지 내어 황용을 헌원대로 던졌다. 황용은 몸이 구름처럼 붕 뜨는 듯하더니 수백 명의 머리 위로 날아갔다. 자신을 도피시키고 곽정 혼자 거지들을 상대하려는 듯했다. 황용은 두 무릎을 살짝 구부려 가볍게 누대 위에 착지했다. 마음이 너무 저리고 아팠다. 그때 누대 끝에 득의양양하게 서서 손짓 발짓하며 전열을 지휘하고 있는 양강의 모습이 눈에 들어왔다. 이 좋은 기회를 놓칠 수 없었다. 황용은 몸을 완전히 세우기도 전에 앞으로 몸을 날렸다. 왼손 손가락이 녹죽봉의 머리 부분에 닿았다.

양강은 갑자기 황용이 하늘에서 뚝 떨어지자 깜짝 놀라 지팡이를 들고 치려 했다. 순간, 황용은 오른손 식지와 중지로 그의 두 눈을 찌르고 동시에 왼발을 들어 올려 죽봉을 눌렀다. 양강의 무공은 황용보다 약한 데다 이 초식은 홍칠공이 전수한 타구봉법 중 절초식인 오구탈장契狗奪杖이었다. 만약 죽봉을 적의 손에 빼앗길 경우 이 초식만 쓰면 백발백중 되찾을 수 있었다. 양강보다 수백 배 무공이 높은 사람이라 할지라도 이 초식을 당하면 죽봉을 지킬 수 없을 터였다.

황용은 죽봉을 빼앗는 것이 첫 번째 목적이요, 눈을 찌르는 것에는 별로 신경을 안 썼다. 그러나 손이 너무 빨라 손가락이 양강의 눈동자를 깊이 찔렀다. 양강은 순간 눈앞이 캄캄해지면서 극심한 고통을 느꼈다. 눈을 보호하기 위해 얼른 죽봉을 놓고 누대에서 뛰어내렸다. 황용은 두 손으로 죽봉을 높이 들고 카랑카랑한 목소리로 외쳤다.

"개방의 형제 여러분! 즉시 공격을 멈추세요. 홍 방주는 아직 죽지 않았습니다. 모두 간사한 적이 꾸며낸 이야기입니다!"

개방 무리들은 이 말을 듣고 어안이 벙벙했다. 너무나 갑작스러운 말이라 믿기 힘들었다. 그러나 희소식에 기뻐하고 나쁜 소식을 듣기 싫어하는 것이 인지상정인지라 모두들 고개를 돌려 누대를 바라보았다.

"형제 여러분! 이리로 와서 홍 방주의 소식을 들으세요."

양강은 눈이 너무 아팠으나 누대 아래에서 고함을 쳤다.

"내가 방주다. 모두들 내 명령을 똑똑히 들으라! 어서 저놈을 절벽 아래로 밀어내고 헛소리를 지껄이는 이 계집도 잡아라!"

개방은 방주를 신처럼 떠받들었다. 천하에 아무리 큰일이 일어나도 방주의 명령을 어길 수는 없는 법이었다. 양강의 호령을 듣고 개방 무리들은 즉시 고함을 지르며 앞으로 걸음을 옮겼다.

"여러분, 똑똑히 보세요. 방주의 타구봉이 내 손에 있습니다. 내가 개방의 방주입니다."

거지들은 일순간 멍해졌다. 방주가 타구봉을 빼앗겼다는 말은 한 번도 들어본 적이 없기 때문이었다. 다시 우왕좌왕 망설이며 걸음을 멈추었다.

"우리 개방은 천하를 종횡하여 명성을 떨쳤는데, 오늘 무뢰배들에게 치욕을 당했습니다. 여생과 여조흥 두 형제가 어쩔 수 없이 죽음을 선택했고, 노 장로도 중상을 입었습니다. 이런 일들이 왜 벌어진 것입니까?"

거지들은 의분으로 술렁거리기 시작했고, 반수 정도가 고개를 돌리고 황용의 말을 경청했다.

"바로 양씨라고 하는 저 간적 놈과 철장방이 짜고 홍 방주가 죽었다는 거짓말을 했기 때문입니다. 여러분은 저 양씨가 누군지 아십니까?"

"누구요? 어서 말하시오. 어서 말하시오!"

거지들이 앞다퉈 소리치는 가운데 누군가 큰 소리로 말했다.

"저 계집의 말을 듣지 마시오!"

거지들은 서로 의견이 분분하여 소란이 일었다.

"저 사람의 성은 양씨가 아니라 완안씨입니다. 바로 금나라 조왕야의 아들이지요. 그는 우리 대송을 멸망시키기 위해 온 것입니다."

거지들은 모두 놀라 믿으려 하지 않았다.

'이 일을 금방 믿기란 쉽지 않을 거야. 속임수에는 속임수로 대응하는 법. 나도 양강을 모함하는 수밖에 없다.'

황용이 품속에 손을 넣어 더듬어보니 다행히 일전에 주총이 구천인에게서 훔쳤던 철장이 나왔다. 황용은 철장을 높이 들고 소리쳤다.

"내가 방금 완안강, 저 간적 놈의 손에서 뺏은 물건입니다. 똑똑히 보세요. 이것이 무엇입니까?"

개방 무리들은 헌원대에서 멀리 떨어진 곳에 있어 잘 보이지 않았다. 그들은 호기심에 우르르 헌원대 앞으로 몰려들었다. 누군가 소리쳤다.

"이건 철장방의 철장 표식이잖아. 어째서 저 여자의 손에 있지?"

"맞습니다. 그는 철장방의 첩자로 이 표식을 지니고 있었던 거예요. 개방은 북방에서 의협심을 떨치고 일어난 지 이미 수백 년이 되는데, 어찌 쉽게 강남으로 물러날 수가 있단 말입니까?"

양강은 헌원대 아래에서 이미 얼굴이 사색이 되었다. 오른손을 휘둘러 두 매의 강추를 황용의 심장을 향해 날렸다. 두 사람은 지척지간에 있었고, 출수 또한 빨랐다. 두 줄기의 은빛이 황용을 향해 날아갔다. 그러나 황용은 전혀 아랑곳하지 않았다. 개방 무리 중 수십 명이 고함쳤다.

"암기를 조심하시오!"

"아이고! 큰일 났네."

두 매의 강추는 연위갑에 부딪치면서 쟁강, 소리를 내고 떨어졌다.

"완안강, 도둑이 제 발 저리는 심보가 아니라면 왜 암기로 나를 해치려 드는 거냐?"

암기에 맞아도 멀쩡한 황용을 보자 개방 무리들은 더욱 놀라고 의견이 분분했다.

"도대체 누가 옳고, 누가 그른 거야?"

"홍 방주가 정말 살아 계신 걸까?"

거지들은 모두 당혹스러운 기색을 띤 채 일제히 4대 장로를 바라보며 판단해주기를 기다렸다. 거지들의 견고한 인간 벽은 이미 흩어진 지 오래였다. 곽정은 인파를 헤치고 누대 앞으로 나아갔다. 아무도 그런 그에게 신경 쓰지 않았다.

노유각은 이미 정신을 차리고 깨어나 다른 세 장로와 머리를 맞대고 의논했다. 노유각이 먼저 입을 열었다.

"지금으로서는 진상이 분명치 않으니 두 쪽의 이야기를 자세히 들어봅시다. 방주의 생사를 확인하는 것이 가장 시급합니다."

그러나 정의파의 세 장로는 생각이 달랐다.

"이미 방주를 옹립했는데, 어찌 마음대로 바꿀 수 있겠소? 우리 개방의 선조들께서 지켜오신 규율은 방주의 명령에 절대 복종하는 것 아닙니까?"

네 사람의 의견이 도무지 모이지 않았다. 노유각은 두 손의 손가락이 모두 부러져 극심한 고통으로 이를 악물고 있으면서도 한 치의 양보도 없이 물러서지 않았다. 정의파의 세 장로는 서로 손짓을 주고받더니 양강 곁으로 가 섰다.

"우리는 양 방주의 말씀만을 믿소. 저 계집이 악한을 도와 홍 방주를 죽이고 죄를 남에게 뒤집어씌우기 위해 헛소리를 지껄인 것이오. 요망한 말에 절대 넘어가서는 안 될 것이오. 형제들, 저년을 끌어내려 사실대로 실토하도록 혼내줍시다!"

팽 장로가 다른 거지들을 설득하느라 외쳐대는 사이, 곽정이 헌원대로 올라갔다.

"누가 나서겠소?"

늠름하게 나서는 곽정을 보고 아무도 감히 헌원대로 올라갈 생각조차 하지 못했다. 구천인은 무리를 이끌고 멀찍이 서서 강 건너 불 구경하듯 바라보고 있었다. 개방에서 일어난 내홍內訌에 내심 흡족한 기색이었다. 이때, 황용의 낭랑한 목소리가 울려 퍼졌다.

"홍 방주는 지금 임안 황궁 내에 잘 계십니다. 황궁의 음식이 드시고 싶어서 그곳에 머무르시며 과분하게도 저에게 본방을 이끌라 방주의 자리를 내주셨습니다. 실컷 드시고 나면 이곳으로 오셔서 여러분과도 다시 만날 수 있을 것입니다."

개방 사람들치고 홍 방주가 먹을 것에 목숨을 건다는 사실을 모르는 자가 없었으므로 모두가 황용의 말이 전혀 거짓은 아닐 거라고 생각했다. 다만 이처럼 가녀린 어린 처녀가 방주 자리를 잇는다니, 수긍하기 힘들었다.

"저 금나라의 간적이 철장방을 끌어들여 몰래 저를 해하려 하고, 방주의 타구봉을 훔쳐 사람들을 속이고 있습니다. 어찌 이런 사실을 알아보지 못하고 함부로 믿으려 하십니까? 본방의 네 분 장로께서는 견문이 넓고 사리분별이 분명하실 터인데, 어찌 어린 애송이의 얕은 간계조차 꿰뚫어보지 못하십니까?"

거지들은 황용에게 오히려 질책을 당하자 네 장로를 바라보며 의심의 눈길을 보냈다. 상황이 이렇게 되자, 양강은 끝까지 우기기로 결심했다.

"홍 방주께서 아직 살아 계시다고 했는데, 그렇다면 어찌 방주께서 네게 자리를 넘기셨느냐? 방주께서 네게 자리를 넘기면서 뭔가 증명할 것이라도 주셨느냐?"

양강의 말에 황용은 죽봉을 한 번 휘둘렀다.

"이것은 방주의 타구봉이다. 더 무엇이 필요하냐?"

양강은 억지웃음을 터뜨렸다.

"하하! 그것은 분명 나의 법장이다. 아까 내 손에서 빼앗아가는 것을 모두들 보지 않았느냐?"

"홍 방주께서 네게 타구봉을 주셨다면 분명 타구봉법도 가르쳐주셨을 터. 그렇다면 어찌 이 타구봉을 내게 빼앗긴단 말이냐?"

양강은 황용이 말끝마다 "타구봉, 타구봉" 하자 실수한 것이라 생각하고 말꼬리를 붙잡고 늘어졌다.

"이것은 본방 방주의 법장이거늘 어찌 함부로 타구봉이라 하며 귀한 보물을 모독한단 말이냐!"

양강은 짐짓 호통을 치고는 거지들의 환심을 살 수 있을 것이라 생각했다. 그는 이렇게 중요한 법장인 죽봉이 실제로 그런 속된 이름으로 불린다는 것은 꿈에도 상상하지 못했다. 이곳까지 오는 길에 뚱보거지와 말라깽이 거지가 이 죽봉을 정중히 대하는 것을 보았지만, 그들이 죽봉을 타구봉이라 부르는 것은 듣지 못했던 것이다. 이제 양강은 이 죽봉의 이름조차 모른다는 것을 스스로 인정한 셈이 되었다.

거지들은 두 눈을 부릅뜨고 노기등등한 얼굴로 양강을 노려보았다. 양강은 자기가 뭔가 실수했다는 것은 눈치챘지만 무엇을 잘못한 것인지는 도무지 알 수가 없었다. 양강이 당황하는 기색을 보이자 황용은 피식 웃었다.

"보물이라니, 가지겠다면 가져가보시지."

정말 가져가라는 듯 죽봉을 앞으로 내밀고 양강을 바라보았다. 양강은 얼른 가지러 가고 싶었으나 곽정이 어찌 나올지 두려웠다. 팽 장로가 나지막이 속삭였다.

"방주, 우리가 지켜드릴 테니 일단 가져오시지요."

팽 장로가 말을 마치고 몸을 날려 헌원대로 올라서자 양강과 간, 양두 장로도 뒤이어 올라갔다. 노유각은 황용이 몰리는 것을 보고 역시 뛰어올라가 두 손을 허리에 댄 채 버티고 섰다.

'내 손가락이 부러지기는 했지만, 아직 다리가 있다. 노유각이라는 이름이 그냥 붙지 않았다는 것을 보여주마.'

황용은 선심 쓰듯 흔쾌히 죽봉을 양강에게 넘겨주었다. 양강은 그녀가 무슨 속셈이라도 있는 것이 아닐까 싶어 잠시 주춤하다가 왼손으로 방어를 하며 죽봉을 받아 들었다. 황용은 죽봉에서 손을 떼면서도 여전히 웃는 얼굴이었다.

"잘 잡았느냐?"

"뭐야?"

양강은 죽봉을 꼭 붙잡으며 황용을 흘겨보았다. 순간, 황용은 왼손을 세우며 왼발을 굴러 솟구치더니 오른손을 뻗어 눈 깜짝할 새에 죽봉을 도로 빼앗았다. 간, 팽, 양 세 장로는 놀라 양강을 도우려 했으나 죽봉은 이미 황용의 손에 들어간 뒤였다. 장로들은 무공의 고수 셋이서 에워싸 호위를 하고도 죽봉을 지켜내지 못하고 빼앗겼으니, 스스로 놀라면서도 창피해 쥐구멍이라도 찾고 싶은 심정이었다. 황용은 죽봉을 헌원대 위로 던져 올렸다.

"잘 가지고 있겠거든 가져가라."

양강이 주저하자 간 장로가 소매를 휘둘러 죽봉을 말아가지고 갔다. 그 움직임에 한 치의 오차도 없으니 절기라고밖에 할 수 없었다. 거지들은 그 광경을 모두 올려다보고 있었는데 그중엔 환호성을 터뜨리는 사람도 있었다. 간 장로는 죽봉을 들어 양강에게 건네주었다. 양강은 오른손에 기를 모으며 꽉 움켜쥐었다.

'내 오른손을 잘라내지 않는 한 절대 빼앗을 수 없을 것이다.'

"홍 방주께서 죽봉을 주시면서 남에게 빼앗기지 않도록 잘 가지고 다녀야 한다는 말씀을 하셨을 텐데?"

황용은 웃음소리와 함께 두 다리를 가볍게 찍어 간, 양 두 장로 사이를 비켜 지나며 양강에게 정면으로 다가섰다. 간 장로는 왼팔을 뒤집으며 그녀를 붙잡으려 했다. 그러나 황용의 이 몸놀림은 바로 홍칠공이 친히 전수해준 소요유로 날렵하기가 제비 같아 간 장로는 허공을 치고 말았다. 바로 눈앞에까지 접근했는데도 놓치는 실수를 범하다니, 그로서는 좀처럼 드문 일이라 머리를 얻어맞은 듯 어리둥절했다. 뒤이어 죽봉이 발목 높이에서 바람을 가르며 휩쓸고 지나갔다. 간, 양 두 장로는 황급히 뛰어올라 몸을 피했다. 황용은 깔깔대며 웃었다.

"이 초술의 이름은 송구스럽게도 봉타쌍견 棒打雙犬이라고 한답니다!"

황용은 어느새 하얀 옷자락을 펄럭이며 헌원대 동쪽 끄트머리에 서 있었다. 옥빛 죽봉이 그녀의 손에서 달빛을 받아 은은히 빛났다. 이번에 죽봉을 빼앗은 몸놀림은 앞서보다 더 날래고 눈부셔 아무도 그 움직임을 정확히 본 사람이 없었다. 곽정이 거지들을 향해 외쳤다.

"홍 방주께 타구봉을 받은 사람이 누구입니까? 아직도 모르시겠습니까?"

황용이 잇따라 세 차례나 죽봉을 빼앗은 데다, 그 속도 또한 오히려 점점 빨라지니 거지들도 의심이 생겨 웅성거리기 시작했다. 노유각의 목소리가 울렸다.

"형제 여러분! 이 낭자의 솜씨는 틀림없는 홍 방주의 무공이오!"

간 장로와 팽, 양 세 사람은 서로 얼굴을 마주 보았다. 세 사람 역시 홍 방주와 오랜 세월을 보냈으니 황용의 솜씨가 홍 방주의 무공이라는 것을 금세 알아챘다. 그럼에도 간 장로는 태연한 척 말했다.

"방주의 제자라니, 무공을 전수받았겠지요. 그게 뭐 이상할 게 있습니까?"

간 장로의 말에 노유각이 맞받아쳤다.

"타구봉법은 개방 방주가 아니면 물려주지 않는 무공입니다. 간 장로께서 이 규율을 모른다고 하시지는 않겠지요?"

간 장로는 차갑게 웃을 뿐이었다.

"이 낭자가 공수탈백인 空手奪白刃 초술을 몇 가지 배운 모양인데, 그렇다고 타구봉법이라고 할 수는 없지 않겠소?"

그 말을 듣고 보니 노유각도 반신반의하는 마음이 생겼다.

거지들의 진짜 방주

"좋소! 낭자, 타구봉법을 한번 보여주시구려. 만일 방주께서 전수하신 것이라면 우리 개방 형제들은 당연히 낭자를 섬길 것이오."

간 장로가 노유각의 말을 막고 나섰다.

"우리는 그 봉법의 이름만 들었을 뿐 직접 본 적이 없는데, 누가 그 진위를 판단할 수 있겠소?"

"그럼 어쩌자는 거요?"

"이 낭자가 봉법으로 나의 육장肉掌을 깨뜨린다면 나 간 장로, 충심을 다해 낭자를 방주로 섬길 것이오. 딴마음을 품는다면 화살 만 개를 내 몸에 쏘고 시체를 천 토막 내도 기꺼이 받아들이겠소."

"간 장로는 우리 개방의 고수로 20년 동안 이미 강호에 이름을 떨쳤소. 이 낭자가 몇 살이나 된다고 그러십니까? 봉법이 아무리 대단하기로, 어찌 수십 년을 연마한 간 장로의 무공에 대적하겠습니까?"

두 사람이 결론을 내지 못하고 옥신각신하자, 양 장로는 급한 성격을 참지 못해 칼을 빼어 들고 황용에게 덤벼들었다.

"타구봉법이 진짜인지 가짜인지는 직접 보면 알 것 아니오? 칼을 받아라!"

획! 획! 획! 연달아 세 차례 칼이 바람을 가르며 푸른빛을 발했다. 공격이 빠르고 위력적이었지만 모두 황용의 급소를 비켜갔다. 그러나 그 날램과 정확성은 과연 개방의 고수라 할 만했다. 황용은 죽봉을 허리띠에 꽂고 다리를 살짝 움직여 상체를 흔들며 세 차례의 공격을 모두 피했다.

"어르신께도 타구봉법을 써야 합니까? 너무 과분한 것 아닐는지요?"

황용이 미소를 머금은 채 왼손으로 초술을 펼치며 오른손으로는 양 장로의 칼을 놀리듯 건드렸다. 양 장로는 이미 오래전부터 강호에 이름을 떨치던 인물로 어린 여자아이가 자신을 무시하자 노여움이 폭발했다. 게다가 세 차례 공격마저 무위로 돌아가자 닥치는 대로 칼을 휘두르며 잘 쓰지 않는 절기까지 전개했다.

간 장로는 상황을 지켜보며 황용에 대한 적대감이 많이 누그러졌다. 아무래도 뭔가 사연이 있을 거라는 생각이 들었던 것이다. 이제는 오히려 양 장로가 너무 거칠게 날뛰어 황용이 다치지 않을까 염려스러웠다.

"양 장로, 살수는 쓰지 마시오!"

"걱정 마세요!"

간 장로의 외침에 대꾸한 사람은 오히려 황용이었다. 그녀는 바람처럼 움직이며 주먹으로 치고, 발로 차고, 팔꿈치로 찍거나 손가락으로 찌르는 등 순식간에 십수 가지의 무공을 선보였다. 헌원대 아래에서 바라보는 거지들은 눈이 돌아갈 지경이었다.

"아, 연화장蓮花掌이다!"

팔대 제자 중 깡마른 거지가 외치자, 뚱보 거지가 말을 받았다.

"와! 동추수銅錘手도 할 줄 아는걸!"

감탄이 끝나기도 전에 황용은 이미 권법을 바꾸었다.

"야! 방주의 혼천공混天功이다!"

"이야! 철추퇴법鐵帚腿法을 쓴다! 저건 수수파적垂手破敵이야!"

홍칠공은 본래 천성이 게을러 제자를 거두어 가르치는 일을 좋아하지 않았다. 개방의 거지들 가운데 특별히 큰 공을 세우기라도 하면 상으로 초식 한두 가지를 가르쳐주는 정도였다. 여생이 개방 일에 제 몸을 돌보지 않고 나섰음에 항룡십팔장 중 신룡파미 하나를 가르쳐주었을 뿐이다.

홍칠공의 또 한 가지 고집이라면 한 사람에게 가르쳐준 초식은 다른 사람에게 가르쳐주지 않는다는 것이었다. 그런 탓에 개방 제자들은 서로 배운 재주가 각자 달랐다. 그러나 황용만은 예외였다. 황용은 영리하고 음식 솜씨가 뛰어나 홍칠공에게 귀여움을 받은 데다 맛있는 음식을 미끼로 홍칠공의 발목을 잡아 장강 부근 강묘진姜廟鎭에서 수십 가지 무공을 전수받는 행운을 누린 터였다. 그렇지만 황용은 놀기를 좋아해 모든 무공의 초식 몇 가지만 배웠을 뿐이다. 홍칠공 역시 너무 게을러 황용이 수박 겉 핥기 식으로 배워 흉내만 내는데도 내버려두었다. 그런 황용이 개방 거지들 앞에서 홍칠공에게 직접 배운 재주를 하나하나 펼쳐 보이니, 거지들 가운데 초식을 배운 자들은 저도 모르게 탄성을 질러댔다.

양 장로는 특히 칼을 잘 쓰는 인물로, 무공만 놓고 본다면 황용보다 우위에 있었다. 그러나 황용의 변화무쌍한 초식이 펼쳐지자, 눈앞이 어질어질해 본격적인 공격을 전개하지 못한 채 방어만 단단히 했다. 칼날이 춤을 추듯 번쩍이는 가운데 갑자기 황용이 손을 거두어 가슴에 모았다.

"이제 아셨습니까?"

그러나 양 장로는 제 실력을 다 보이지도 못하고 패배를 인정할 수는 없었다. 칼이 그의 품속에서 번쩍이는가 싶더니 비스듬히 파고들었다. 황용은 피하지도, 물러서지도 않고 그냥 내버려두었다. 거지들 사이에서 비명이 터져 나오고, 간 장로와 노유각도 그냥 두고 볼 수 없어

소리를 질렀다.

"멈추시오!"

양 장로 역시 아차 싶어 칼을 위로 거두려 했지만 이미 때가 늦어 황용의 왼쪽 어깨에 적중하고 말았다. 비록 중간에 힘을 빼 위력이 강하지는 않았지만 황용에게 상처를 입히기에는 충분했다. 양 장로는 크게 후회하며 어찌할 바를 몰랐다. 그런데 갑자기 왼쪽 팔이 저려오더니 칼이 손에서 떨어졌다. 그는 황용이 연위갑을 입고 있어 어떤 강력한 무기로도 그녀를 해칠 수 없다는 사실을 전혀 몰랐던 것이다. 어찌해보지도 못하고 놀라 후회만 하고 있는 사이, 팔 뒤쪽으로 3촌쯤 되는 곳의 회종혈會宗穴이 도화도 가전의 비기 난화불혈수에 당하고 말았다. 황용은 고개를 돌리며 웃었다.

"어때요?"

이 공격으로 황용이 틀림없이 부상을 입었을 것이라 생각한 양 장로는 그녀가 말짱한 것을 보고 어안이 벙벙할 따름이었다. 결국 그는 아무 말도 못 하고 황급히 물러났다.

"저 여자는 황약사의 딸입니다. 창칼로도 뚫지 못하는 연위갑을 입고 있어 공격이 통하지 않는 것입니다!"

양강의 외침에도 간 장로는 미간을 찌푸리고 생각에 잠겼다.

"어때요? 이제 믿으시겠어요?"

황용이 웃으며 묻는 동안 노유각은 자꾸만 황용에게 이제 그만두라는 눈짓을 보냈다. 그는 황용이 폭넓은 무공을 두루 갖추었으나 공력만큼은 양 장로보다 떨어진다는 것을 눈치챘다. 상대가 생각지 못하는 무공으로 허를 찌르면 모를까, 그냥 승부를 겨룬다면 겨우 대등할 정도였다. 게다가 간 장로는 양 장로보다 강한 무공을 지녔으니 황용이 적수가 될 수 없었다.

그런 노유각의 염려에도 불구하고 황용은 여전히 미소를 머금은 채 그의 눈짓을 외면했다. 노유각은 마음이 급해졌다. 뭐라 말을 하고 싶었지만 부러진 두 손의 고통이 점점 심해져 입을 뗄 수 없을 지경이었다. 간 장로가 천천히 고개를 들었다.

"낭자, 내가 상대해보겠소."

곽정이 그를 살펴보니 기가 안정되어 있고 손과 발의 놀림이 무게가 있어 황용이 당해낼 것 같지 않았다. 결국, 이번에는 자신이 나서기로 결심하고 자기를 묶었던 가죽끈을 들어 몇 걸음 다가가서는 힘껏 날렸다. 가죽끈은 휙 날아가더니 구천인이 바위에 꽂았던 간 장로의 쇠지팡이를 휘감았다.

순간 "으차!" 하는 기합 소리와 함께 끈에 묶인 쇠지팡이가 간 장로를 향해 화살처럼 날아갔다. 간 장로가 보니 그 기세가 워낙 맹렬해 손을 뻗어 잡기라도 하는 날엔 손뼈가 곧바로 부러질 것 같았다. 그렇다고 피하자니 헌원대 아래 있는 다른 거지들이 다칠까 염려되었다.

"모두들 피하시오!"

간 장로가 다른 이들에게 경고하는 사이, 황용이 죽봉을 뻗어 쇠지팡이의 허리 부분을 가볍게 눌렀다. 무학의 가르침 중에 "네 냥으로 천 근을 뽑아낸다四兩撥千斤"는 말이 있다. 누르는 힘이 가볍기는 했지만, 압편구배壓扁狗背라는 타구봉법의 절기를 썼기 때문에 그 힘이 정확한 위치를 눌러 쇠지팡이를 떨어뜨린 것이다.

"장로님은 쇠지팡이로, 나는 죽봉으로 한번 겨루어볼까요?"

간 장로는 또 한 번 크게 놀랐다. 겨뤄보다 안 되면 항복하겠다는 생각으로 허리를 굽혀 쇠지팡이를 집어 들고 지팡이 머리 부분을 아래로 하여 황용 앞에 머리를 숙였다.

"낭자께서 아량을 베풀어주시오."

지팡이 머리를 아래로 한다는 것은 무림에서 선배와 겨룰 때 공경의 의미로 취하는 예였다. 대등하게 맞설 수는 없으니 한 수 가르쳐달라고 부탁한다는 속뜻이 있었다. 황용은 죽봉을 내밀어 발구조천撥狗朝天 초식으로 쇠지팡이의 머리를 걸어 올렸다.

"그렇게 예를 갖추실 것 없어요. 제 재주가 장로님을 따라갈 수 있을지 모르겠네요."

이 쇠지팡이는 간 장로가 수십 년 동안 사용해 신체의 일부처럼 손에 익숙한 무기였다. 그럼에도 불구하고 황용이 가볍게 한 번 건드린 쇠지팡이는 그 힘에 밀려 뒤집히며 간 장로의 관자놀이를 향해 날아들었다. 간 장로는 급히 팔을 휘둘러 붙잡았지만 내심 놀라움을 감출 수 없었다. 그는 진왕편석秦王鞭石을 쓰며 등 뒤에서 어깨부터 아래쪽으로 공격했다. 이는 양산박의 영웅이었던 노지심魯智深에게서 전해 내려오는 풍마장법瘋魔杖法이었다.

간 장로의 이번 공격은 유난히 날카로웠다. 황용은 지팡이의 끝에 걸리기만 하면 연위갑을 입었더라도 내상을 피할 수 없겠다는 생각이 들어 방심할 수 없었다. 홍칠공에게 배운 타구봉법을 쓰며 쇠지팡이가 번쩍이는 사이로 몸을 비키며 뛰어올랐다. 쇠지팡이는 그 무게가 30근이 넘는 데 반해, 죽봉은 10여 냥에 지나지 않았다. 그러나 개방 방주에게만 대대로 전해지는 봉법은 신묘하기 이를 데 없어 수 초를 겨루는 사이 사람 팔뚝만 한 두께의 쇠지팡이가 죽봉에 밀려 제대로 힘을 발휘하지 못했다.

간 장로는 개방에 대대로 전해 내려오는 보물이 부러지기라도 할까 봐 죽봉과 부딪치기도 전에 쇠지팡이를 거두어들였다.

황용의 봉법은 예상 밖으로 날카로웠다. 혈도를 찍는가 하면 급소까지 노려 간 장로는 쇠지팡이를 거두어 막기에 바빴다. 10여 합을 겨루자 사방팔방이 바람을 가르는 죽봉 소리로 가득 찼다. 그러자 간 장로는 막는 데에도 힘이 부쳐 죽봉을 걱정할 새가 없었다. 곽정은 자신도 모르게 입에서 탄성이 흘러나왔다.

'사부님의 무공이 정말 대단하구나. 그런데 사부님은 지금 어디 계실까? 부상은 나으셨는지 모르겠네……'

순간, 황용의 봉법이 바뀌더니 세 손가락으로 죽봉의 허리 부분을 잡고 묘기를 부리듯 원을 그리며 돌리기 시작했다. 간 장로는 잠시 어리둥절해 있다가 쇠지팡이를 잡고 황용의 왼쪽 어깨를 노리고 달려들었다. 황용은 쇠지팡이와 부딪쳐 흔들리는 죽봉을 쇠지팡이 머리 근처에 걸치며 그대로 바깥쪽으로 내쳤다. 이는 상대방의 힘을 역으로 이용한 초술이었다. 간 장로는 쇠지팡이가 손에서 빠져나가려고 하자 얼른 힘을 거두었다. 그러나 쇠지팡이는 마치 죽봉에 달라붙은 듯 지팡이를 당기니 죽봉도 함께 따라왔다. 그는 깜짝 놀라 예닐곱 가지 장법을 변환해봤으나 아무래도 죽봉을 떨쳐낼 수가 없었다.

타구봉법에는 여덟 가지 요결이 있다. 즉 얽매고絆, 쪼개고劈, 묶고纏, 찌르고戳, 휘고挑, 끌어들이고引, 막고封, 구르는轉 기술이었다. 황용이 이번에 쓰는 것은 묶는 기술이었다. 이 기술을 쓰면 죽봉은 아무리 저보다 큰 나무라도 이를 휘감고 자라는 질긴 등나무 가지처럼 상대를 묶고 절대 떨어지지 않았다.

몇 초를 더 겨루다 간 장로는 힘을 양어깨에 싣고 대력금강장법大力金剛杖法을 썼다. 쇠지팡이를 바람 소리가 나게 움직여 죽봉을 떨쳐내려 했으나 쇠지팡이가 동으로 움직이면 죽봉도 동으로 따라왔고, 또 서쪽으로 움직여도 마찬가지였다. 황용이 선보이는 초식은 간 장로가 힘을 쓰는 대로 움직이는 듯하지만, 사실은 그림자처럼 따라붙어 적을 제압하는 무서운 기술이었다. 과거 곽정이 홍마를 길들일 때 홍마가 달리고 싶은 대로 달리도록 내버려두고 저는 가만히 말 등에 앉아 있던 것과 같은 이치였다. 대력금강장법을 반 정도 쓰고 난 간 장로는 더 이상 버텨낼 재간이 없었다. 깨끗이 패배를 인정하려는 찰나, 팽 장로의 외침이 들렸다.

"금나수를 써 죽봉의 머리를 잡으시오!"

"그래요, 한번 잡아보세요."

황용이 맞받아치며 봉법을 바꾸었다. 이번에는 구르는 요결이었다. 묶는 요결이 동서로 상대를 따라다니는 것이라면, 이것은 적으로 하여금 자신을 따라오게 하는 것이었다. 갑자기 황용의 죽봉이 푸른 그림자를 이루며 움직임이 빨라졌다. 그러고는 간 장로의 등에 있는 강간強間, 풍부風府, 대추大椎, 영태靈台, 현추懸樞 등 요혈을 찍어댔다. 이 혈도는 모두 등의 중심에 있어 봉 끝에 찍히기만 하면 죽거나 중상을 입는 자리였다.

간 장로는 무서운 공격이라는 것은 알았지만 쇠지팡이를 돌려 막기는 벅찰 듯해 할 수 없이 앞으로 나서며 공격을 피했다. 황용의 봉 끝이 간 장로 등의 각 혈도 위에서 돌아다니고 있었다. 간 장로는 싸움을 계속 끌어갈 수가 없었다. 앞으로 나서 파고드는 죽봉의 공격을 피하면 어느새 또 한 차례 공격이 밀려들었다. 그는 다리에 힘을 모으고 몸을 옆으로 피했지만, 그의 몸놀림이 빨라질수록 죽봉도 빨라졌다.

헌원대 아래의 거지들은 간 장로가 황용을 가운데 두고 원을 그리며 몸을 피하는데도 황용은 가운데 서서 죽봉만 오른손에서 왼손으로 바꿔가며 흔들림 없이 공격해대는 모습에 혀를 내둘렀다. 간 장로가 몸을 피하며 그리는 원이 점점 커져서 노유각과 팽, 양 두 장로도 몸을 비켜 헌원대 아래로 내려와야만 했다. 간 장로는 예닐곱 바퀴를 더 돈 후 마침내 큰 소리로 사정했다.

"황 낭자, 그만하시오. 내가 졌소!"

말은 졌다고 하면서도 다리는 멈추지 않고 맴을 돌았다. 황용이 까르륵 웃었다.

"나를 뭐라고 부르셨지요?"

"아, 그렇지. 소인이 잘못했습니다. 소인, 방주님께 인사 여쭙겠습니다."

간 장로는 몸을 돌려 예를 갖추려다가 죽봉이 여전히 멈추지 않는 것을 보고 다시 돌기 시작했다. 땀이 등을 적시고 허연 수염에도 땀방울이 맺혔다. 황용은 이제 화도 어지간히 풀린 터라 웃으며 죽봉을 거두었다. 이번에는 돈우는 요결을 써 쇠지팡이를 걸어 위로 던져 올렸다. 간 장로의 힘이 쇠지팡이로 옮겨지며 쇠지팡이가 빠른 속도로 날아올랐다.

간 장로는 큰 은혜라도 입은 양 쇠지팡이를 놓고 허리를 깊숙이 숙

황용은 거지들 앞에서 타구봉법을 시험해 보이며 자신이 진짜 방주임을 증명했다.

여 절을 올렸다. 헌원대 아래에 있던 거지들도 황용의 타구봉법에 넋을 놓고 있다가 일제히 "방주님!" 하고 외치며 주저 없이 예를 올렸다.

간 장로는 한 걸음 앞으로 나서 황용의 얼굴에 침을 뱉으려다가 홍조가 피어오른 백옥 같은 피부를 보자 차마 뱉지 못하고 꿀꺽 다시 삼켜버렸다. 순간, 머리 위로 바람 소리가 일더니 쇠지팡이가 떨어졌다. 그는 황용의 의심을 살까 봐 손을 들어 받지 못하고 펄쩍 뛰어 몸을 피했다.

그림자가 스쳐 지나는가 싶었는데, 누군가 헌원대 위로 뛰어올라 쇠지팡이를 받아 들었다. 4대 장로 중 세 번째인 팽 장로였다. 황용은 팽 장로의 섭심법에 걸려들었던 터라 그를 가장 경계하고 있었다. 그런 그가 헌원대 위로 올라서니, 황용은 마침 잘 걸렸다는 듯 아무 말 없이 죽봉을 들었다. 이번에는 타구봉법의 구르는 요결을 써 팽 장로 가슴의 자궁혈紫宮穴을 노려 파고드는데, 그 공격이 간 장로를 상대할 때보다 매서워 도망갈 틈도 주지 않을 기세였다.

그러나 팽 장로는 대단히 교활한 인물이었다. 스스로 무공이 간 장로에 미치지 못한다는 것을 잘 알고 있는 그가 굳이 황용에게 맞설 리 없었다. 그는 막지도, 피하지도 않고 짐짓 두 손을 모으며 공손히 예를 올렸다. 황용은 죽봉 끝을 그의 자궁혈에 댄 채 일단 모았던 공력을 발하지 않고 화난 목소리로 물었다.

"뭐 하자는 수작이오?"

"소인, 방주님을 뵙고자 올라왔습니다."

황용은 여전히 노기등등한 눈으로 그의 눈을 똑바로 쳐다보았다. 그러다 정작 그와 시선이 마주치자 갑자기 가슴이 조금씩 울렁거려 급히 얼굴을 돌려버렸다. 그런데 이상한 것은 그의 눈을 보면 화를 입을 것이라는 사실을 뻔히 알면서도 다시 한번 보고 싶어진다는 것이었다. 다시 고개를 돌리자 팽 장로의 형형한 눈빛과 마주쳤다. 마음이 두근거리며 이제 고개도 돌릴 수 없어 그만 눈을 감아버렸다. 팽 장로가 미소를 지으며 속삭였다.

"방주님, 피곤하실 텐데 그만 쉬시지요."

부드러운 음성이 귓가에 울리자 황용은 정말 온몸이 노곤해지며 이제 그만 푹 쉬고 싶은 마음이 간절해졌다. 이런 마음이 들자 눈이 감기고 입도 뗄 수 없을 정도로 피로가 몰려왔다. 간 장로는 이미 황용을 방주로 인정하고 힘을 다해 섬기기로 작정한 터라, 팽 장로가 또 섭심법을 쓰려는 것을 보고 그를 가로막고 섰다.

"팽 장로, 방주님께 무슨 짓이오?"

팽 장로는 여전히 미소를 잃지 않고 나직이 속삭였다.

"방주님은 좀 쉬셔야 합니다. 너무 피곤하신 듯하니 방해 마시오."

황용은 상황이 위급하게 되었다는 것은 알았지만 몸이 나른해지며 쇳덩이를 매단 듯 눈꺼풀이 무거워 참을 수가 없었다. 하늘이 무너지더라도 일단 한숨 자고 싶은 마음이었다. 그런데 비몽사몽간에 불현듯 곽정이 한 말이 떠올라 정신이 번쩍 들었다.

"오빠, 〈구음진경〉 중에 이혼대법이라는 게 있다고 했죠?"

곽정은 뭔가 잘못되어가고 있다고 생각하며 만일 팽 장로가 계속 사술邪術을 쓸 경우 자신이 나서 놈을 때려죽이리라 마음먹고 있던 참이었다. 마침 황용이 자기에게 이혼대법을 묻자, 얼른 헌원대로 뛰어올라가 귓속말로 경문을 한 번 외워주었다.

황용은 곽정이 들려주는 내용을 주의 깊게 들었다. 지관법문止觀法門에 따라 제심지制心止에서 체진지體眞止에 이르도록 하라는 것이었다. 황용은 원래 내공이 견실한 데다 머리도 영리해 한 번만 듣고도 이치를 통달했다. 그녀는 즉시 눈을 감고 호흡을 조절하며 조용히 참선에 들어갔다. 잠시 후 조용히 눈을 뜨자 의식이 있는 듯 없는 듯 무아의 경지에 다다른 모습이었다.

팽 장로는 황용이 한참 동안 눈을 감고 있는 것을 보고 자신의 술수에 걸려들어 잠에 빠진 줄 알고 속으로 쾌재를 불렀다. 그러던 차에 그녀가 두 눈을 번쩍 뜨고 미소를 짓자, 자기도 모르게 마주 미소를 지었다. 그런데 황용이 더욱 환한 미소를 보내자 어찌 된 일인지 온몸이 날아갈 듯 가벼워지며 자꾸만 웃음이 터져 나왔다. 황용은 〈구음진경〉 중에 적힌 무공의 신묘함에 다시 한번 감탄하지 않을 수 없었다. 이 한 번의 웃음으로 이미 적을 제압했다고 생각하니 더욱 웃음이 나왔다.

이제 팽 장로도 뭔가 잘못되었다는 것을 깨닫고 정신을 집중해보려 했으나 이렇게 당황하는 사이에 마음은 더욱 어지러워져 수습할 수 없는 지경이 되어버렸다. 거기다 황용이 계속 미소를 지으니 더 이상 자제하지 못하고 벌떡 일어나 배를 잡고 웃어대기 시작했다.

"하하하! 흐흐…… 컥컥…… 아이고! 아야! 하하……!"

웃다가, 비명을 지르다가 소리는 점점 커져 멀리 호수 너머로까지 퍼져 나갔다. 거지들은 서로 얼굴을 바라보며 팽 장로가 도대체 무엇 때문에 저렇게 웃어대는지 영문을 모르겠다는 표정을 지었다.

"팽 장로, 왜 이러시오? 방주님 앞에서 이게 무슨 무례요?"

간 장로가 그를 말려보려 했지만 팽 장로는 그의 코를 가리키며 더

더욱 허리가 끊어질 듯 웃어댔다. 간 장로는 자기 얼굴이 이상하다는 뜻인 줄 알고 소매로 몇 차례 닦아보기까지 했다. 그러나 팽 장로는 더욱 큰 소리로 웃어대며 헌원대 아래로 떨어지더니 아예 땅바닥을 구르며 웃었다. 거지들은 그제야 뭔가 잘못되었다는 것을 알았다. 팽 장로의 두 제자가 앞으로 나서 부축하려고 했지만 그가 손을 휘두르는 통에 나가떨어졌다.

그렇게 한참을 웃어대던 팽 장로는 너무 웃은 나머지 숨이 가쁘고 얼굴이 온통 벌겋게 달아올랐다. 섭심술이나 이혼대법은 강력한 정신력으로 상대의 영혼을 제압하는 기술로 그리 특이할 것은 없었다. 오늘날에는 최면술, 혹은 심리 분석, 정신 치료 등으로 부르기도 하는데 당시 사람들은 그 이치를 모르므로 그 기술에 당하면 크게 놀라고 당황스러워했다. 일반인이라면 이혼대법에 걸려들어도 그저 정신이 몽롱해지며 잠이 들 뿐 큰 이상은 생기지 않지만, 팽 장로는 정신을 집중해 섭심술로 황용에 맞서려다 반격을 당한 상태라 오히려 더 큰 타격을 받고 다른 이들의 열 배쯤 되는 고통을 당했다.

간 장로는 이제 팽 장로가 더 웃다가는 질식해서 죽을 것이라 판단했다.

"방주님, 팽 장로가 방주님께 무례했으니 중벌을 내려야 마땅하나 아량을 베풀어 용서해주시기 바랍니다."

간 장로가 허리를 굽히고 사정하자, 노유각과 양 장로도 나서 허리를 깊이 숙였다. 그들이 간청하는 동안에도 팽 장로의 찢어질 듯한 웃음소리가 간간이 들려왔다. 황용이 곽정을 돌아보았다.

"오빠, 이제 됐을까요?"

"됐어. 그만 용서해줘."

"세 분 장로님께서 용서해달라고 하시니 그렇게 하겠어요. 하지만 저에게 침을 뱉는 것은 안 돼요."

곧 숨이 넘어갈 듯한 팽 장로를 넘겨다보고는 간 장로가 황급히 간청했다.

"방규는 방주님께서 정하시는 것이니, 또한 방주님께서 폐하실 수도 있습니다. 저희는 분부에 따를 뿐입니다."

황용은 침을 맞는 것을 피할 수 있다는 말에 크게 기뻐하며 미소를 지었다.

"좋아요. 가서 팽 장로의 혈도를 찍어주세요."

간 장로는 얼른 헌원대 아래로 뛰어내려 팽 장로의 혈도 두 군데를 찍었다. 팽 장로는 웃음을 멈추기는 했지만 두 눈을 하얗게 뒤집고 겨우 숨만 헐떡거리며 몸을 움직이지 못했다.

"그럼 저는 정말 좀 쉬어야겠군요. 아, 양강은요?"

"떠났어."

곽정의 말에 황용은 몸을 벌떡 일으켰다.

"왜 그냥 보냈어요? 어디 있죠?"

"구천인 영감과 함께 갔어."

곽정이 가리키는 곳을 따라 살펴보니, 호수 위로 배의 모습이 비쳤다. 눈어림으로 보아도 제법 멀리 가버려 따라가봤자 소용이 없을 듯했다. 증오가 가슴속에 사무치기는 했지만 곽정이 2대에 걸친 결의의 정을 애틋하게 생각하는 것을 아는지라 또 한 번 그냥 둘 수밖에 없었다.

양강은 황용이 간 장로와의 대결에서 우위를 점하는 것을 보며 얼른 자리를 피하지 않으면 목숨을 부지하기 어려울 것이라는 생각이 들었다. 그래서 사람들의 이목이 그들의 대결에 집중된 틈을 타 슬그머니 철장방 무리 사이에 섞여 살려달라 간청했다.

구천인도 돌아가는 형국을 지켜보다가 황용이 방주 자리를 이어받는 쪽으로 분위기가 기울자 더 이상 어찌할 수 없음을 인정했다. 게다가 곽정의 무공이 세고 개방의 세력이 대적하기 어려운 상황임을 깨닫고 소리 없이 무리를 이끌고 양강과 함께 배를 타고 떠나버렸다. 개방의 거지 중에 그들이 떠나는 것을 본 사람이 없지는 않았으나 간 장로와 황용의 싸움이 손에 땀을 쥐게 할 만큼 흥미진진하게 전개되자 그 광경을 지켜보느라 그들을 붙잡아야 한다는 생각을 미처 하지 못했다.

황용은 죽봉을 손에 쥐고 낭랑한 목소리로 외쳤다.

"홍 방주께서 아직 돌아오지 않으셨으니 잠시 내가 방주 자리를 맡겠습니다. 간, 양 장로 두 분께서는 팔대 제자들과 함께 동쪽으로 가서 홍 방주를 모셔오십시오. 노 장로께서는 이곳에서 머물며 정양하시고요."

거지들의 환호성이 울려 퍼졌다.

"팽 장로는 마음가짐이 바르지 못한 듯합니다. 어찌 처리하면 좋을지 생각들을 말씀해보시죠."

간 장로가 먼저 나서 허리를 굽혔다.

"팽 장로의 죄가 크니 무거운 형벌을 내리는 것이 마땅하나, 지난날 우리 개방을 위해 세운 공을 생각하시어 죄를 사해주는 것이 어떨는지요?”

“그렇게 간청하실 줄 알았습니다. 좋아요. 아까 웃느라 고생하셨으니 장로직만 면하고 팔대 제자로 있도록 하세요.”

황용이 웃으며 지시하자 간, 노, 팽, 양 네 장로는 일제히 그 은혜에 감사했다.

“여러 형제가 이렇게 모였으니 하고 싶은 말도 많을 겁니다. 하지만 우선 여생과 여조흥 두 분을 안장해야겠지요. 내가 볼 때 노 장로께서 가장 믿을 만하니 이 일은 모두 노 장로께 맡기겠습니다. 간, 양 두 장로께서는 성심을 다해 도와주세요. 나는 이만 가야겠습니다. 임안부에서 다시 뵙도록 하지요.”

황용은 마지막 지시를 내린 다음 곽정의 손을 이끌고 산을 내려갔다. 거지들은 두 사람을 산 아래까지 배웅한 뒤 그들이 탄 배가 안개 속으로 사라지고 나서야 다시 산으로 올라와 개방의 일들을 의논했다.

철장산으로 가는 길

　곽정과 황용이 악양루로 돌아오니 날이 밝아오고 있었다. 홍마와 수리는 그들이 다가올 때까지 모두 얌전히 기다리고 있었다.

　황용이 고개를 들어 먼 곳을 살펴보니 붉은 해가 동정호 수평선에서 불끈 솟아오르고 있었다. 붉은 햇빛이 수면을 온통 물들이는 광경이 참으로 장관이었다.

　"오빠, 범문정공의 글에 이런 구절이 있어요. '먼 산을 품고 장강을 삼키니, 그 호탕한 기세가 가없이 이어지는구나. 붉게 물든 아침과 어스름한 밤하늘, 기상도 천변만화로다銜遠山 呑長江 浩浩蕩蕩 橫無際涯 朝暉夕陰 氣象萬千.' 이런 풍경을 보니 정말 그냥 지나칠 수가 없겠어요. 우리 올라가 술이나 마셔요."

　곽정도 기꺼이 동의하며 함께 누각으로 올라갔다. 전날 함께 술을 마시던 장소에 다시 와 간밤에 일어났던 위험한 일들을 떠올리고는 서로 마주 보고 웃었다. 악양에는 특별히 내세울 만한 술은 없었지만 산수가 아름다운 지방이어서 마음껏 취할 수 있었다. 몇 잔을 주거니

받거니 하다가 갑자기 황용이 양미간을 살짝 찌푸리며 새침한 표정을 지었다.

"오빠, 나빠요!"

느닷없는 말에 곽정은 깜짝 놀랐다.

"왜 그래?"

"알 거 아니에요. 뭘 나한테 물어요?"

곽정은 머리를 긁적이며 생각을 해보았으나 도무지 짚이는 데가 없었다.

"용아, 무슨 일인지 말을 해봐."

"좋아요. 어젯밤 우리가 개방 진법에 몰려 위험해졌을 때 왜 나를 집어 던졌어요? 오빠가 죽어도 내가 살 수 있을 거라고 생각한 거예요? 아직도 내 마음을 그렇게 모르겠어요?"

어느새 황용의 얼굴에 눈물이 흘러 방울방울 술잔으로 떨어졌다. 황용의 깊디깊은 사랑에 곽정은 새삼 놀라면서도 그 모습이 사랑스러워 견딜 수가 없었다. 손을 뻗어 그녀의 오른손을 꼭 쥐고는 무슨 말을 해야 할지 몰라 한참을 그렇게 바라만 보다가 겨우 입을 열었다.

"내가 잘못했어. 우리는 죽어도 같이 죽어야 하는 건데……."

황용이 가볍게 한숨을 내쉬고는 뭐라 말하려는 순간 누각 계단에서 발소리가 났다. 거기서 누군가 고개를 내밀고 누각 위를 살펴보고 있었다. 황용과 곽정은 그 사람을 보고 화들짝 놀랐다. 올라온 사람은 바로 철장수상표 구천인이었다.

곽정은 벌떡 일어나 황용을 가로막고 섰다. 그 노인네가 살수를 쓸까 봐 염려한 것이었다. 그러나 구천인은 뜻밖에 한 번 웃어 보이더니 손을 들어 인사하고는 몸을 돌려 내려갔다. 그 웃음은 교활해 보이면서도 당황한 빛이 역력했다.

"우리를 피하네요. 정말 이상한 사람이에요. 내가 가서 좀 볼게요."

말을 마친 황용은 곽정의 대답은 기다리지도 않고 총총히 내려가버렸다.

"조심해야 돼!"

곽정은 허둥지둥 은자를 꺼내 계산대에 두고 뛰어나왔다. 그런데 아무리 둘러보아도 구천인과 황용이 보이지 않았다. 지난밤에 본 구천인의 매서운 무공이 떠올라 황용이 그의 독수에 당할까 봐 조바심이 났다.

"용아, 용아! 어디 있어?"

황용은 곽정이 부르는 소리를 듣고도 대답하지 않고 조용히 구천인의 뒤를 밟았다. 무슨 꿍꿍이인지를 알아보려면 절대 들켜서는 안 되기 때문이었다. 두 사람은 어떤 저택 옆에 다다랐다. 황용은 북쪽 벽 모퉁이에 멈춰 서서 구천인이 좀 멀어지면 뒤쫓으려 기다리고 있었다. 구천인은 곽정의 외침을 듣고 이미 황용이 자신의 뒤를 쫓고 있다는 사실을 알아차렸다. 그래서 모퉁이를 돌자마자 몸을 숨겼다. 두 사람은 서로 숨을 죽이고 상대를 기다렸다.

그러나 한참 동안 기다려도 기척이 없자 동시에 고개를 내밀었다. 한쪽은 백옥처럼 하얀 피부의 예쁘장한 얼굴이었고, 다른 한쪽은 동정호의 귤껍질처럼 늘어빠진 얼굴이었다. 두 사람의 눈이 딱 마주치자 서로 놀라 얼굴빛이 변했다.

두 사람은 서로 외마디 비명과 함께 몸을 돌렸다. 구천인의 장력이 무섭다고는 하나 포기할 황용이 아니었다. 일단 저택의 벽을 끼고 반 바퀴를 돌았다. 그리고 구천인이 멀리 도망갈까 봐 경공술을 써가며 다시 급히 쫓아갔다. 황용은 동쪽 벽 모퉁이에 숨어 동정을 살펴보았다. 그러나 구천인도 그녀와 똑같은 생각을 하고 있었다. 노인네와 소녀는 저택 주위를 돌다가 또 한 번 서로 마주치고 말았다. 이번에는 남쪽 벽 뒤편이었다.

'내가 몸을 돌리면 분명 내 등에 장력을 날릴 거야. 이 음흉한 늙은 이의 철장이 그리 대단하니 피할 수 없겠지.'

황용은 두려움을 감추고 가볍게 웃어 보였다.

"구 선배님, 세상이 참 좁네요. 여기서 또 만나다니요."

이렇게 말하는 사이에도 여전히 머릿속으로는 몸을 뺄 궁리를 하고 있었다.

'이렇게 시간을 끄는 동안 오빠가 와주면 무서울 게 없어.'

구천인도 짐짓 미소를 지었다.

"저번에 임안에서 헤어지고 여기서 또 만나는군. 그래, 별고는 없는가?"

'지난밤에 분명 군산에서 만나고도 얼렁뚱땅 말은 잘하는군. 좋아, 두 눈 멀쩡히 뜨고 잠꼬대를 하는 늙은이 같으니라고. 내 타구봉법의 맛을 보여줘야지.'

황용은 갑자기 목소리를 높여 외쳤다.

"오빠, 뒤를 공격해요!"

구천인이 깜짝 놀라 뒤를 돌아보는 사이, 황용은 죽봉을 뽑아 들고 상대를 얽매는 요결을 써 아래쪽으로 휘둘렀다. 구천인은 뒤에 아무도 없는 것을 보고 계략에 걸려들었음을 알았다. 순간, 아래쪽에 바람이 이는 것을 느끼며 급히 몸을 솟구쳐 일단 공격을 피했다.

그러나 타구봉법에서 상대를 얽매는 이 요결은 마치 장강처럼 공격이 끊이지 않고 밀려오는 형태였다. 상대가 숨 쉴 틈도 주지 않고 한 차례 공격이 빗나가면 곧바로 다음 공격이 이어지는 것이었다. 게다가 그 공격은 단조롭지 않고 변화무쌍하게 바뀌었다. 구천인이 공격을 피할수록 다음 공격이 빨라지니, 땅바닥에는 녹죽봉이 만들어내는 푸른 반원이 어지럽게 그려지고 있었다. 이렇게 열대여섯 번의 공격을 잇달아 받은 구천인은 몸놀림이 둔해지며 죽봉에 왼쪽 발목을 된통 얻어맞고 오른쪽 복숭아뼈까지 걸리자 바닥에 털썩 떨어지고 말았다.

"잠깐 기다려라. 내 할 말이 있다."

황용은 피식 웃으며 죽봉을 거두었다가 그가 자세를 미처 잡기도 전에 또 한 차례 죽봉을 휘둘렀다. 구천인은 중심을 잃고 비틀거리다가 또다시 쓰러지고 말았다. 황용이 그렇게 대여섯 차례 죽봉을 휘두를 때마다 쓰러지기를 거듭하던 구천인은 또 일어나면 결국 또 쓰러질 뿐이라는 것을 알고 땅에 납작 엎드린 채 꼼짝도 하지 않았다.

"죽은 척하시는 건가요?"

황용이 웃으며 빈정거리자, 구천인은 벌떡 일어나 두 손으로 허리띠를 끊어버리고 바지춤을 움켜잡았다.

"갈 거야, 안 갈 거야? 안 간다면 내 이 손을 놓아버리겠다."

황용은 어이가 없었다. 강호에 이름난 방의 방주라는 자가 이렇게 저급한 수법을 쓸 줄은 생각도 못 했다. 그러면서도 그가 정말 손을 놓아 바지를 내릴까 봐 고개를 모로 돌리고 물러났다. 등 뒤에서 그가 껄

껄 웃는 소리가 들렸다. 뒤이어 발소리가 들려 고개를 돌리고 보니, 구천인이 두 손으로 바지 허리춤을 붙잡은 채 나는 듯 쫓아오고 있었다. 황용은 기가 막히면서도 우스웠다. 하지만 아무리 꾀가 많은 황용이라도 이때만은 속수무책이었다. 그저 잽싸게 도망가는 수밖에 없었다.

두 사람은 그렇게 10여 장을 달렸다. 구천인은 이제 되었다 싶었는지 옷차림을 수습했다. 그때, 곽정이 집 모퉁이를 돌아오다 그 모습을 보고 황용 앞에 섰다. 그러곤 오른손으로 가슴을 막고 왼손은 서서히 들어 올려 반원을 그리며 가슴을 향해 뻗었다. 구천인은 경험이 많은 사람이라 곽정의 쌍장이 원을 그리면 대단한 초술이 나온다는 것을 알고 있었다. 즉시 크게 웃어대더니 걸음을 멈추었다.

"아이고, 이런! 큰일 났다!"

"오빠, 공격해요. 헛소리는 상관할 것 없어요."

황용이 재촉했지만 곽정은 지난밤 군산에서 구천인의 절묘하면서도 매서운 철장을 보고 난 뒤라 서두르지 않았다. 그 무공은 주백통, 황약사, 구양봉에게 뒤지지 않는 것이었다. 그렇다면 자신이 모자랄수도 있는 터. 이렇게 마주치게 되었으니 가볍게 공격할 일이 아니었다. 곽정은 기를 단전에 모아 팔과 다리에 힘을 주며 단단히 방비를 하고 정신을 집중했다. 구천인은 두 손으로 허리춤을 붙잡고 입을 열었다.

"두 젊은이, 이 늙은이 말을 좀 들어보게나. 요 며칠 이것저것 마구 먹다가 배탈이 난 것 같아. 그러니 이만 실례해야겠어."

"오빠, 공격해요."

황용은 곽정을 채근하며 자기는 감히 나서지 못하고 뒤로 몇 발짝 물러섰다. 구천인이 계속 사정을 했다.

"젊은이들 마음은 내 잘 알지. 내가 무슨 재주라도 보여주지 않으면 그냥 물러날 수가 없을 거야. 하나, 하필 요즘 배탈이 나서 이렇게 중요한 순간에 배 속에서 난리가 난단 말이야. 자, 그럼 두 사람은 7일 내에 철장산 아래로 오게나. 그럼 내 만나주지. 용기가 있거든 그리 오거라."

자신들이 어리다고 은근히 깔보는 듯한 구천인의 말을 들으며 황용은 슬그머니 손에 강침을 한 줌 쥐어 들었다. 계속 떠들어대면 만천화우滿天花雨로 그의 몸에 수십 개의 침을 박아줄 참이었다. 그런데 그가 철장산이라는 말을 꺼내자 곡영풍의 유서에 쓰여 있던 글이 문득 떠올랐다.

"좋아요. 호랑이 굴이라도 찾아가겠어요. 그때는 헛수작 부리지 말고 진짜 실력을 보여주세요. 그 철장산은 어디 있죠? 어떻게 가면 돼요?"

"여기서 서쪽으로 상덕常德, 진주辰州를 지나 소원강溯沅江을 타고 올라오면 노계瀘溪와 진계辰溪 중간에 다섯 손가락이 하늘을 향하는 듯한 산이 있는데, 거기가 철장산이야. 산세가 험준한 그곳에서 수련을 했으니 내 무공이 어떨지 짐작할 수 있겠지? 만일 겁이 나면 일찌감치 내게 사과하고 오지 않아도 좋아."

황용은 산세가 다섯 손가락이 하늘을 향하는 모양이라는 말을 듣고 더더욱 반색을 했다.

"좋아요. 약속했어요. 7일 내에 그리로 가겠어요."

구천인은 고개를 끄덕이다 갑자기 얼굴을 찡그렸다.

"아이고, 아야!"

그는 앓는 소리와 함께 허리춤을 움켜쥔 채 서쪽으로 멀어졌다.

"용아, 아무래도 모를 일이 있는데…….네 생각은 어떤지 좀 말해 줘."

"뭔데요?"

"구천인 선배님은 우리는 상대도 안 될 정도로 무공이 대단한데, 왜 늘 저렇게 남들을 속이고 다니는 걸까? 어떤 때는 무공이 별것 아닌 척하고 말이야. 지난번 귀운장에서 내 가슴을 쳤을 때도 진력을 다했다면 나는 살아남지 못했을 거야. 저렇게 미친 척하고 다니는 의도가 뭘까?"

황용은 손가락을 지그시 깨물고 말이 없다가 한참 만에 입을 열었다.

"저도 정말 모를 일이에요. 아까 타구봉법으로 몇 차례나 쓰러뜨릴 때도 반격할 힘이 전혀 없는 것 같았어요. 그런데 어젯밤에 쇠지팡이를 구부러뜨린 건 또 무슨 속임수를 쓴 것인지……."

곽정이 고개를 저었다.

"노유각의 두 손을 비틀어 뼈를 부러뜨린 것이라든지, 장력으로 내 힘을 받아낸 것은 정말 그의 무공이었어. 속임수였을 리가 없어."

황용은 쪼그리고 앉아 머리의 비녀를 뽑아 들고 땅바닥에 뭔가를 그리다가 한숨을 내쉬었다.

"그 늙은이가 무슨 꿍꿍이속인지 알 수가 없어요. 철장산에 가보면 뭔가 알 수 있겠죠."

"철장산에 가서 뭣 하려고? 여기 중요한 일은 대충 끝났으니까 이제 사부님을 찾으러 가자. 어차피 헛수작이나 부리는 사람인데, 정말 갈 필요 없잖아."

"오빠, 아버지가 주신 그림이 비에 젖었을 때 무슨 글자가 나타났죠?"

"그거야, 글자가 완전치 않아서 뭔지 알 수 없었잖아."

곽정이 머리를 긁적이자 황용은 살짝 웃음을 지었다.

"그럼 생각도 안 해봤어요?"

곽정은 저로서는 풀 수 없는 문제라는 것을 알뿐더러, 설사 알아낸다고 해도 어차피 황용의 짐작이 훨씬 정확할 것이라고 생각했다.

"용아, 너 뭔가 생각해냈구나. 빨리 알려줘."

황용은 비녀로 바닥에 네 줄의 글을 써놓았다.

"첫 줄에서 빠진 것은 틀림없이 무武 자였을 거예요. 합쳐보면 무목유서武穆遺書 넉 자가 되죠. 두 번째 줄은 영 알아낼 수가 없었는데, 아까 그 늙은이가 하는 말을 듣고 보니 아주 쉬운 문제였어요. 거기서 빠진 글자는 산山 자나 봉峯 자였을 거예요."

"무목유서, 재철장산武穆遺書 在鐵掌山……."

곽정은 천천히 읽어보고는 손뼉을 마주쳤다.

"그렇구나. 우리, 빨리 가자! 철장방은 금나라 사람들과 결탁해 있으니, 그 소중한 책을 완안홍열에게 바칠 거야. 그런데 다음 두 줄은 뭘까?"

"오빠는 스스로는 생각도 않고 재촉만 하네요. 아까 철장산이 다섯 손가락처럼 생겼다고 하지 않았어요? 세 번째 구절은 중지봉하中指峯下일 것 같아요."

곽정은 연신 손뼉을 쳐댔다.

"그래그래, 용이는 정말 똑똑하구나. 그럼 네 번째, 네 번째 구절은?"

"그걸 알 수가 없어요. 두 번째, 두…… 번째……."

황용은 나직한 신음 소리와 함께 고개를 모로 꺾었다.

"휴! 아무래도 모르겠어요. 우리, 가면서 얘기하죠."

두 사람은 말을 타고 수리와 함께 서쪽으로 향했다. 상덕, 도원을 거쳐 원강을 타고 내려가 어느덧 노계에 닿았다. 철장산이 어디 있는지 사람들에게 물어도 모두들 고개를 저을 뿐이었다. 두 사람은 맥이 풀려 작은 객점에 묵게 되었다. 저녁에 황용이 객점 심부름꾼에게 근처의 명승지를 물어보았지만 그는 여기저기 줄줄이 소개하면서도 끝내 철장산 이야기는 하지 않았다.

"이곳에서 갈 만한 곳은 모두 평범하기 짝이 없군요. 하긴 노계는 작은 마을이니 대단한 경치는 찾기 힘들겠죠."

황용이 짐짓 입을 삐죽이며 비웃듯 말하자, 점원은 발끈하는 기색이었다.

"노계는 작은 마을이지만 후조산猴爪山의 풍광은 어디에도 뒤지지 않아요."

황용은 속으로 '옳거니 바로 그 산이구나' 싶었다.

"후조산이 어디에 있어요?"

점원은 더 이상 말해주지 않고 미안하다며 방을 나가려고 했다. 황용은 얼른 문까지 쫓아가 그의 등을 붙잡았다. 그러고는 은자 한 뭉치를 꺼내 탁자에 내려놓았다.

"자세히 이야기해주면 이 은자를 주겠어요."

점원은 마음이 동하는지 손을 뻗어 은자를 만지작거렸다.

"이렇게 많이요?"

황용은 웃으며 고개를 끄덕였다. 마침내 점원이 우물쭈물 입을 열었다.

"그럼 말씀은 드리겠지만, 두 분은 절대 가시면 안 돼요. 후조산에는 흉악한 무리가 살고 있는데, 누구든 산 근처 5리까지만 다가가도 목숨을 부지하지 못한답니다."

곽정과 황용은 서로 마주 보고 고개를 끄덕였다. 황용이 계속 다그쳐 물었다.

"후조산은 봉우리 다섯 개가 꼭 원숭이 발바닥처럼 생겼다면서요?"

황용의 말에 점원의 얼굴이 환해졌다.

"예, 알고 계셨군요. 그럼 제가 말씀드린 게 아닙니다요. 그 다섯 봉우리가 정말 기묘하게 생겼지요."

"어떤데요?"

이번에는 곽정이 물었다.

"그 다섯 봉우리가 늘어선 모양이 꼭 다섯 손가락 같아요. 가운데 봉우리가 가장 높고요, 양쪽으로 점차 낮아지죠. 가장 이상한 것은 봉우리가 모두 세 마디로 나뉘어 있다는 거예요. 마치 손가락에 마디가 있는 것처럼요."

황용이 펄쩍 뛰었다.

"둘째 마디다, 둘째 마디!"

"그래, 맞아!"

곽정도 덩달아 외쳤다. 점원은 두 사람이 무슨 말을 하는 것인지 영문도 모른 채 그저 멍하니 바라만 볼 뿐이었다. 황용은 산으로 가는 길을 상세하게 물어보고 은자를 주었다. 은자를 받아 든 점원은 연신 입을 벙긋거리며 방을 나갔다.

"오빠, 가요."

황용이 몸을 일으켰다.

"여기서 60리도 되지 않잖아. 홍마를 타고 가면 금방 도착할 테니 낮에 가자."

"무슨 소리예요? 책을 훔쳐야 하잖아요."

서두르는 황용을 말리던 곽정은 그제야 고개를 끄덕였다.

"아하, 멍청하긴……. 그걸 생각 못 했네."

두 사람은 객점의 다른 사람들이 눈치채지 못하게 담을 넘어 조용히 홍마를 끌고 나왔다. 그리고 그길로 점원이 가르쳐준 길을 따라 동남쪽으로 말을 몰았다. 산길이 험하고 길가의 풀이 허리보다 높이 자라 있어 걸음을 옮기기가 힘들었다. 그렇게 40여 리를 가니 멀리 하늘을 찌를 듯한 산봉우리 다섯 개가 보였다. 홍마가 나는 듯 빨리 달려준 덕에 한 시진도 못 되어 산 아래에 닿을 수 있었다. 가까이 다가가니 다섯 봉우리가 우뚝 솟은 모양이 과연 손가락 다섯 개가 공중에 서 있는 것처럼 보였다. 그중 하나가 특히 높이 솟아 있었다.

"이 산봉우리는 그림에 그려져 있던 것과 정말 똑같다. 봐, 봉우리 꼭대기는 온통 소나무야."

곽정이 기쁜 듯 외치자 황용도 웃음을 지었다.

"검무를 추는 장군만 빠져 있네요. 오빠, 오빠가 올라가 검무를 춰보세요."

"나는 장군이 아니라 아쉬운걸."

"장군 되는 게 뭐 어려운가요? 앞으로 테무친의……."

황용은 여기까지 말하고 그만 입을 다물었다. 곽정도 황용이 하려던 말이 무엇인지 알고 있으므로 고개를 돌리고 그녀를 똑바로 쳐다보지 못했다. 두 사람은 홍마와 수리를 산 아래에 남겨두고 주봉主峯 뒤로 돌아가보았다. 사방을 둘러보니 사람의 모습은 보이지 않았다. 둘은 경공술을 써 산 위로 올라갔다. 수 리를 오르자 산길이 크게 꺾이며 서쪽으로 이어졌다. 둘은 그대로 길을 따라갔다. 동쪽으로 꺾이고 서쪽으로 휘어지며 꾸불꾸불한 것이 평범한 산길이 아니었다. 그렇게 한참을 가니 앞에 울창한 소나무 숲이 나타났다.

곽정과 황용은 일단 걸음을 멈추고 상봉으로 갈지, 송림으로 들어가 좀 살펴볼지 의논했다. 몇 마디 주고받던 중 숲속에서 희미하게 불빛이 새어나오는 것이 보였다. 둘은 서로 손짓을 하고 발걸음을 조용히 떼면서 불빛을 향해 다가갔다.

몇 걸음 가지 않아 갑자기 길옆 소나무 뒤에서 검은 옷을 입은 두 남자가 튀어나왔다. 모두 손에 무기를 들고는 아무런 말도 없이 두 사람의 길을 막고 섰다.

'이들과 싸우다 다른 사람들에게 발각되면 책을 훔치는 것은 어려워진다.'

황용은 얼른 품속에서 구천인의 철장을 꺼내 들고 아무 말 없이 그들에게 다가가 보여주었다. 두 남자는 철장을 보고는 놀라는 표정이 되더니 허리를 굽혀 예를 표하고 길옆으로 물러났다. 순간, 황용은 전광석화 같은 솜씨로 죽봉을 뽑았다. 그대로 두 사내를 가볍게 후려쳐 혈도를 찍고 발로 걷어차 풀숲에 처넣고는 불빛을 따라갔다.

불빛 근처까지 가자 다섯 칸쯤 되는 돌집이 보였다. 불빛은 동쪽과 서쪽 칸에서 새어나오고 있었다. 먼저 서쪽 칸으로 가보니 실내에 불을 지핀 큰 화로가 있고, 솥에 뭔가를 끓이는 듯 김이 모락모락 피어오르고 있었다. 솥 양쪽으로는 검은 옷을 입은 동자 두 명이 보였다. 하나는 힘껏 풀무질을 해대고, 또 하나는 철 삽으로 솥 안을 뒤적이고 있었다. 사각거리는 소리를 들으니 솥 안에 있는 것은 철 모래인 듯했다.

그리고 솥 앞에는 한 노인이 눈을 감고 정좌한 채 솥에서 뿜어나오는 열기를 깊이 들이마셨다가 천천히 내뱉기를 반복하고 있었다. 황갈색 적삼을 걸친 그 노인네는 다름 아닌 구천인이었다. 그가 한동안 호흡을 가다듬자 머리 위로 김이 피어오르는 것이 보였다. 손을 높이 들어올리니 열 손가락에서도 김이 피어났다. 그는 갑자기 벌떡 일어나 두 손을 솥 안으로 힘껏 꽂아 넣었다.

동자는 이미 땀투성이였건만 더욱 힘을 다해 풀무질을 해댔다. 구천인은 뜨거운 열을 견디며 철 모래 속에 손을 넣고 수련하는 중이었다. 그는 한참이 지나서야 손을 뽑더니 그대로 공중에 걸린 포대에 일장을 날렸다. 소리가 엄청나게 크게 울리는데도 포대는 미세한 흔들림조차 없었다. 지켜보던 곽정은 깜짝 놀랐다.

'포대를 보니 철 모래를 한 되 정도밖에 담지 않은 것 같고 가는 실에 매달려 있는데, 저 정도 장력에 꼼짝도 않다니……. 저 사람의 무공은 정말 대단하구나.'

그러나 황용은 구천인이 이번에도 수작을 부려 눈을 속이는 것이라고 단정했다. 먼저 책을 훔쳐야 하는 상황이 아니었다면 벌써 그를 비웃어주었을 것이다. 구천인은 다른 것은 하지 않고 쌍장으로 포대를 쳤다가, 또 솥 안에 두 손을 집어넣기를 반복했다. 쇠솥과 손가락에서 피어오르는 열기를 어찌 만들어낸 것인지 유심히 지켜봤지만 황용으로선 도무지 알 수 없었다.

'둘째 사부가 계셨으면 저 늙은이의 속임수를 밝혀내셨을 텐데……난 잘 모르겠네.'

둘은 그곳에서 물러나 동쪽 칸으로 가보았다. 불빛이 나오는 방의 창을 들여다본 두 사람은 이번에도 깜짝 놀랐다. 방 안에는 남자 한 명과 여자 한 명이 있었는데, 바로 양강과 목염자였다. 곽정과 황용은 이것이 어찌 된 일인지 알 수가 없었다.

'목 언니가 왜 여기 있는 거지?'

방 안에서는 양강이 어서 결혼하자며 목염자를 구슬리는 소리가 들려왔다. 그러나 목염자는 완안홍열을 죽여 부모의 원수를 갚아야만 결혼할 수 있다고 완강히 버티는 중이었다.

"어찌 이리도 전체를 살피지 못하는 거요?"

양강의 말에 목염자가 의아한 듯 고개를 돌렸다.

"제가 뭘 모른다는 거죠?"

"모르다마다. 완안홍열은 철통같이 제 몸을 지키고 있어요. 나 혼자서 어떻게 경솔하게 덤빌 수가 있겠소? 내 아내가 된 다음 함께 인사를 드리겠다고 찾아가 둘이 힘을 합치면 성사시킬 수 있지 않겠소?"

목염자는 양강의 말이 그럴듯하게 들렸는지 고개를 숙이고 말이 없었다. 등불 아래 그녀의 뺨이 발갛게 물들어 있었다. 양강은 목염자 마음이 어느 정도 기울었다고 생각하며 그녀의 손을 잡고 살며시 어루만졌다. 또 다른 손은 그녀의 가는 허리를 감싸 안았다. 황용은 더 이상 참을 수 없어 뛰어 들어가 양강의 속셈을 모두 알려주려 했다. 그때 등 뒤에서 호통이 들려왔다.

"누가 내 산에 마음대로 들어왔느냐?"

곽정과 황용이 놀라 뒤를 돌아보니, 달빛 아래 구천인이 버티고 서 있었다. 그동안 구천인은 스스로 대단하다고 뻐기며 거드름을 피우면서도 교활한 눈빛은 감추지 못하는 인물이었다. 그런데 위엄을 갖추고 서 있는 지금의 모습은 이전과 사뭇 다른 느낌이었다. 황용은 놀라 잠시 움찔하면서도 빠져나갈 방법을 궁리했다.

'이 노인네가 자기 산이라고 한껏 위엄을 차리고 있네. 그래, 스스로 우리더러 산에 오라고 했으니 아까 솥에 손을 넣고 뭔가를 하던 것도 다 우리 보라고 한 것 아니겠어?'

황용은 얼른 얼굴빛을 고치고 미소를 지었다.

"구 선배님, 초청해주셔서 왔습니다. 7일 내에 오겠다는 약속을 어기지 않았죠?"

구천인은 오히려 화를 버럭 냈다.

"무슨 7일의 약속이냐? 허튼수작 마라!"

"벌써 잊으셨어요? 배탈은 다 나으셨나 모르겠네. 아직 낫지 않으셨다면 의원을 불러 치료하신 후에…… 히히……!"

구천인은 더 이상 대꾸하지 않고 긴 휘파람을 불며 황용의 왼쪽 어깨에 쌍장을 날렸다. 황용은 히히거리며 피하지도 않았다. 연위갑을 입고 있으니 상대의 손바닥에 구멍이나 뚫리겠거니 하고 믿는 구석이 있었던 것이다. 이때 곽정의 외침이 들렸다.

"용아, 피해!"

한 줄기 강한 바람 소리가 귓가를 스쳤다. 곽정이 출수하며 옆에서 상대하는 소리였다. 어깨에 강한 힘이 느껴지는가 싶더니 황용은 이내 뒤로 밀려나며 쓰러졌다. 몸이 땅에 닿기도 전에 황용은 정신을 잃고 말았다. 구천인도 황용의 연위갑에 장심이 닿아 상당한 부상을 입고 두 손에서 피를 흘렸다. 분노와 놀라움이 교차하며 곽정의 장력에 맞서 급히 반격에 나섰다.

두 사람의 장력이 서로 엇갈리며 펑, 펑, 폭발음을 냈다. 그러자 둘 다 두어 걸음 물러서게 되었다. 그러나 구천인은 굳게 땅을 딛고 섰지만, 곽정은 몸이 심하게 기우뚱거렸다. 이 일장으로 두 사람의 우열은 어느 정도 판가름 난 것으로 보였다.

지난밤, 군산에서는 개방 거지들의 무공이 가벼워 두 사람이 막상막하처럼 보였다. 그러나 지금은 곽정이 아무래도 한 수 뒤지고 있었다. 곽정은 황용이 염려되어 대결에 전념할 수 없었다. 얼른 다가가 몸을 굽히고 황용을 안으려는데, 뒤에서 또 바람 소리가 일었다. 상대가 공격해오는 것이었다. 곽정은 왼손으로 황용을 안은 채 몸을 돌려 오른손 신룡파미로 맞섰다. 이는 항룡십팔장 중에서도 위급할 때 사용하는 절초絶招였다. 위기에 몰린 가운데 이 초식을 펼치니 그 위력은 그야말로 배가되었다.

구천인은 그 장력에 맞서다가 자기도 모르게 비틀거렸다. 게다가 장심에 입은 자상刺傷에 통증이 느껴지자, 혹시 황용의 연위갑에 독이라도 발라져 있는 것이 아닌가 싶어 얼른 달빛에 비추어보았다. 여전히 피는 흐르고 있었지만 다행히 선홍색이라 조금 마음이 놓였다.

구천인이 공격을 늦추자 곽정은 그 틈을 타 황용을 안고 산봉우리 꼭대기로 내달았다. 수십 보를 가다가 문득 뒤쪽에서 엄청난 함성이 들려 뒤돌아보니, 검은 옷을 입은 사내들이 손에 횃불을 들고 떼 지어 쫓아오고 있었다. 곽정은 더 이상 물러날 곳이 없자 정상을 향해 기어오르기 시작했다. 화급한 중에도 황용의 숨을 살펴보니 호흡이 느껴지지 않았다.

"용아, 용아!"

목이 터져라 불러보았지만 반응이 없었다. 이렇게 지체하는 사이, 구천인과 그 무리 중에 있는 고수 10여 명이 바짝 추격해왔다.

'나 혼자 몸이라면 어떻게든 산 아래로 뚫고 가겠지만 용이가 중상을 입었으니 모험을 할 수는 없어.'

곽정은 발을 더욱 재게 놀려 산길을 타지 않고 곧장 올라가기 시작했다. 사막 절벽에서 산을 타는 경공을 이미 익힌 몸이었다. 직선으로 가까운 길을 타자 추격자들과의 거리를 벌려놓을 수 있었다. 곽정은 걸음을 멈추지 않은 채 뺨을 황용의 얼굴에 대보았다. 아직 온기가 남아 있어 조금 안심할 수 있었다. 그러나 이름을 몇 차례 불러보아도 반응은 여전히 없었다. 고개를 들어보니 꼭대기가 얼마 남지 않았다. 꼭대기는 그다지 넓지 않을 것이므로 사방을 적이 둘러쌀 게 분명했다. 일단 쉴 만한 곳을 찾아 황용을 구하는 것이 급선무였다.

사방을 둘러보니 왼쪽으로 20여 장 위에 동굴이 보였다. 입구를 옥석으로 다듬어 잘 지어놓은 동굴이었다. 곽정은 동굴 안에 무슨 위험이라도 있지 않은지 살필 여유조차 없었다. 곧장 뛰어 들어가 황용을 바닥에 가만히 눕혔다. 오른손으로 등 뒤의 영태혈靈台穴을 찍어 숨을 쉴 수 있게 도와주었다. 산허리에는 철장방 무리가 점점 많이 몰려들어 함성도 한층 높아졌지만 곽정은 아무것도 들리지 않는 듯했다. 천

군만마가 몰려온다 해도 일단 황용을 살려놓고 볼 일이었다. 잠시 후, 황용이 조금씩 정신을 차렸다.

"가슴이 너무 아파요."

곽정은 기뻐 눈물이 나올 지경이었다.

"용아, 걱정 마. 여기서 잠시 쉬고 있어."

곽정은 황용을 안심시켜놓고 동굴 입구로 달려갔다. 쌍장을 가슴 쪽으로 가로누이고 죽더라도 적들을 물리치고 죽겠노라 마음을 다졌다. 그러나 아래쪽을 내려다보고는 화들짝 놀랐다. 산허리에 횃불이 가지런히 늘어서 있는 것이 마치 벽을 친 것처럼 보였다. 동굴에서는 수 리가 떨어져 있었으나 희미하게나마 사람을 분간할 수는 있었다. 적삼을 걸치고 가장 앞장선 사람은 바로 구천인이었다. 사람들은 두 발이 땅에 박힌 듯 함성만 질러댈 뿐 더 이상 올라오지 않았다.

곽정은 잠시 바라보고 있다가 도대체 무슨 생각으로 저러는 것인지 알 수 없어 그냥 동굴로 돌아왔다. 허리를 숙여 황용을 살펴보는데, 갑자기 등 뒤에서 무슨 소리가 들렸다. 사람의 발소리 같았다.

곽정은 깜짝 놀라 팔을 휘둘러 뒤쪽을 보호하며 허리를 세워 몸을 돌렸다. 동굴 속은 칠흑처럼 어두워 그 안에 사람이 있는지 괴물이 있는지 알 수가 없었다. 겁이 나기는 했지만 곽정은 큰 소리로 외쳤다.

"누구냐? 어서 나와라!"

동굴 안에서는 메아리만 울려 퍼질 뿐이었다. 그렇게 정적이 흐르다 이번에는 갑자기 기침 소리와 함께 웃음소리가 들렸다. 놀랍게도 구천인의 목소리 같았다. 곽정이 부싯돌을 치자 굴 안에서 누군가 성큼성큼 걸어 나왔다. 적삼을 걸치고 손에는 부들로 만든 부채를 든 백발노인, 바로 구천인이었다.

곽정은 적잖이 놀랐다. 방금 전까지만 해도 산허리에서 무리를 이끌고 욕지거리를 하던 구천인이 어떻게 눈 깜짝할 새에 동굴 안에 들어왔는지 알 수가 없었다. 등허리가 서늘해지며 식은땀이 흘렀다. 구천인은 껄껄 웃음을 터뜨렸다.

"두 아이가 겁도 없이 할아버지를 찾아왔구나. 대단한걸! 담이 크고 용기가 있어. 대단해!"

말을 마치고는 갑자기 표정이 바뀌었다. 양미간에는 서늘한 기운마저 감돌았다.

"여기는 철장방의 금지 구역이야. 들어오는 사람은 살아 나갈 수가 없어. 너희들은 살기가 싫은 거냐?"

곽정이 그 말의 의미를 곱씹고 있는데, 황용의 목소리가 가늘게 들렸다.

"여기가 금지 구역이라면 당신은 왜 들어와 있죠?"

구천인은 잠시 난처한 기색이더니 다시 표정을 수습했다.

"나야 일이 있어 온 것이지. 너희들과 한가하게 얘기나 주고받을 시간이 없다."

말을 마치고는 동굴 밖으로 나가려 했다. 곽정은 구천인이 빠른 걸음으로 자기 옆을 스치고 지나가자, 순간 그가 독수를 써 황용을 다치게 할까 걱정이 되었다.

'선수를 치는 것이 낫겠다.'

두 손을 모두 뻗어 구천인의 어깨를 공격했다. 그러면 분명 팔을 들어 공격을 막을 테고, 이때 즉시 팔꿈치로 그의 가슴을 공격할 생각이었다. 이 초술은 묘수서생 주총이 가르쳐준 것으로 어깨를 공격하는 듯한 허초를 써 유인하고 팔꿈치로 공격하는 것이었다. 적이 뒤에 오는 실초實招를 알아채기가 어려운 기술이었다.

곽정의 공격에 구천인은 역시 방어 태세를 취했고, 곽정은 두 어깨를 곧추세우며 공격할 준비를 취했다. 그런데 공격을 막는 구천인의 힘이 너무나 미약했다. 방금 겨룰 때 보여준 상승 무공이 아니었다. 그러니 오히려 곽정이 생각한 변초와는 상황이 달라져 버렸다. 이제 어떻게 할지 마음을 정하기도 전에 곽정은 두 팔로 구천인의 팔목을 틀어쥐고 있었다.

구천인은 힘껏 뿌리치려 했지만 곽정의 힘을 당해낼 수가 없었다. 그러는 통에 그의 무공이 보잘것없다는 게 드러났다. 이제 곽정은 조금도 망설이지 않고 한 손을 놓고 남은 한 손으로 그를 끌어당긴 다음 그의 몸이 흔들리는 사이 가슴의 음도혈陰都穴을 찍었다. 구천인은 그대로 바닥에 쓰러져 꼼짝도 못 하는 몸이 되었다.

"젊은이, 이건 목숨이 달린 문제야. 왜 나를 이렇게 희롱하는 거야?"

그러는 동안 산허리에 모인 무리가 질러대는 함성은 더욱 크게 들렸다. 나머지 네 개 봉우리에 흩어져 있던 철장방 무리도 속속 모여드는 것 같았다.

"우리를 얌전히 산 아래로 데려다주시오."

곽정의 말에 구천인은 얼굴을 찌푸리며 고개를 저었다.

"내 목숨 하나 부지하기도 어려운데, 어떻게 너희를 데려다주냐?"

"제자들에게 길을 터주라 명령하면 될 것 아니오? 산을 내려가면 나도 혈도를 풀어주리다."

구천인은 여전히 울상이었다.

"젊은이, 나를 닦달하면 뭘 해? 동굴 입구에 가서 살펴보면 알 거 아닌가?"

곽정은 동굴 입구로 가 아래를 살펴보다가 깜짝 놀라 온몸이 굳어버렸다. 구천인이 부들 부채를 흔들며 무리 앞에서 동굴을 향해 욕을 퍼붓고 있었다. 곽정이 고개를 돌려보니 또 한 명의 구천인은 여전히 바닥에 쓰러져 있었다.

"왜…… 아니, 어찌 당신이 둘이오?"

"오빠도 참…… 그래도 모르겠어요? 구천인이 둘이라면 하나는 무공의 고수 구천인이고, 하나는 허풍선이 구천인이죠. 둘이 똑같이 생겼단 말이에요. 여기 있는 구천인은 입만 살아 있는 구천인이고요."

황용의 말에 곽정은 또 한참을 멍하니 서 있다가 문득 정신을 차리고 구천인을 돌아보았다.

"그런 거요?"

"낭자의 말이 그렇다면 그런 거지. 우리는 쌍둥이 형제야. 내가 형이고, 원래 무공도 내가 더 강했지. 나중에 동생의 무공도 강해졌지만 말이야."

"그럼 도대체 누가 구천인이오?"

"이름이 다른 게 무슨 상관이야? 내가 구천인이든 그가 구천인이든 마찬가지 아니야? 우리 형제는 사이가 좋아 어려서부터 이름도 하나만 썼어."

"빨리 말해요. 누가 구천인이오?"

두 사람의 대화를 듣고 있던 황용이 끼어들었다.

"그걸 몰라서 묻는 거예요? 이 사람이 이름을 훔쳐 쓰고 다닌 거죠."

"흠, 그럼 진짜 이름이 무엇이오?"

구천인은 더 이상 견디지 못하고 입을 열었다.

"선친께서는 내게 따로 이름을 지어 천장千丈이라고 부르셨지. 영 듣기가 좋지 않아 점차 쓰지 않게 되었지만 말이야."

곽정도 피식 웃음이 나왔다.

"아, 그럼 당신은 구천장이겠구려."

"부르고 싶은 대로 불러. 나야 무슨 상관이야. 10척이면 1장丈이고, 7척이 1인仞이니 천장千丈이 천인千仞보다 3천 척이 더 되는 것 아니겠어?"

구천인은 태연한 얼굴로 대꾸했다.

"내 생각에는 당신 이름을 천분千分이나 천리千厘로 바꾸는 것이 낫겠는데요."

이번에는 황용이 한마디 거들었다. 곽정이 계속 물었다.

"저들은 어찌 산허리에 모여 소리만 지르고 올라오지 않는 것이오?"

"내 명령 없이는 아무도 올라올 수 없어."

곽정은 반신반의하는 표정이었다.

"오빠, 더 봐줄 것 없어요. 이 교활한 영감이 사실대로 말할 리가 없어요. 천돌혈天突穴이나 찍어버려요."

곽정은 황용의 말대로 천돌혈을 찍었다. 천돌혈이란 기결팔맥奇經八脈 중 음유맥陰維脈에 속하는 것으로 인후咽喉 아래 선기혈璇璣穴 위로 1촌쯤 되는 곳에 있었다. 음추의 맥이 모이는 곳을 찍히자 구천장은 온몸에 벌레가 기어 다니며 물어뜯는 것 같아 참을 수가 없었다.

"아이고, 아이고! 이거 사람 잡겠네. 왜 이런 짓을 하는 거야?"

"빨리 대답하시오. 대답하면 풀어주겠소."

"알았어. 더 이상 견딜 수가 없겠군."

구천장은 가려움을 참으며 이야기를 시작했다.

대영웅의 시

구천장과 구천인은 쌍둥이 형제였다. 어려서는 생김새와 성격이 똑같아 분간하기가 힘들었다. 열세 살이 되어서 구천인은 우연히 철장방 방주의 목숨을 구해주게 되었다. 그리고 철장방 방주는 그 보답으로 자신의 모든 무공을 전수해주었다. 구천인이 스물네 살 되던 해 그의 무공은 철장방 방주를 능가했고, 다음 해 철장방 방주가 세상을 떠나면서 방주 자리를 그에게 물려주었다.

방주는 충의가 있는 인물로 나라를 걱정하는 마음이 두터웠으나 구천인은 무학에만 전념해 그 후로 철장수상표의 이름을 강호에 널리 떨치게 되었다. 왕중양 등이 화산논검대회에 그를 초대할 정도였다. 당시 구천인은 철장신공을 수련하는 중이었고, 자신이 왕중양의 적수가 되지 못한다는 것을 알고 있던 터라 스스로 참가를 거절했다. 그리고 10여 년 동안 철장봉에 은거한 채 혹독한 수련을 거듭하며 제2차 화산논검대회를 기다리는 중이었다.

구천인이 방주 자리에 오르자 두 형제의 성격은 완전히 달라졌다.

한 사람은 무공이 나날이 높아갔고, 한 사람은 자괴감에 빠져 남들 속이는 짓을 일삼았다. 한 사람이 깊은 산중에 은거하는 사이, 한 사람은 제 형제의 이름을 걸고 밖에서 활개를 치고 다녔다.

곽정과 황용이 귀운장과 임안부 등지에서 만난 사람은 구천장이었고, 군산과 철장산에서 만난 사람은 구천인이었다. 두 사람의 용모가 완전히 같았기 때문에 황용이 분간하지 못하고 좀 전에 구천인의 쌍장에 부상을 당했던 것이다.

철장산 중지봉은 역대 철장방 방주의 뼈를 묻는 곳으로, 방주는 임종할 때가 되면 스스로 이곳에 와 죽기를 기다렸다. 또 방중에는 엄격한 규율이 있었으니, 중지봉 두 번째 마디 부분에 제멋대로 들어간 자는 절대 살아서 내려갈 수 없다는 것이었다. 방주가 밖에서 목숨을 잃으면 방중의 제자가 그 뼈를 업고 봉우리로 올라와 함께 묻히는 순장의 풍습도 있었다. 방중의 제자라면 이렇게 하는 것을 커다란 영광으로 생각했다.

곽정은 황용을 업고 닥치는 대로 도망을 치다 그만 철장방의 성지에 들어서고 말았으니, 철장방 무리들은 화가 나 고함을 지르면서도 금기를 어길 수 없어 쫓아오지 못하고 있었던 것이다. 방주인 구천인조차 그 대단한 무공으로도 어쩌지 못하고 고함을 지르며 욕을 퍼부어댈 뿐이었다.

그렇다면 구천장은 어떻게 석실에 들어와 있었던 것일까? 철장방의 모든 방주는 임종할 때 자신이 아끼는 보도寶刀, 보검寶劍, 진귀한 보물이나 골동품을 가지고 올라왔다. 그렇게 되자 석실에 쌓인 보물이 적지 않았다. 구천장은 지난 수개월 동안 여기저기서 수모를 당하고 보니 자신의 무예가 영 시원찮은 것 같아 만일 무쇠라도 잘라내는 날카로운 칼을 지니고 있으면 적과 싸울 때 자신의 힘이 세어질 것 같았다. 그래서 궁리 끝에 위험을 무릅쓰고 석실에 보물을 훔치러 들어왔다. 철장방에는 이 지역을 침범하는 사람이 없으니 절대 들키지 않을 것이라고 생각했는데 그만 곽정, 황용과 맞닥뜨리고 만 것이다.

곽정은 그의 이야기를 듣고 아무 말이 없었다.

'이곳이 금지 구역이라니 적들이 접근하지는 않겠지만, 사방에 길도 없으니 어찌 내려간단 말인가?'

한참 궁리를 하는데 황용이 갑자기 입을 열었다.

"오빠, 안쪽을 살펴봐요."

"먼저 네 상처를 좀 봐야겠어."

곽정은 부싯돌로 마른 나뭇가지에 불을 붙이고 황용의 옷자락과 연위갑을 들추어 어깨를 살펴보았다. 눈처럼 하얀 어깨에 거무튀튀한 다섯 손가락의 흔적이 뚜렷이 남아 있었다. 상처는 확실히 가벼워 보이지 않았다. 그나마 연위갑이 없었다면 이미 목숨을 잃었을 것이다.

'구양봉과 구천인의 무공이 막상막하다. 사부님께서도 서독의 합마공을 겨우 받아내셨지. 용이는 다행히 연위갑을 입고 있었지만 사부님의 무공에 한참 미치지 못하는데, 상처를 보니 그때 사부님이 입으신 부상과 비슷한 것 같아. 이를 어떻게 치료한다지······.'

곽정은 손에 나뭇가지를 든 채 멍하니 상처를 바라보고만 있었다.

"이봐, 약속을 했으면 지켜야지. 혈도를 풀어준다더니 뭐 하는 거야? 아프고 가려워서 참을 수가 없단 말이야. 너도 한번 당해볼 테야?"

구천장이 고래고래 악을 써댔지만 곽정은 황용의 상처를 살피느라 들리지도 않았다. 그 모습을 바라보며 황용은 미소를 지었다.

"오빠, 뭐가 급해요? 먼저 저 노인네 혈도를 풀어주세요."

그제야 곽정은 번뜩 정신을 차리고 구천장에게 다가가 천돌혈을 풀어주었다. 구천장은 고통이 슬슬 덜해지는 듯 안도의 한숨을 쉬었다. 그러나 아직 음도혈은 풀어주지 않았기 때문에 바닥에 누운 채 눈동자만 굴리고 있었다. 곽정은 2척 정도 되는 소나무 가지를 찾아 불을 붙여 손에 들었다.

"용아, 내가 들어가 살펴볼게. 여기 혼자 있어도 무섭지 않겠어?"

황용은 몸이 추웠다 더웠다 하며 견디기 힘들 정도로 고통스러웠지만 곽정이 걱정할까 봐 억지로 미소를 지어 보였다.

"영감님이 함께 있으니까 안 무서워요. 다녀오세요."

곽정은 소나무 가지를 높이 쳐들고 한 걸음 한 걸음 안쪽으로 걸어 들어갔다. 두 번 정도 방향을 틀어 들어가니 앞에 갑자기 넓은 굴이 나타났다. 이 동굴은 인공적으로 만든 석실보다 열 배는 넓어 보였다. 자세히 살펴보니 동굴 안에는 10여 개의 해골이 흩어져 있었는데 앉아 있는 것, 누워 있는 것 등 자세도 각양각색이었다. 어떤 해골은 흩어져 있는가 하면, 또 어떤 해골은 얌전히 사람 형태를 갖추고 있었다. 해골 옆에는 무기, 암기, 각종 도구, 진귀한 보물 등이 놓여 있었다. 곽정은 한참을 가만히 바라보았다.

'이 10여 명의 방주가 일세를 풍미한 영웅들이었구나. 이제는 해골이 되었지만 모두 함께 있으니 외롭지는 않겠지. 그래, 그냥 혼자서 땅에 묻히는 것보다 이 방법이 훨씬 낫겠어.'

그는 여러 보물과 무기를 보고도 눈에 들어오지 않았다. 자신을 기다리는 황용이 마음에 걸려 그만 몸을 돌려 나가려는 순간, 동굴 동쪽 벽 부분의 한 해골 몸에 목합木盒이 놓여 있는 것이 눈에 띄었다. 목합에는 글자가 쓰여 있는 듯했다. 다가가 불을 가까이 대고 읽어보니 '파금요결破金要訣' 네 글자였다. 곽정의 가슴이 두근거리기 시작했다.

'이것이 〈무목유서〉가 아닐까.'

그는 왼손을 뻗어 목합을 잡고 조심스레 당겨보았다. 삐걱삐걱 소리를 내던 해골이 갑자기 와르르 쏟아져 내렸다. 곽정은 화들짝 놀라 얼른 뒤로 물러섰다. 해골은 땅에 떨어져 사방으로 흩어졌다.

해골을 뒤로한 채, 곽정은 목합을 들고 바깥쪽 동굴로 뛰어나왔다. 소나무 횃불을 바닥의 돌 틈에 끼워놓고 황용을 부축해 앉힌 다음 눈앞에서 목합을 열어보았다.

목합 안에는 하나는 두껍고, 하나는 얇은 두 권의 책이 있었다. 곽정은 먼저 얇은 책을 들고 넘겨보았다. 책에는 악비 연간의 상소문, 격문, 서문, 서한, 시사 등이 쓰여 있었다. 눈에 띄는 글자, 구절마다 충의의 기개가 서려 있지 않는 것이 없으니 악비의 충정에 탄복이 절로 나왔다. 황용이 가만히 속삭였다.

"저에게도 들려주세요."

곽정이 대충 넘겨보니 〈오옥사맹기五獄祠盟記〉라는 다섯 글자가 눈에 들어왔다.

중원이 어지러워 오랑캐가 넘나듦에

하삭河朔에서 발분하여 상태相台에서 일어나니,

머리를 동여매고 종군해 200여 전장을 떠돌았네.

오랑캐를 물리치지도, 소굴을 소탕하지도 못하고

나라에 누를 끼치나,

이제 또 외로운 군대가 의흥宜興에서 떨치고 일어난다.

건강建康(지금의 남경) 전투에서 적에게 패해 포로가 되니,

돌아서는 말을 막지 못한 것이 한스럽네.

병사들을 쉬게 하고 전열을 가다듬으며,

후임자는 병사들을 격려하며 적들을 몰아칠 전투를 기다리네.

북으로 사막을 넘어 곳곳에 피를 뿌리며,

닥치는 대로 오랑캐를 베고 두 황제를 모시고 귀환해,

옛 영토를 수복하고 조정을 편안케 하며,

황제께서 편안히 누우실 수 있도록 하는 것이 소원이라.

하삭에서 악비 쓰다.

自中原板蕩 夷狄交侵 余發憤河朔 起自相台

總髮從軍 歷二百餘戰

雖未能遠入荒夷 洗蕩巢穴 亦且快國讎之萬一

今又提一旅孤軍 振起宜興

建康之戰 一鼓敗虜 恨未能使匹馬不回耳

故且養兵休卒 畜銳待敵 嗣當激勵士卒 功期再戰

北踰沙漠 喋血虜廷 盡屠夷種 迎二聖歸京闕

取故土下版圖 朝廷無虞 主上奠枕 余之願也

河朔岳飛題

이 짧은 글 안에 악비의 일생 포부가 담겨 있었다. 곽정이 글을 잘

알지는 못했지만 가슴속은 비분강개하며 격정이 끓어올랐다. 잘못 읽은 글자가 있기는 했지만 글을 읽어 내려가는 목소리는 매우 낭랑해 감동스럽기까지 했다.

구천장은 이전에 악비는 세상 돌아가는 이치를 모르는 미련한 충신일 뿐이어서 오히려 백성을 해하는 인물이라고 빈정거렸다. 그러나 지금은 곽정의 눈치를 봐야 하는 형편이었다. 혈도가 풀리지 않은 데다 그의 기분을 거스르기라도 하면 또다시 천돌혈이 찍힐 게 뻔했다. 그래서 연방 고개를 끄덕이며 맞장구를 쳤다.

"글이 참 좋구나. 읽기도 잘 읽는군. 영웅의 글을 영웅이 읽었으니 어찌 좋지 않겠는가!"

황용은 글을 다 듣고 나서 한숨을 폭 쉬었다.

"몇십 년만 일찍 태어났더라면 이런 영웅을 직접 만났을 거라고 아버지도 자주 안타까워하셨어요. 좀 더 읽어주세요."

곽정은 책에 쓰인 순서대로 읽어주었다. 〈만강홍滿江紅〉〈소중산小重山〉 등 사는 황용도 잘 알고 있는 글이었다. 그러나 〈제취광사題翠光寺〉〈증장완贈張完〉 등의 시는 처음 들어보는 것이었다.

산허리에서 울리는 철장방의 함성은 아직도 그칠 줄 모르고 계속되었다. 곽정은 황용에게 제 다리를 베고 눕게 하고는 햇불 불빛에 의지해 악비의 〈제파양룡거사〉를 읽어 주었다.

험준한 산의 절에는 숲속에서 샘물이 솟는구나.

부처의 얼굴에는 자색이 어리고,

노승의 머리에는 백설이 앉았도다.

차가운 연못에는 달이 피어나고

바람 부는 소나무 숲이 가을을 알린다.

내 이 연못의 용에게 기원하는 것은

백성의 근심 씻어줄 빗줄기여라.

題鄱陽龍居寺 巍石山前寺 林泉勝復幽

紫金諸佛相 白雪老僧頭 潭水寒生月 松風夜帶秋

我來囑龍語 爲雨濟民憂

밖에서는 바람에 나무들이 흔들리고, 새 우는 소리가 산골짜기를 감쌌다. 황용은 한기가 드는지 곽정의 품을 파고들었다. 곽정은 멍하니 중얼거렸다.

"악무목은 백성의 고통을 항상 마음에 두고 계셨구나. 이런 모습이야말로 진정한 영웅이겠지."

황용도 그 말에 수긍하며 미소를 지었다.

"큰 영웅의 시를 작은 영웅이 읽고, 또 다른 늙은 영웅은 바닥에 누워 듣고 있으니 더욱 금상첨화군요. 그런데 또 다른 한 권에는 뭐가 쓰여 있나요?"

곽정은 책을 들어 몇 줄 읽다가 기쁨에 넘친 목소리로 외쳤다.

"이, 이건 악무목이 친필로 쓴 병법인가 봐. 완안홍열이 꿈에서도 찾으려는 책이 바로 이것 같아. 그 늙은 도적놈이 가져가지 못해 정말 다행이다."

책의 첫 장에는 간단하게 '중수선重蒐選, 근훈습謹訓習, 공상벌公賞罰, 명호령明號令, 엄기률嚴紀律, 동감고同甘苦'라는 열여덟 자가 크게 적혀 있었다.

선발을 중시하고, 훈련을 부지런히 하고, 상벌을 공평하게 하고, 명령을 분명히 하고, 규율을 엄하게 하고, 고락을 함께한다는 뜻이었다.

자세히 보려는데, 갑자기 산허리에서 들려오던 철장방의 함성이 멈추었다. 사방 산봉우리 사이를 스치는 바람 소리 외에는 아무것도 들리지 않았다. 끊임없이 들려오던 욕지거리와 고함이 갑자기 끊기니 오히려 이상한 생각이 들었다.

곽정과 황용은 귀를 기울여 자세히 들어보았다. 잠시 후 정적 속에서 타닥, 타닥 장작이 불타는 소리가 들려왔다. 구천장은 연방 투덜거리며 어찌할 바를 몰랐다.

"이 늙은 목숨, 오늘 너희 애송이들 손에 끝장이 나는구나."

상황이 이렇게 되자 아까만 해도 영웅이던 이들이 다시 애송이로 전락해버리고 말았다. 곽정이 입구 쪽으로 뛰쳐나가 보니 횃불이 몇 겹의 벽을 이루며 봉우리를 둘러싸고 있었다. 산봉우리 주위는 울창한 숲이어서 만약 불이 붙기라도 하면 순식간에 불바다가 될 것처럼 보였다. 곽정은 정신이 번쩍 들었다.

'금지 구역이라 들어오지 못하니까 화공을 쓰려는 것이구나. 동굴에는 불이 붙을 만한 물건이 없으니 불에 타지 않겠지만, 우리 세 사람은 산 채로 숯덩이가 되겠지.'

생각이 여기에 미치자 곽정은 급히 몸을 돌려 황용을 안아 들었다. 바닥에 누운 채 욕을 퍼붓는 구천장의 허리를 가볍게 두 번 걷어차 혈도를 풀어주고는 알아서 도망가게 해주었다. 그리고 목합과 책 두 권을 품 안에 챙겨 넣고 지체 없이 봉우리 정상을 향해 뛰기 시작했다.

석굴은 중지봉의 두 번째 마디에 있어서 정상까지는 수십 장을 올라가야 했다. 곽정은 정신을 바짝 차리고 온 힘을 집중했다. 덕분에 곧 산봉우리 정상에 닿을 수 있었다. 구천장 역시 겨우겨우 뒤를 따라왔다. 곽정이 고개를 돌려 뒤를 돌아보니, 화염이 조금씩 위로 올라왔다. 아직 잠시 여유가 있었지만 아무래도 완전히 벗어나기는 힘들 것 같아 한숨이 절로 나왔다. 황용이 입을 열었다.

"악무목은 이름이 비飛 자를 쓰고, 자는 붕거鵬擧를 쓰잖아요. 우리도 날아가는 게 어때요?"

"어떻게 날아가?"

"수리를 불러서 업고 가라고 하면 되잖아요."

황용의 말에 곽정은 기뻐 펄쩍펄쩍 뛰었다.

"그거, 정말 재미있겠다! 내가 수리를 부를게. 하지만 수리가 그럴 힘이 있을지 모르겠다."

"어차피 죽을 목숨, 한번 모험을 해봐야죠."

곽정은 정좌하고 앉아 정신을 가다듬고 기를 모았다. 단전에서 기가 몇 번 순환되고 나서 힘껏 휘파람을 불자 소리가 멀리까지 퍼져 나갔다. 이것은 마옥이 그에게 가르친 적이 있는 전진파 현문 내공이었다. 여기에 〈구음진경〉의 수련이 더해졌으니 위력이 더 강할 수밖에 없었다. 중지봉은 산봉우리 정상에서 끝자락까지 수 리가 훨씬 넘었다. 그러나 휘파람을 불고 얼마 되지 않아 저 멀리 하늘에서 하얀 그림자가 움직이는가 싶더니 어느새 수리 한 쌍이 달빛을 받으며 바람을 타고 날아왔다.

곽정은 황용의 연위갑을 벗기고 그녀를 부축해 암놈 수리의 등에 태웠다. 그리고 부상으로 수리를 꼭 잡지 못할까 봐 허리띠로 그녀의 몸을 수리의 몸에 묶었다. 뒤이어 자신도 수놈 수리 등에 올라타고 수리의 목을 감싸 안았다.

휘익! 바람을 일으키며 수리 한 쌍이 하늘을 날아올랐다. 두 사람은 잠시 깜짝 놀랐지만 일단 하늘로 올라가자 오히려 마음이 편안해졌다. 곽정은 처음에는 자기 몸이 무거워 수리가 업을 수 없을지도 모른다고 걱정했는데, 수리는 양 날개를 펼치고 이내 가볍게 날아올랐다. 장난기 많은 황용은 이 신기한 모습을 구천장에게도 보여주고 싶은 생각이 들었다. 그래서 수리의 목을 살짝 잡아당겨 구천장 쪽으로 방향을 틀었다. 수리는 황용의 의도대로 움직여주었다. 구천장은 한참 어찌할 바를 모르고 허둥대다 눈앞에 나타난 광경에 놀라움과 부러움을 감추지 못했다.

"착한 낭자, 나도 좀 데려가줘. 불이 이렇게 타올라 오니 나는 어쩌란 말이오!"

"이 수리는 두 사람은 태우지 못해요. 동생한테 살려달라고 하면 되잖아요? 동생보다 3천 척이 많으니 형님 말을 듣겠지요."

황용은 웃으며 말을 마치고는 수리의 목을 가볍게 때려 방향을 틀어 날아갔다. 구천장은 황급히 황용을 불렀다.

"낭자! 이거 좀 봐. 재미있지 않겠어?"

황용은 호기심이 일어 무엇인지 살펴보기 위해 다시 방향을 틀었다. 구천장은 갑자기 몸을 솟구쳐 정상에서 뛰어올라 황용의 등에 달라붙었다. 그는 여기서 아래로 떨어지면 불구덩이는 벗어날 수 있겠지만, 금지 구역에 들어가 철장방의 규율을 어겼으니 방주의 형제가 아

바람을 일으키며 수리 한 쌍이 곽정과
황용을 태우고 하늘을 날아올랐다.

니라 방주라도 목숨을 건지기는 힘들다는 것을 알고 있었다. 또다시 석굴 깊숙이 들어가 불을 피할까도 생각했지만 불로 인해 길이 이미 끊긴 터라 이제는 무조건 수리에 매달리는 수밖에 없었다.

수리가 아무리 영리하고 힘이 세다 해도 역시 두 사람을 태우는 것은 무리였다. 황용이 구천장에게 붙잡히자 수리는 봉우리 아래 계곡으로 떨어지기 시작했다. 양 날개를 힘껏 퍼덕여보았지만 지탱할 수가 없었다.

구천장은 황용의 등을 붙잡고 그녀를 수리에서 떨어뜨리려고 안간힘을 썼다. 그러나 황용의 몸은 허리띠로 단단히 묶여 있어 쉽게 떨어지지 않았다. 이렇게 되자 두 사람과 그들을 태운 수리는 깊은 계곡으로 떨어져 산산조각이 날 지경이었다.

철장방 무리는 산허리에 서서 입을 딱 벌린 채 이 희한한 광경을 올려다보았다. 위기일발의 순간, 수놈 수리가 곽정을 태운 채 질풍처럼 달려들었다. 수리의 단단한 부리가 구천장의 정수리를 쪼아대자 늙은 이는 갑작스러운 통증에 놀라 팔을 들어 수리를 막으려 했다. 그렇게 황용의 등을 놓친 구천장은 허공에서 몇 바퀴 돌다가 바닥으로 곤두박질쳤다. 긴 비명이 골짜기에 울려 퍼졌다. 암놈 수리는 등이 가벼워지자 기쁜 듯 길게 울음소리를 내고는 날개를 활짝 펴 날아올랐다. 두 수리는 곽정과 황용을 태우고 북쪽으로 멀어졌다.

곽정은 수리의 등에서 몇 차례 소리를 질러 홍마가 수리의 뒤를 쫓도록 했다. 두 마리의 수리는 순식간에 멀리 날아갔다. 그러나 비록 수리의 몸집이 매우 크기는 해도 등에 사람을 태운다는 것은 힘에 부치는 일이었다. 기운이 부족해 오래 지탱하지 못하고 갈수록 낮게 날다가 결국 땅에 내려앉았다.

곽정은 수리의 등에서 내려 급히 황용에게 달려갔다. 황용은 수리의 등 위에서 이미 기절해 있었다. 곽정은 급히 그녀의 옷을 풀어 헤친 후 궁혈宮穴을 두드려 피를 통하게 했다. 황용은 차차 의식이 돌아오기는 했으나 여전히 한마디도 할 수가 없었다.

하늘엔 온통 먹구름이 덮여 있었다. 달빛과 별빛이 모두 구름에 가려 불빛이라곤 찾아볼 수 없었다. 곽정은 위험한 상황에서 구사일생으로 살아나게 된 조금 전 상황을 다시 떠올리자 소름이 끼쳤다. 황용을 품에 안은 채 광활한 들판에 서 있으려니 어찌해야 할지 막막하기만 했다. 홍마를 부르고 싶었으나 구천인이 소리를 듣고 쫓아올까 봐 그럴 수도 없었다.

곽정은 한참 멍하니 서 있다가 발길 가는 대로 걷기 시작했다. 발밑은 온통 키 작은 나무와 긴 풀로 덮여 있고, 길이라곤 찾아볼 수 없었다. 걸을 때마다 가시가 종아리를 찔렀으나 아픈 줄도 몰랐다. 사방은 칠흑 같은 어둠에 싸여 있었다. 눈을 아무리 크게 떠도 아무것도 보이지 않았다. 혹시 발을 헛디뎌 구덩이에 빠지지는 않을까 조심조심 걷다 보니 자연히 발걸음이 느려졌다. 그러나 철장방의 무리가 쫓아오고 있다는 생각에 발걸음을 늦출 수는 없었다.

2리쯤 갔을까, 갑자기 오른쪽 저 멀리 반짝이는 별빛을 발견했다. 곽정은 별빛을 바라보며 방향을 가늠해보려 했다. 그러나 다시 보니 별빛이 아니라 등불이 반짝이는 것이었다. 곽정은 그곳에 인가가 있으리라는 생각에 불빛을 향해 발걸음을 재촉했다. 조금 더 가까이 다가가니 사방이 나무로 둘러싸인 숲이 나왔다. 불빛은 그 숲속에서 새어나오고 있었다.

일단 숲속으로 들어서자 불빛을 향해 가로질러 갈 수가 없었다. 나무 사이로 난 꼬불꼬불한 오솔길을 따라 걷다 보니 때로는 불빛을 놓치기도 했다. 빽빽한 나무들 때문에 방향을 분간하기 힘들어 나무 위에 올라가서 방향을 가늠하기도 했다. 그러나 곽정은 머리만 어지럽고 피곤할 뿐 아무리 걸어도 불빛 가까이 다가갈 수가 없었다. 수리와 홍마도 어디에 있는지 은근히 걱정이 되었다.

곽정은 오솔길을 따라가다가는 불빛 쪽으로 다가갈 수 없다는 것을 깨닫고 나무 위를 넘어갈까 생각해보기도 했으나 너무 어두워 그것도 어려울 것 같았다. 그러다 황용이 다치기라도 하면 큰일이었다. 그러나 만약 인가를 찾지 못하면 숲속에서 밤을 지새워야 할 판이었다.

곽정은 이렇게 바보같이 무작정 걷지 말고 잠시 쉬었다가 정신을 차리고 천천히 길을 찾아봐야겠다는 생각이 들었다. 곽정은 그 자리에 서서 잠시 호흡을 고르며 휴식을 취했다. 황용은 이미 깨어 있었다. 그녀는 곽정의 품에 안겨 숲속을 헤매는 사이, 어느 정도 길을 파악할 수 있었다.

"오빠, 오른쪽을 향해 비스듬히 가보세요."

곽정은 황용의 목소리를 듣자 크게 안심이 되었다.

"용아, 괜찮니?"

"음……."

황용은 대답할 기운조차 없었다. 곽정은 황용의 말대로 오른쪽을 향해 비스듬히 걸어갔다. 황용은 말없이 곽정의 발걸음 수를 세었다. 황용은 열일곱까지 세고 다시 방향을 알려주었다.

"왼쪽으로 여덟 발짝 가세요."

곽정은 시키는 대로 했다.

"다시 오른쪽으로 비스듬히 열세 발짝."

두 사람은 한 치 앞을 분간할 수 없는 어둠 속에서 더듬더듬 길을 찾아갔다. 황용은 조금 전 곽정의 품에 안겨 숲을 헤매고 다니는 사이, 이 오솔길이 누군가에 의해 인공적으로 만들어진 길이라는 것을 알아챘다. 아버지 황약사에게 오행술을 배운 황용은 숲속의 오솔길이 복잡하다 해도 그 방향을 분명히 알아낼 수 있었다. 만약 오행술에 따라 인공적으로 만들어진 길이 아니라면 아무리 영리한 황용이라도 어둠 속에 처음 가본 길을 그토록 익숙하게 분간해내지는 못했을 것이다.

이렇게 왼쪽으로, 혹은 오른쪽으로, 혹은 뒤로 걷기를 몇 차례 반복한 지 얼마 되지 않아 문득 불빛이 눈앞에 다가와 있었다. 곽정은 너무 반가워 즉시 불빛을 향해 뛰어가려 했다.

"조심해요!"

황용의 다급한 목소리가 들리는 듯싶더니, 곽정은 "아이고!" 비명을 지르며 그만 무릎까지 차는 진흙 구덩이에 빠지고 말았다. 급히 억지로 두 발을 잡아끌어 구덩이에서 빠져나오기는 했으나 악취가 코를 찔러 견딜 수가 없었다. 눈을 들어 불빛이 있는 곳을 바라보니 초가집이 희미하게 보였다. 불빛은 바로 이 초가집에서 새어나오는 것이었다.

"지나가는 과객인데 병을 앓고 있는 환자가 있습니다. 하룻밤만 묵어가게 해주십시오."

그러나 집 안에서는 아무런 대답도 들리지 않았다. 곽정이 다시 한번 목소리를 높여 청했으나 역시 아무도 대답하지 않았다. 세 번째 청을 하자, 비로소 대답 소리가 들렸다.

"여기까지 온 걸 보니 집 안으로 들어올 힘도 있는 모양인데, 나더러 직접 나가 손님을 맞으라는 말씀이시오?"

여인의 목소리는 차갑고 냉담했다. 갑자기 찾아온 불청객으로 인해 매우 불쾌한 기색이었다. 평소 곽정의 성격대로라면 찬 이슬을 맞으며 노숙을 했으면 했지, 결코 신세를 지지는 않았을 것이다. 그러나 지금은 황용의 부상을 치료하는 일이 시급했다. 곽정은 초가집 안으로 들어가려 했으나 커다란 진흙 구덩이가 가로막고 있어 어떻게 건너가야 할지 난감했다. 곽정은 목소리를 낮추어 황용과 상의했다. 황용이 잠시 생각에 잠기더니 이윽고 입을 열었다.

"초가집은 진흙 연못 가운데 지어져 있어요. 오빠, 한번 잘 살펴보세요. 한 칸은 네모반듯하고, 한 칸은 둥글게 지어지지 않았나요?"

곽정은 눈을 들어 초가집을 살펴보았다. 과연 황용의 말대로였다.

"와! 어떻게 알았지?"

"둥근 초가집 앞으로 가서 불빛을 향해 직선으로 세 발짝, 왼쪽으로 비스듬히 네 발짝, 다시 직선으로 세 발짝, 그런 다음 오른쪽으로 비스듬히 네 발짝, 이렇게 좌우를 교차해가며 걸으세요. 틀리면 안 돼요."

곽정은 황용이 시키는 대로 했다. 발밑에는 과연 작은 나무 징검다리가 있었다. 그러나 밟으면 좌우로 흔들리게 되어 있어 경공술이 없다면 몇 발짝 지나지 않아 진흙 연못 속에 빠질 터였다. 곽정은 정신을 집중해서 경공술을 사용해 황용이 시킨 대로 발걸음을 옮겼다. 119번째 발걸음을 옮기자, 집 앞에 도착해 있었다. 집에는 문이 없었다.

"여기서 담을 뛰어넘어 들어가세요. 왼쪽을 향해 뛰어야 해요."

곽정은 황용을 등에 업고 담을 넘어 마당 왼쪽으로 뛰어내렸다. 주위를 둘러본 곽정은 내심 황용에 대해 탄복을 금치 못했다. 담장 안쪽 마당은 과연 오른쪽과 왼쪽, 두 부분으로 나뉘어 있었는데, 그중 오른쪽은 물이 차 있는 연못이었던 것이다. 곽정은 마당을 가로질러 안채를 향해 걸어갔다. 황용이 작은 목소리로 속삭였다.

"들어가봐요. 더 이상 별다른 함정은 없을 거예요."

곽정은 고개를 끄덕였다.

"지나가는 과객이 실례를 무릅쓰고 들어왔습니다. 주인장께서는 너그러이 용서해주시기 바랍니다."

곽정은 말을 마치고 잠시 밖에서 기다린 뒤 안채로 들어갔다. 방 안에는 긴 탁자가 하나 있고, 그 위에 일곱 개의 촛대가 있었다. 일곱 개의 촛대는 천강북두의 형태를 이루고 있었다. 삼베옷을 걸친 백발의 여자가 쪼그리고 앉아 바닥에 놓인 대나무 조각을 주의 깊게 살펴보고 있었다. 무언가 골똘히 생각하고 있는지 사람이 들어오는 소리를 듣고서도 아예 고개조차 들지 않았다. 곽정은 조심스럽게 황용을 의자 위에 내려놓았다. 불빛에 비추어보니 안색이 창백하고 초췌한 것이 가여운 생각이 절로 들었다. 물이라도 한잔 청할까 싶었지만, 늙은 부인이 너무나 집중해 있는 모습을 보고 혹시라도 생각의 흐름을 깨지나 않을까 우려되어 감히 입을 열 수가 없었다.

영고의 집

　황용은 잠시 의자에 앉아 휴식을 취하자 기운이 다소 회복되었다. 바닥에 길이 4촌, 너비 2분의 대나무 조각들이 여럿 놓여 있었다. 황용이 보니 그 대나무 조각들은 숫자를 계산할 때 쓰는 주판이었다. 상商, 실實, 법法, 차借 등 4항으로 배열되어 있었다. 주판이 배열된 모습으로 보아 3401224제곱근을 계산하고 있는 모양이었다. 상 자리는 이미 230까지 계산되어 있었다. 부인이 주판을 놓는 모습으로 보아 이제 세 번째 자리를 놓을 차례였다.

　"5! 235!"

　황용이 소리쳤다. 늙은 부인은 깜짝 놀라 고개를 들어 성난 눈으로 황용을 노려보더니 곧 다시 고개를 숙이고 주판을 놓았다. 고개를 들 때 보니 나이가 아직 마흔 정도밖에 되지 않아 보이는 수려한 얼굴이었다. 아마도 생각을 지나치게 많이 한 탓에 일찍 백발이 된 모양이었다.

　부인은 한참 동안 주판을 이리저리 굴린 끝에 결국 마지막 자리에

5를 놓았다. 그녀는 고개를 들어 황용을 힐끗 바라보았다. 놀라는 기색이 역력했으나 곧 노여움으로 바뀌었다. 마치 '어린 계집애가 우연히 한 번 맞힌 걸 가지고 놀랄 필요가 있나. 더 이상 내 일을 방해하지 마라' 하는 듯한 표정이었다. 부인은 종이에 235라고 쓰고 또다시 주판을 놓기 시작했다.

이번에는 3401224입방근을 구하는 것이었다. 그녀는 주판을 상, 실, 방법, 염법廉法, 우우隅, 하법下法 6항으로 배열하고 3을 놓았다. 그런데 뜻밖에도 황용이 벌써 계산을 마치고 답을 말하는 것이 아닌가.

"324예요."

"흥!"

그녀는 콧방귀를 뀌며 믿으려 들지 않았다. 그러나 한참 동안 쩔쩔 매며 계산을 마친 끝에 그녀가 얻은 답도 역시 324였다. 마침내 그녀가 허리를 펴고 일어났다. 자세히 보니 이마는 온통 주름으로 덮여 있었는데, 이상하게도 뺨에는 전혀 주름이 없었다. 눈을 경계로 위는 할머니 같고 아래는 처녀 같아, 위아래가 한 20년은 차이 나 보였다. 그녀는 두 눈을 부릅뜨며 황용을 바라보다가 갑자기 안쪽 방을 가리키며 말했다.

"날 따라오시오."

그녀는 등을 들고 먼저 방으로 들어갔다. 곽정은 황용을 부축해 함께 따라 들어갔다. 방은 안쪽 벽이 둥글고, 방바닥에는 가는 모래가 쌓여 있었다. 모래 위에는 온갖 기호며 원이 그려졌고 태太, 천원天元, 지원地元, 인원人元, 물원物元 등의 글자가 쓰여 있었다.

곽정은 그 기호며 글씨 등이 무슨 뜻인지 전혀 알 수가 없었다. 행여

영고는 아마도 생각을 지나치게 많이 한 탓에 일찍 백발이 된 듯했다.

잘못 밟았다가 지워지기라도 할까 두려워 감히 방 안으로 들어가지 못하고 입구에 선 채 머뭇거리고 있었다. 황용은 어려서부터 아버지에게 역수歷數를 배웠기 때문에 땅바닥에 쓰인 부호들이 술수術數 문제라는 것을 알 수 있었다. 복잡하고 어려워 보이지만《산경算經》중 천원지술天元之術의 근본 원리만 깨달으면 쉽게 풀 수 있는 문제들이었다 (오늘날 방정식에 사용하는 X, Y, Z, W 등의 기호를 고대에는 천, 지, 인, 물物로 표현했다).

　황용은 곽정에게 기댄 채 허리에 차고 있던 죽봉을 꺼내어 들더니 순식간에 예닐곱 개의 문제를 풀어 답을 적었다. 그것은 그 부인이 수개월 동안 머리를 싸맸으나 아직 풀지 못한 문제들이었다. 그러니 황용이 순식간에 문제의 답을 풀어내는 것을 보고 놀라지 않을 수 없었다. 그녀는 한참을 멍하니 바라보고 있다가 겨우 입을 열었다.

　"사람이오, 귀신이오?"

　황용이 미소를 지었다.

　"천원사원지술天元四元之術은 별거 아니에요.《산경》에는 총 19원까지 있는데……. 인 위에는 선僊, 명明, 소霄, 한漢, 누壘, 층層, 고高, 상上, 천天이 있고, 인 아래에는 지地, 하下, 저低, 감減, 낙落, 서逝, 천泉, 암闇, 귀鬼가 있어요. 19원元 정도 되면 좀 어렵다고 할 수 있지요."

　부인은 잠시 망연자실해 서 있더니 갑자기 비틀거리다 모래 바닥 위에 주저앉았다. 두 손으로 머리를 싸매고 한참을 생각하더니 갑자기 고개를 번쩍 들었다.

　"당신의 산법算法이 나보다 백배는 나은 것 같군요. 그럼 한 문제만 더 풀어줄 수 있나요?"

"좋아요."

"1부터 9까지의 숫자를 3열로 배열하되 가로, 세로, 대각선 어느 방향으로 더해도 답이 15가 되게 하려면 어떻게 하면 되죠?"

'도화도 전체가 오행생극의 원리에 따라 배치되어 있는데, 내가 그걸 모를 리가 있나.'

"5를 중심에 두고 좌우에 3과 7, 상하에 9와 1, 네 모퉁이에 각각 4, 2, 8, 6을 넣으면 되지요."

황용은 모래 위에 우물 정井 자 모양의 구궁지도九宮之圖를 그렸다. 그녀는 이를 보고 탄식을 했다.

"나만 알고 있는 독창적인 비법이라 생각했는데, 알고 보니 예부터 전해 내려온 방법이군요."

"구궁뿐만 아니라 사사도四四圖, 오오도五五圖, 백자도百子圖도 원리만 알면 간단해요. 사사도를 예를 들면 4행 4열로 된 도표에 1과 16을 대각으로 놓고 4와 13을 대각으로 놓은 다음 안쪽 작은 사각형에 7과 10, 6과 11을 각각 대각이 되게 넣으면 되지요. 상하에 14, 15와 2, 3을 각각 넣고 좌우에 12, 8과 9, 5를 넣으면 종횡대각 어느 방향으로 더해도 모두 34가 되죠."

황용의 말대로 해보니 과연 틀림이 없었다.

"구궁의 매 궁은 8괘로 바꿀 수 있어요. 1부터 72까지의 숫자로 각 궁을 둘러싸고 원을 그려요. 각 원은 여덟 개의 숫자로 이루어지죠. 숫자가 만나는 곳에 또 네 개의 원이 생기는데, 그렇게 되면 총 열세 개의 원이 생기는 거죠. 각 원의 숫자를 더하면 모두 293이 되는 거예요. 이 낙서지도洛書之圖는 변화가 신묘하고 예측을 불허하니 아마 잘 모르실 거예요."

황용은 순식간에 모래 위에다 구궁팔괘도九宮八卦圖를 그렸다. 부인은 할 말을 잊은 듯 그저 넋을 잃고 바라보고 있다가 비틀비틀 몸을 일으켰다.

"댁은 대체 뉘시오?"

그러나 그 부인은 황용이 미처 대답도 하기 전에 갑자기 고통스러운 표정으로 가슴을 움켜잡더니 품속에서 녹색 알약이 든 작은 병을 꺼내 알약을 삼켰다. 한참이 지나서야 안색이 돌아온 그녀는 겨우 한마디를 내뱉었다.

"됐어요. 관둡시다."

그러고는 눈물을 뚝뚝 흘렸다. 곽정과 황용은 부인의 이상한 태도에 얼굴을 마주 보며 어깨를 으쓱했다. 갑자기 밖에서 시끌벅적한 소리가 들렸다. 철장방이 쫓아온 모양이었다.

"저들은 대체 누구요?"

"우리를 쫓고 있는 적입니다."

"철장방이오?"

"그렇습니다."

그녀는 잠시 귀를 기울이더니, 날카로운 목소리로 물었다.

"구 방주가 직접 부하들을 이끌고 쫓고 있다니, 대체 당신들은 누구요?"

곽정은 황용의 앞을 가로막고 섰다.

"우리는 개방 홍 방주의 제자입니다. 제 사매가 철장방 구천인의 공격을 받아 부상을 당했습니다. 저들을 피해 다니던 중 이곳을 오게 되었는데, 만약 선배께서 철장방과 관계가 있어 저희를 거두어주지 않으시겠다면 저희는 이만 물러가겠습니다."

말을 마친 곽정은 공손히 읍을 하고 황용을 부축해 자리를 뜨려 했다.

"젊은이가 고집이 세구먼. 젊은이는 버틸 수 있어도, 당신 사매가 버틸 수 있을 것 같으오? 난 또 누구라고, 홍칠공의 제자였구먼. 어쩐지 범상치 않은 젊은이들이라 생각했지."

철장방의 고함 소리가 멀어졌다, 가까워졌다, 높아졌다, 낮아졌다 했다.

"저들이 길을 찾을 턱이 없으니 안심하시오. 여기까지 찾아온다 해도 두 분은 나 신…… 신…… 영고瑛姑의 손님이신데, 내가 저들을 가만둘 리 있겠소?"

그녀는 말을 마치고 은근히 부끄러운 생각이 들었다.

'내 별호가 신산자神算子인데, 저 아이가 나보다 훨씬 셈에 능하니 어찌 감히 그녀 앞에서 신산자라 할 수 있겠는가?'

곽정은 읍을 올려 감사를 표했다. 영고는 황용의 어깨 상처를 살펴보더니 인상을 찌푸렸다. 품속에서 작은 약병을 꺼내더니 녹색 알약을 물에 녹여 황용에게 주었다. 약을 받아 든 황용은 망설이지 않을 수 없었다. 상대가 어떤 사람인지 알 수 없는 상황에서 어찌 선뜻 약을 먹을 수 있겠는가. 영고는 황용이 망설이는 모습을 보고 비웃는 듯한 표정을 지었다.

"구천인의 철장에 당했다면 이미 부상이 심각한데 굳이 따로 손쓸 필요가 있겠소? 이 약은 상처의 통증을 완화시켜주는 약이오. 먹기 싫으면 관두시오."

영고는 황용의 손에서 약병을 빼앗아 바닥에 뿌려버렸다. 곽정은 그녀가 황용에게 무례하게 대하자 화가 버럭 났다.

"부상을 입어 몸도 성치 않은데 어찌 이리 무례하게 대하시는 겁니까? 용아, 가자."

"흥! 올 때는 마음대로 왔어도 갈 때는 그렇게 안 될걸?"

영고는 대나무로 된 산가지를 손에 들고 입구를 가로막고 섰다.

'말로 해서 안 되면 하는 수 없지. 무력을 써서 벗어나는 수밖에.'

"선배님, 무례를 용서하십시오."

곽정은 몸을 낮추고 팔을 들어 원을 그리며 영고를 향해 돌진해갔다. 항룡유회 초식이었다. 곽정은 항룡유회 초식을 아주 익숙하게 사용할 수 있었으나 이곳에서 빠져나가려는 것일 뿐, 영고를 해칠 생각은 없었기 때문에 전력을 다하지는 않았다.

곽정은 영고가 장을 발하는 모습을 보아가며 힘을 더 발하든지, 아니면 장을 거두어들일 생각이었다. 그러나 영고가 몸을 약간 옆으로 비켜서며 원팔을 내밀더니 곽정의 장력을 가볍게 밀어냈다. 곽정은 그녀의 무공이 이렇게 강하리라고는 전혀 생각지 않았는데, 뜻밖에 자기의 장력을 막아내자 당황한 나머지 비틀거렸다. 그녀 또한 곽정의 장력이 생각보다 세었던지 한 차례 휘청거리다가 겨우 중심을 잡았다. 두 사람 모두 내심 놀라움을 금치 못했다.

"젊은이, 자네 사부의 무공을 얼마나 잘 배웠나 한번 볼까?"

영고는 대나무 산가지를 뻗어 곽정의 오른팔 곡택혈曲澤穴을 찍으려 했다. 이 초식은 겉으로는 단순히 혈도를 찍는 것처럼 보이지만 사실은 살수였다. 곽정은 바짝 긴장해서 즉시 항룡십팔장을 사용해 반격에 나섰다. 몇 초식 지나지 않아 곽정은 곧 영고의 무공이 음陰의 공법인 것을 알아챘다. 그녀가 사용하는 초식 하나하나가 명明으로 직접 공격하는 듯하나 실은 음陰으로 후초后招가 숨겨져 있었다. 다행히 곽정이 쌍수호박술을 사용할 줄 알아 위급한 가운데서도 한 손으로 공격을 하면서 또 다른 한 손으로 적의 공격을 방어할 수 있었기에 망정이지, 그러지 않았더라면 진작 영고의 공격에 당하고 말았을 터였다.

곽정은 오래 겨룰수록 소홀히 대해서는 안 되겠다는 생각이 들었다. 영고는 나름의 독특한 무공을 지니고 있어서 마치 매우 부드럽고 약해 보이는 초식을 사용하지만, 전혀 빈틈이 없고 공세도 막강해서 막으려 해도 막을 수가 없었다. 다시 몇 초식을 겨루고 나자 곽정은 점점 수세에 몰리게 되어 뒷걸음질을 치기 시작했다. 문득 홍칠공이 황용의 낙영신검장을 막아내는 방법을 가르쳐주던 것이 생각났다.

'적의 초식이 얼마나 변화무쌍하든지 간에 절대로 그에 따라 미혹되지 말고, 항룡십팔장으로 꾸준히 공격하면 반드시 이길 것이다.'

곽정은 애초부터 이곳이 무언가 기괴한 구석이 있는 데다 영고도 선량한 무리는 아닌 듯싶었다. 그러나 그녀와 무슨 원한 관계가 있는 것도 아니어서 오래 싸울 생각이 없었고, 그녀를 해칠 생각은 더더욱 없었다. 그저 이곳을 빠져나가는 것만이 목적이었기 때문에 전력을 다해 공격하지 않았던 것이다.

그러나 영고의 무공이 상당해서 자칫 조금이라도 소홀히 했다가는 두 사람의 목숨이 위험하게 될 것 같았다. 곽정은 숨을 들이쉰 채 양 팔꿈치를 살짝 들어 우권좌장右拳左掌으로 한 손은 빨리, 한 손은 천천히 뻗었다. 이는 항룡십팔장 중 제16장 이상빙지履霜氷至였다. 이는 또

한 홍칠공이 보응 유씨 사당에서 곽정에게 전수해준 무공으로 한 가지 초식에 강과 유의 정반대 특징이 모두 들어 있는, 다시 말하면 강함 가운데 부드러움이 있는 절묘한 무공이었다. 원래《역경》중에 노양老陽에서 소음少陰이 나오는 원리가 있는데, 항룡유회와 이상빙지의 두 가지 장법에는 강과 유가 하나로 융합되어 있어 분별하기가 극히 어려웠다.

영고는 낮게 소리를 지르며 급히 몸을 날렸다. 그러나 비록 곽정의 우권右拳과 왼발의 공격은 피했으나, 좌장左掌의 공격을 피할 수는 없었다. 영고는 결국 오른쪽 어깨에 곽정의 왼팔 장력을 맞고 말았다. 곽정은 원래 장력을 발해 그녀를 벽에 밀어붙일 생각이었다. 그러나 초가집의 벽이 어찌 곽정의 장력을 버텨낼 수 있겠는가. 초가집 자체가 무너지거나 적어도 그녀의 몸이 벽을 뚫고 튕겨 나가게 될 것이었다. 그러나 장력이 막 그녀의 어깨에 닿자마자 마치 무언가 미끄러운 물건에 닿은 것처럼 옆으로 밀려나는 느낌이 들었다. 영고는 몸을 심하게 떨며 대나무 산가지를 땅에 떨어뜨리기는 했으나 몸이 튕겨 나가지는 않았다.

곽정은 깜짝 놀라 장력을 거두려 했다. 그러나 영고의 몸놀림이 어찌나 빠른지 이미 양손 손가락을 송곳 모양으로 만들어 곽정의 신봉神封과 옥서玉書, 양 혈을 찍으려 했다. 이는 상승의 점혈법이었다. 곽정은 막기에는 이미 늦은 듯해 얼른 몸을 돌려 피했다. 보기에는 그저 피하는 듯했지만 실은 살수가 숨겨진 초식이었다.

'점혈하는 방법이 주 형과 비슷한걸. 동굴에서 수천수만 번 이상 주 형의 점혈을 상대해본 적이 있기에 망정이지, 그러지 않았더라면 영락

없이 당했겠군.'

영고는 곽정의 오른팔에서 강한 힘이 뻗어나와 자기 팔에 와닿는 것을 느꼈다. 이대로 양팔이 부딪치면 자기 팔이 부러질 게 틀림없었다. 영고는 방금 사용한 니추공泥鰍功을 써서 곽정의 팔을 미끄러지듯 옆으로 밀어냈다.

두 사람이 마지막에 사용한 몇 가지 초식은 모두 상대방의 예측을 벗어난 기묘하고도 변화무쌍한 초식이었다. 두 사람은 모두 놀라움과 두려움을 금치 못하며 마치 약속이나 한 듯 훌쩍 뛰어 뒤로 물러났다.

'이 여자의 무공은 정말 기이하군. 장력을 밀어내니 다칠 리도 없고. 이렇게 되면 결국엔 내가 당하게 될 터인데……'

영고 역시 놀라기는 마찬가지였다.

'이렇게 젊은 나이에 어찌 이리 무공이 강할꼬? 10여 년을 이곳에 은거하며 무공을 익히면서 상승 무공의 비결을 깨달았다. 이제 천하에 나를 당할 사람이 없으니 머지않아 무림에 나가 복수를 하리라 생각했는데……. 산술은 저 어린 여자아이를 당해내지 못하고, 이제 무공조차 이런 젊은이를 당해내지 못하니……. 게다가 저 젊은이는 등에 사람을 업고 있는데도 무공이 이렇게 강하니, 만약 정식으로 겨루었다면 내가 벌써 졌겠지. 10여 년의 노력이 아무것도 아니었다니……. 그렇다면 이제 복수도 할 수 없다는 말인가?'

이런 생각이 들자 갑자기 코끝이 시큰해지면서 자기도 모르게 눈물이 흘러내렸다. 곽정은 영문도 모르는 채 그저 자기의 장력에 다친 탓이라는 생각에 급히 사죄했다.

"후배의 무례함을 용서하십시오. 고의로 그런 것은 아닙니다. 저희를 이만 보내주십시오."

곽정은 관심과 애정에 찬 눈길로 걱정스러운 듯 황용을 바라보았다. 이 모습을 본 영고는 질투심이 솟아올랐다. 일생 동안 사랑하는 사람과 헤어져 불행한 삶을 살았을 뿐만 아니라 이제 다시 만날 희망도 없는 처량한 신세를 생각하니 마음이 쓰라리게 아파왔다. 그런데 곽정이 황용을 극진히 생각하는 모습을 보자 질투심이 불타올랐던 것이다. 영고는 냉랭한 목소리로 대꾸했다.

"이 낭자는 구천인의 철장에 맞았으니 길어야 3일밖에 살지 못할 거요. 얼굴에 벌써 검은빛이 돌지 않소. 그런데도 기어이 이 낭자를 보호하려는 이유가 뭐요?"

곽정은 깜짝 놀라 황용의 얼굴을 자세히 살펴보았다. 과연 얼굴 전체에 검은빛이 감돌았다. 곽정은 가슴에서 뜨거운 것이 뭉클 올라오는 것 같았다. 곽정은 황용을 일으켜 안으며 근심스러운 얼굴로 물었다.

"용아, 괜찮니?"

황용은 마치 가슴이 불타는 것처럼 달아오르고 답답한데도 몸은 싸늘하게 식어가고 있었다. 황용은 영고의 말이 맞다는 것을 알고 있기에 한숨을 쉬었다.

"오빠, 3일 동안 절대 내 곁을 떠나지 말아주세요. 그럴 수 있지요?"

"그래, 절대 네 곁을 떠나지 않을게."

영고가 냉소를 지었다.

"한시도 그녀 곁을 떠나지 않는다 해도 남은 시간은 서른여섯 시진밖에 안 되오."

곽정은 눈물이 그렁그렁한 눈으로 그녀를 바라보았다. 마치 더 이상 심한 말로 황용의 마음을 아프게 하지 말아달라고 애원하는 것 같 았다.

영고는 10여 년 동안 자신의 박복한 운명을 비관하면서 혼자 은거 하다 보니 성격이 괴팍하게 변해 있었다. 눈앞에 한 쌍의 연인이 비통 해하는 모습을 보니 알 수 없는 쾌감이 느껴졌다. 막 무언가 더 심한 말로 두 사람의 마음을 아프게 해주려는 찰나, 문득 머리를 스치고 지 나가는 생각이 있었다.

'아차, 하늘이 이 두 사람을 이곳에 보낸 것은 이 둘을 통해 복수를 하라는 뜻이구나. 이런, 이런……'

저 멀리 숲속에서 고함 소리가 점점 가까이 들려왔다. 철장방은 곽 정과 황용 두 사람이 틀림없이 이 숲 안에 있을 것이라 생각하면서도 숲속으로 들어가는 길을 찾지 못하고 있었다. 멀리서 구천인의 목소리 가 들려왔다.

"신산자 영고! 구천인 구 철장이오."

바람이 반대 방향으로 불고 있는데도 구천인의 목소리는 똑똑하게 전달되었다. 내공이 얼마나 강한지 알 수 있었다. 영고는 창가로 다가 가 단전에 기를 모으고 큰 소리로 대답했다.

"나는 외부인을 만나지 않는다는 걸 잘 아시지 않소?"

"한 쌍의 남녀가 거기 있지요? 내게 넘겨주시오."

"누가 이 숲을 지나 이곳으로 올 수 있단 말이오? 날 너무 무시하시 는구려."

구천인의 냉소 섞인 웃음소리가 들려오더니 더 이상 말소리가 들리 지 않았다. 아마도 영고의 말을 믿는 듯했다. 뒤이어 시끌벅적한 소리가 점차 멀어졌다. 영고가 몸을 돌려 곽정을 바라보았다.

"사매를 살리고 싶지 않소?"

곽정은 잠시 멍해 있다가 곧이어 무릎을 꿇고 사정을 했다.

"노 선배님께서 살려만 주신다면……."

영고의 얼굴에 노기가 서렸다.

"노 선배라니! 내가 늙었단 말이오?"

곽정이 급히 말을 바꿨다.

"아닙니다. 그리 늙지 않으셨습니다."

영고는 천천히 창밖으로 시선을 옮기더니 혼잣말처럼 중얼거렸다.

"그리 늙지 않으셨다……. 어쨌든 늙었다는 말이군."

곽정은 두려운 생각이 들었다. 영고의 말로 미루어보아 황용을 구할 방법이 있기는 한 모양인데, 자기가 영고의 노여움을 사 구해주지 않으면 어쩌나 하는 걱정이 앞섰다. 무언가 변명을 하고 싶었으나 무슨 말을 해야 할지 도무지 떠오르지 않았다. 영고는 곽정이 땀을 뻘뻘 흘리는 모습을 보자 처량한 생각이 들었다.

'그이가 이 젊은이의 10분의 1이라도 나를 생각해준다면 내 생이 헛되지 않을 텐데…….'

"베틀 속 원앙이 곧 날아갈 듯하네. 늙기도 전에 머리부터 세니 애처롭도다. 봄 아지랑이 푸른 풀잎, 차가운 아침 기운 가신 곳에서 한 쌍이 마주하며 붉은 옷을 적시네鴛鴦織就欲雙飛 可憐未老頭先白 春波碧草 曉寒沈處 相對浴紅衣."

곽정은 영고가 읊은 시를 듣고 어디선가 많이 들어본 듯한 느낌이 들었다.

'많이 들어봤는데…….'

그러나 누구에게서 들었는지 생각이 나지 않았다. 둘째 사부 주총에게서 들은 듯싶기도 하고, 황용에게서 들은 것 같기도 했다. 곽정은 목소리를 낮추어 황용에게 물었다.

"용아, 누가 지은 시지? 무슨 뜻이야?"

황용이 고개를 저었다.

"처음 들어보는 시예요. 누가 지은 건지 모르겠어요. 아, 늙기도 전에 머리부터 세니 애처롭도다! 정말 잘 지었군요. 원앙은 날 때부터 머리가 희니까……."

황용은 자기도 모르게 영고의 하얗게 센 머리를 바라보았다.

'정말이지 늙기도 전에 머리부터 세어버렸구나.'

곽정은 여전히 누구에게서 이 시를 들었는지 생각하고 있었다.

'용이는 아버지에게서 배워 아는 게 많은데, 만약 유명한 시라면 모를 리가 없지. 어쨌든 용이가 모른다니 용이에게서 들었을 리는 없고, 그렇다면 황약사에게 들었을 리도 없고, 귀운장의 육 장주도 아닐 것이고…… 어쨌든 어디선가 꼭 들어본 시인데. 아, 누가 지었으면 어때? 어쨌든 저 부인이 용이를 구할 방법을 아는 모양인데, 어떻게 해야 그 방법을 알려줄까? 그녀가 무슨 일을 시키든지 다…….'

영고 역시 옛일을 회상하고 있었다. 얼굴 표정에 수시로 희비가 엇갈렸다. 순식간에 수십 년간의 희로애락이 뇌리를 스쳐 지나갔다. 한참 동안 생각에 잠겨 있던 그녀가 갑자기 고개를 들었다.

"구 철장의 장력에 당하고도 그 자리에서 목숨을 잃지 않다니 대단하군. 구 철장이 봐준 건지, 아니면 젊은이가 막아낸 건지 알 수는 없지만……. 어쨌든 3일을 버티지 못할 거야. 그녀를 구할 수 있는 사람은 딱 한 사람밖에 없어.”

곽정은 어쨌든 황용을 구할 수 있는 사람이 있다는 말에 너무나 기뻐 무릎을 꿇고 절을 했다.

“노 선배! 아니, 선배님! 살려만 주시면 그 은혜는 결코 잊지 않겠습니다.”

“내가 무슨 능력으로 당신 사매를 살려주겠소? 그럴 힘이 있었으면 이 긴 세월 동안 여기 갇혀 있었겠소?”

영고의 목소리는 여전히 얼음장처럼 차가웠다. 곽정은 감히 아무 대답도 할 수가 없었다. 한참 동안 침묵이 흐르자 영고가 다시 입을 열었다.

“내가 당신 사매의 부상을 치료할 수 있는 사람을 알고 있으니, 그래도 당신들은 운이 좋은 편이오. 다행히 여기서 그다지 멀지 않아 3일 내에 갈 수 있을 거요. 그러나 그 사람이 흔쾌히 구해줄는지는 장담할 수 없소.”

“제가 애걸하면 설마 죽어가는 사람을 보고 모른 척하시겠습니까?”

“설마라니? 멀쩡한 사람을 죽이기도 하는 판에 죽어가는 사람 구해주지 않는 거야 흔한 일이지. 애걸한다고 다 살려주나? 그가 당신 사매를 살려주면 당신은 그에게 무얼 해줄 건데?”

웬일인지 목소리에 원망과 분노가 가득 섞여 있었다. 곽정은 감히 대답할 수가 없었다. 황용을 살릴 수 있는 길이 보이려는 순간, 만약 자기가 말 한마디라도 잘못해서 일을 그르칠까 두려웠던 것이다. 영고는 바깥채로 나가 탁자 위에 엎드려 종이에 무언가를 쓰기 시작했다.

한참을 쓰더니 천으로 종이를 조심스럽게 싼 다음 실로 천을 꼼꼼히 꿰매었다. 이렇게 세 개의 보자기를 만들고 나서야 안채로 들어왔다.

"숲을 나가서 철장방의 무리를 따돌리고 동북쪽을 향해 가시오. 도원현桃源縣에 이르면 하얀 보자기를 열어보시오. 그다음에 어찌해야 할지는 이 안에 적혀 있소. 그 전에는 절대로 보자기를 열어보지 마시오."

곽정은 뛸 듯이 기뻐하며 보자기를 받으려고 손을 내밀었다. 그런데 갑자기 영고가 보자기를 든 손을 움츠렸다.

"기다려요. 만약 그 사람이 당신 부탁을 들어주지 않으면 그건 할 수 없는 것이고, 만약 그가 당신의 부탁을 들어주면 나도 한 가지 부탁이 있소."

"목숨을 살려주셨는데 당연히 들어드려야지요. 무슨 부탁이신데요?"

"만약 당신 사매가 죽지 않는다면 반드시 한 달 내에 다시 이곳으로 돌아와 나와 함께 1년을 기거해야 하오."

곽정은 이상한 생각이 들었다.

"왜요?"

영고가 버럭 고함을 질렀다.

"이유는 물어 무엇 하오? 그렇게 할 테요, 안 할 테요?"

황용이 얼른 대답했다.

"부인께 산수를 가르쳐드리는 것이 그리 어려운 일도 아닌데, 들어드려야지요."

영고는 곽정을 흘겨보았다.

"사내대장부가 사매의 10분의 1만도 못하군."

그녀는 보자기를 곽정에게 건네주었다. 하나는 흰색, 나머지 둘은 각각 붉은색과 누런색이었다. 곽정은 보자기를 품에 소중히 안고 정중하게 허리를 굽혀 감사를 표했으나, 영고는 몸을 비켜 곽정의 인사를 받지 않았다.

"나한테 고마워할 필요 없소. 내가 당신들과 무슨 인척 관계가 있는 것도 아니고, 친구 사이도 아니고, 무엇 하러 이렇게 신경 써가며 당신 사매를 구하겠소? 나도 다 날 위해서, 나 좋자고 한 일이니 내게 고마워할 필요 없소. 흥! 내가 날 위하지 않으면 누가 내 생각을 해주겠어?"

곽정은 그녀의 말이 매우 귀에 거슬렸으나, 원래가 말주변이 없는 데다 황용을 위해서라도 말대꾸를 하지 않는 편이 낫겠다 싶어 그저 공손히 듣고만 있었다. 영고는 그런 곽정을 다시 한번 흘겨보았다.

"밤새 고생했으니 배고프겠구먼. 죽이라도 좀 드시오."

황용은 바닥에 누워 안정을 취했다. 곽정은 그 곁에 앉아 걱정스러운 눈길로 그녀를 바라보았다. 곽정의 뇌리에 온갖 상념이 스쳐 지나갔다. 잠시 뒤 영고가 김이 모락모락 나는 뜨거운 죽 두 그릇과 닭고기, 생선 등을 받쳐 들고 들어왔다. 곽정은 황용을 걱정하는 마음에 배고픈 줄도 모르고 있다가 막상 음식을 보니 부쩍 허기가 느껴지며 군침이 돌았다. 곽정은 황용의 손등을 가볍게 두드렸다.

"용아, 일어나서 죽 좀 먹자."

황용은 눈을 가늘게 뜨고 곽정을 바라보며 고개를 저었다.

"가슴이 아파서 먹을 수가 없어요."

영고가 냉소를 지었다.

"진통제를 줘도 의심하느라 먹지를 않으니 당연하지."

황용은 그녀의 말에 상대하지 않고 곽정에게 말했다.

"오빠, 구화옥로환을 주세요."

그 약은 육승풍이 귀운장에서 황용에게 준 것인데, 황용은 지금까지 그 약을 잘 간직하고 있었던 것이다. 홍칠공과 곽정이 구양봉에게 당해 부상을 입었을 때도 이 약을 몇 알 먹은 적이 있었다. 비록 상처를 치료할 수는 없지만 통증을 멎게 하고 기운을 돋워주는 효과가 탁월했다. 곽정은 곧 약을 꺼내어 황용에게 건네주었다. 그런데 구화옥로환이라는 말을 듣자 영고가 깜짝 놀란 듯 몸을 부르르 떨었다. 뒤이어 곽정이 주홍색 알약을 꺼내자 격한 목소리로 소리쳤다.

"이게 바로 구화옥로환이라는 것이오? 한번 봅시다."

곽정은 심상치 않은 말투에 고개를 들어 영고를 바라보았다. 영고의 눈에 살기가 번뜩였다. 곽정은 이상한 생각이 들었지만 잠자코 약주머니를 그녀에게 건네주었다. 주머니를 받아 들자 향기가 코를 찔렀다. 냄새만 맡았을 뿐인데 온몸이 싸늘하게 식는 느낌이 들었다.

"이것은 도화도에서 나는 약인데, 당신들이 어떻게 이 약을 가지고 있지요? 어서 말해봐요."

그녀의 말투가 갈수록 격앙되었다. 황용은 문득 떠오르는 생각이 있었다.

'오행술을 할 줄 아는 걸로 보아 아버지의 제자 중 누군가와 관계가 있는 사람일까?'

그러나 황용이 깊이 생각할 겨를도 없이 곽정이 나서서 대답을 해버리고 말았다.

"내 사매가 바로 도화도주의 딸입니다."

영고는 벌떡 일어나 소리를 쳤다.

"뭐라? 동사의 딸이라고?"

영고의 두 눈에서 불꽃이 튀는 듯하더니 마치 금방이라도 황용을 덮칠 듯한 기세였다.

"오빠, 보자기를 돌려주세요. 저 여자가 아버지와 원한 관계가 있다는 것을 안 이상 신세를 질 수는 없지요."

그러나 곽정은 보자기를 손에 들고 차마 건네주지 못하고 망설였다.

"오빠, 건네주세요! 당장 죽을 리도 없고, 설사 죽는들 어때요?"

곽정은 황용의 뜻을 거슬러본 적이 없기 때문에 하는 수 없이 보자기를 탁자 위에 내려놓았다. 그러나 눈에는 눈물이 가득 고였다. 영고는 멍하니 창밖을 바라보며 중얼거렸다.

"세상에…… 세상에……."

영고는 갑자기 다른 방으로 건너가더니 이쪽으로 등을 돌린 채 무언가에 몰두했다.

"오빠, 우리 가요. 더 이상 저 여자와 함께 있고 싶지 않아요."

곽정이 미처 황용의 말에 대답도 하기 전에 영고가 이쪽 방으로 돌아왔다.

"산술을 공부하고 도화도에 가려 했는데, 동사의 딸이 이 정도라니…… 100년을 더 연구한들 무슨 소용이 있겠소? 이게 운명인가 봅니다. 그만 가보시지요. 보자기도 가져가시오."

영고는 구화옥로환과 보자기를 곽정의 손에 들려 주었다.

"이 구화옥로환은 당신의 부상에 해가 될 뿐이니 절대 먹지 마시오. 그러나 몸이 완쾌되고 1년간 나와 함께 거하기로 한 약속은 잊으면 안 되오."

그러더니 갑자기 탁자 위에 놓인 죽과 음식들을 들어 창밖으로 쏟아버렸다.

"당신 아버지가 내 일생을 망쳤는데, 내가 만든 음식을 개에게 먹였으면 먹였지 당신에게 줄 수는 없소."

황용은 화가 치밀어 무언가 반박하려다 갑자기 생각을 돌린 듯 죽봉을 들어 모래 위에 산술 문제를 세 개 써 내려갔다.

첫 번째 문제는 일, 월, 수, 화, 목, 금, 토, 나후羅睺(구성九星의 하나로 일식과 월식을 일으킨다고 전함), 계도計都를 포함한 칠요구집천축필산七曜九執天竺筆算이었고, 두 번째 문제는 입방초병지은급미제立方招兵支銀給米題(서양 수학 중의 급수), 세 번째 문제는 귀곡산제鬼穀算題였다. 즉, '어떤 숫자가 있는데 3씩 묶으면 2가 남고, 5씩 묶으면 3이 남고, 7씩 묶으면 2가 남는다. 이 수는 각각 몇일까'라는 문제였다(고등수학에 속한다. 중국 송대에 이미 이런 문제에 대해 깊이 있는 연구가 진행되었다).

황용은 세 가지 문제를 다 쓰고 곽정의 팔에 의지해서 천천히 방을 나섰다. 곽정이 문을 나서 뒤를 돌아보니 영고는 손에 산가지를 든 채 멍하니 황용이 쓴 문제를 바라보고 있었다.

곽정은 숲속으로 들어서자 황용을 등에 업고 그녀가 지시하는 대로 길을 찾아갔다. 곽정은 혹시 발걸음이 틀릴까 두려워 말을 꺼내지 못하다가 숲을 빠져나온 뒤에야 황용에게 물었다.

"모래 위에 쓴 게 무슨 문제야?"

황용이 미소를 지었다.

"아마 6개월 안에는 풀기 어려울 거예요. 그 문제를 풀려면 영고의 머리가 더 하얗게 셀걸요? 그러게 누가 그렇게 무례하게 굴래?"

"그 여자와 너희 아버지는 무슨 원한 관계가 있는 걸까?"

"글쎄요, 들어본 적이 없는데."

한참 동안 무언가 생각하던 황용이 다시 입을 열었다.

"젊었을 때는 상당히 미인이었을 것 같아요. 그렇죠?"

황용은 마음속에 의심이 들었다.

'아버지랑 연인 관계였을까? 흥! 틀림없이 그 여자가 아버지를 쫓아다녔는데 아버진 싫다고 했겠지, 뭐.'

"미인이고 아니고는 둘째 치고, 그 여자가 네가 낸 문제를 곰곰이 생각하다 갑자기 생각이 바뀌어 쫓아와 보자기를 내놓으라고 하면 어쩌지?"

"보자기 안에 뭐가 들었을까요? 어쩌면 나쁜 생각을 품고 무언가 해로운 것을 넣었을지도 몰라요. 우리 미리 한번 열어봐요."

"안 돼! 그 여자가 시킨 대로 도원에 가서 열어보자."

황용은 호기심이 일어 기어이 열어보고 싶었으나, 곽정이 완강히 거부하는 바람에 하는 수 없이 포기해야 했다.

정신없던 하룻밤이 지나고 드디어 날이 밝아오기 시작했다. 곽정은 높은 나무 위에 올라가 사방을 살펴보았다. 철장방의 무리는 어디에도 보이지 않아 다소 안심이 되었다. 곽정은 길게 휘파람을 불어 홍마를 불렀다. 얼마 되지 않아 홍마와 두 마리의 수리가 곽정의 소리를 듣고 다가왔다. 그런데 두 사람이 막 말에 올라탄 순간, 사방에서 고함 소리가 들리더니 철장방의 무리가 벌 떼같이 달려들었다. 숲 주위에서 밤을 꼬박 새며 지키고 있다가 곽정의 휘파람 소리를 듣고 몰려온 것이었다. 구천인은 무리 중에 없었다.

"실례하겠소!"

곽정이 다리에 힘을 주자, 홍마는 나는 듯이 달리기 시작했다. 바람 소리가 귓가를 스치더니 순식간에 철장방의 무리를 멀리 따돌렸다. 홍마는 정오가 되자 이미 수백 리를 달려왔다. 두 사람은 길가의 작은 주점에서 잠시 쉬었다 가기로 했다. 죽을 시켰으나 황용은 가슴의 통증이 심해 절반밖에 먹지 못했다. 곽정이 주점 주인에게 물어보니 그곳이 바로 도원현이라 했다. 두 사람은 하얀색 보자기를 꺼내 봉제선을 뜯고 펼쳐보았다. 보자기 안에서 지도를 그린 종이 한 장이 나왔는데, 지도 옆에 다음과 같은 글이 쓰여 있었다.

지도에 그려진 길을 따라가면 길이 끝나는 곳에 폭포가 있고, 옆에 초가 집이 있을 것이오. 초가집에 도착해서 붉은색 보자기를 열어보시오.

영웅은 어디에 있는가

　곽정과 황용은 오래 지체하지 않고 서둘러 길을 떠났다. 지도에 그려진 대로 70~80리를 가니 길이 점점 좁아졌다. 8~9리를 더 가니 산봉우리 사이로 작은 길이 나 있었다. 한 사람이 겨우 걸을 수 있을 만큼 좁은 길이어서 더 이상 홍마를 타고 갈 수 없게 되었다. 곽정은 하는 수 없이 근처 풀밭에 홍마를 남겨두고, 황용을 업고 오솔길로 들어섰다.

　약 한 시진쯤 더 갔을까, 길은 곽정이 황용을 안고 옆으로 서서 걸어야 겨우 갈 수 있을 정도로 좁았다. 때는 마침 7월 성하여서 태양이 뜨겁게 내리쬐고 있었다. 다행히 오솔길은 산봉우리가 햇빛을 가려주어서 비교적 시원했다.

　한참을 가니 배가 고팠다. 곽정은 품속에서 밀전병을 꺼내 황용에게 먹이고, 자신도 계속 걸으면서 전병을 먹었다. 전병을 먹고 나니 이번에는 목이 말랐다. 그때 갑자기 멀리서 물소리가 들려왔다. 적막한 숲속에서 들려오는 물소리가 계곡을 우렁차게 울렸다. 오솔길을 따라 걸어갈수록 물소리는 더욱 크게 들렸다.

산봉우리에 거의 다 왔다고 생각할 즈음, 갑자기 맞은편 봉우리 사이로 거대한 폭포가 나타났다. 폭포는 큰 봉우리를 양쪽에 끼고 그 사이로 흘러내리고 있었다. 엄청난 규모와 우렁찬 소리에 기가 죽어 잠시 넋을 잃고 바라보았다. 봉우리 위에서 내려다보니 과연 폭포 옆에 초가집이 한 채 있었다. 곽정은 돌멩이 위에 앉아 붉은색 보자기를 뜯어보았다. 보자기 안의 하얀 종이에는 다음과 같은 글이 쓰여 있었다.

당신의 부상은 오직 단황야段皇爺만이 치료할 수 있으나…….

곽정은 단황야라는 세 글자를 보고 깜짝 놀랐다.

"단황야라면 너희 아버지와 어깨를 나란히 하는 남제 아니야?"

황용은 너무 피곤하고 지친 상태였으나 남제라는 말을 듣자 깜짝 놀랐다.

"단황야? 사부님의 부상을 치료할 수 있는 사람도 단황야뿐이라고 했잖아요. 아버지 말로는 단황야는 운남 대리국大理國의 황제라 하셨는데, 그렇다면……."

그러나 운남은 이곳에서 수천수만 리 떨어진 곳이어서 3일 내에 도착할 수 있다는 건 말도 안 되는 소리였다. 생각이 이에 미치자 자신들이 속은 건 아닌지 갑자기 등골이 서늘해졌다. 황용은 힘겹게 일어나 곽정의 어깨에 기대고 종이에 쓰인 문구를 마저 읽었다.

오직 단황야만이 치료할 수 있으나, 그는 불의를 많이 저질러 도원에 피해 있는 중이오. 외부인은 전혀 그를 만나볼 수 없으며, 만약 치료해줄 것을 청한다면 이는 더욱 금기를 어기는 일이 되오. 전당에 오르기 전에 먼저 어초경독漁樵耕讀의 독수毒手를 만나게 될 것이오. 우선 사부이신 홍칠공의 명으로 소식을 전하러 왔다 하시오. 그리고 뵙기를 청하고 황색 보자기에서 그림을 꺼내 그에게 주시오. 당신의 생사가 여기에 달려 있소.

곽정은 고개를 돌려 황용을 바라보았다. 황용은 인상을 잔뜩 찌푸리고 있었다.

"용아, 단황야가 불의를 많이 저질렀다는 게 무슨 뜻일까? 치료를 청하는 것이 왜 금기를 범하는 거야? 독수에 당하다니, 그건 또 무슨 의미지?"

황용이 한숨을 내쉬었다.

"오빠, 내가 뭐든지 다 알고 있으리라고 생각하지 마세요."

곽정은 말문이 막혀 잠시 멍해졌다가 그녀를 품에 안고 일어섰다.

"좋아, 우리 일단 내려가보자."

멀리 아래쪽을 내려다보니 폭포 옆 버드나무 밑에 누군가가 앉아 있었다. 머리에 삿갓을 쓴 것은 알 수 있었지만, 너무 멀어서 무엇을 하고 있는지는 잘 보이지 않았다. 곽정은 마음이 급해 황용을 업고 금세 폭포 밑으로 내려갔다. 그 사람은 도롱이를 입고 바위 위에 앉아 낚시를 하고 있었다.

폭포가 워낙 엄청난 기세로 떨어지고 있어 물속에 고기가 있을 리 만무했다. 설사 있다 한들 고기가 미끼를 물 수는 없을 듯했다. 낚시를 하고 있는 어부는 나이가 마흔 정도 되어 보였고, 검은 얼굴에 수염을 기른 모습이었다.

곽정은 그 사람이 워낙 낚시에 정신이 팔려 있는지라 감히 방해하지 못하고 황용을 근처 나무 밑에 앉힌 뒤 폭포 쪽으로 다가가 물속을 들여다보았다. 한참이 지나자 갑자기 물속에서 무엇인가가 햇빛에 반짝이더니 낚싯대가 휘청거렸다. 자세히 보니 1척 정도 되는 것이 낚싯줄을 물고 있었다. 황금색 물체는 물고기도 아니고 뱀도 아니었다. 곽정은 깜짝 놀라 그만 소리를 지르고 말았다.

"으악! 이게 뭐지?"

이때 물속에서 또 한 마리의 이상한 물체가 낚싯대에 걸렸다. 어부는 더욱 기뻐하며 낚싯대를 단단히 붙잡았다. 낚싯대가 점점 휘어지더니 곧 부러질 것만 같았다. 결국 툭, 하는 소리와 함께 낚싯대가 절반으로 부러졌다. 두 마리의 물체는 낚싯대가 부러지자 유유히 물속 바위 밑으로 사라졌다. 어부는 몸을 휙 돌려 눈을 부라리며 다가왔다.

"이 빌어먹을 놈! 이 노인네가 얼마나 고생 고생하며 잡았는데 너 때문에 놓쳤잖아!"

그는 솥뚜껑 같은 손을 들고 두 걸음 성큼 다가와 곽정을 치려다가 갑자기 무슨 생각이 났는지 손을 멈췄다. 얼굴에 노기가 가득한 걸로 봐서 그가 감정을 억지로 억누르고 있는 듯했다. 곽정은 감히 대들지 못하고 용서를 빌었다.

"어르신, 화를 가라앉히십시오. 제가 잘못했습니다. 그게 무슨 물고기입니까?"

"눈이 멀었냐? 그게 그냥 물고기로 보였어? 그건 황금와와어黃金娃娃漁야."

곽정은 욕을 얻어먹고도 여전히 웃으며 응대했다.

"그런데 어르신, 황금와와어가 무엇입니까?"

그러나 어부는 더욱 불같이 화를 내며 호통쳤다.

"황금와와어가 황금와와어지, 이 더러운 놈, 무슨 말이 그리 많으냐?"

곽정은 단황야가 어디에 있는지 알아야겠기에 어부에게 함부로 대할 수 없었다. 그저 공손히 사과할 뿐이었다. 그런데 옆에 있던 황용이 화를 참지 못하고 끼어들었다.

"황금와와어는 바로 금색의 와와어예요. 우리 집에서 몇 마리 길러봤는데 뭐가 그리 귀하다고 그래요?"

어부는 황용이 황금와와어의 내력을 말하자 속으로 흠칫 놀라며 욕을 했다.

"흥! 대단한 허풍이로군. 집에서 몇 마리 길러봤다니! 그럼 너한테 묻겠다. 황금와와어는 무슨 용도로 쓰이냐?"

"무슨 용도라니요? 그 물고기는 아주 예쁘고 마치 어린 아기처럼 와와, 하며 울지요. 그래서 같이 놀았을 뿐이에요."

어부는 황용의 말이 틀림이 없자, 낯빛이 일시에 부드러워졌다.

"얘야, 너의 집에서 정말 기른다면 나한테 한 쌍 줄 수 없을까?"

"제가 왜 드려야 해요?"

어부는 곽정을 가리키며 말했다.

"내가 한 마리를 잡았는데 저 녀석이 멍청하게 소리를 질러대는 바람에 또 한 마리가 와서 낚싯대를 부러뜨리고 달아나버렸잖아. 황금와와어는 아주 똑똑해서 한번 쓴맛을 봤으니 두 번째는 낚싯줄에 걸려들지 않을 거야. 그러니 저 녀석이 물어주지 않으면 누가 물어주냐?"

"그럼 낚았다 하더라도 아저씨는 어차피 한 마리밖에 못 가졌겠네요? 한 마리를 낚았는데 다른 한 마리가 낚싯줄에 걸려들겠어요?"

황용이 웃으며 말하자, 어부는 할 말이 없어 머리를 긁적였다.

"그럼 한 마리만 물어줘도 돼."

"만약 황금와와어 한 쌍을 억지로 떼어놓으면 3일도 안 돼서 암수 모두 죽을 거예요."

어부는 이제 더 의심을 품지 않고 황용과 곽정에게 세 번 머리를 조아렸다.

"좋아, 내가 잘못했다 치지 뭐. 제발 나한테 한 쌍만 주면 안 되냐?"

"그럼 먼저 나한테 황금와와어를 어디에 쓸 건지 말해주세요."

황용이 웃으며 말하자, 그 어부는 잠시 머뭇거리며 대답했다.

"좋아, 들어봐. 내 사숙은 천축국天竺國 사람인데, 며칠 전 우리 사부를 만나러 오는 도중에 황금와와어 한 쌍을 잡고는 아주 기뻐했어. 천축국에는 아주 무서운 독충이 사는데, 사람과 가축을 해치는데도 없앨 방법이 없다는 거야. 그런데 황금와와어가 그 독충의 천적이라더군. 사숙은 나에게 며칠 맡겨두었다가 사부님과 이야기를 마치고 하산할 때 다시 천축으로 가지고 가서 번식시킬 계획이라고 했어. 그런데 세상에……."

"잠깐 실수로 황금와와어를 폭포 속에 떨어뜨리고 말았군요!"

황용이 바로 말을 받자, 어부는 놀라서 소리쳤다.

"엉? 어떻게 알았어?"

황용은 조그마한 입을 삐죽거렸다.

"그게 뭐가 어렵다고요. 원래 황금와와어는 키우기가 힘들어요. 저도 예전에 다섯 쌍을 키웠는데, 나중에 두 쌍이나 도망간걸요."

어부의 눈이 반짝 빛나며 얼굴에 희색이 돌았다.

"착한 낭자, 나한테 한 쌍만 줘. 그래도 두 쌍이나 남잖아? 사숙을 화나게 하면 난 큰일 날 거야."

"그럼 한 쌍 드릴게요. 그게 뭐 어려운 일인가요? 근데 왜 아까 그렇게 무섭게 화내셨어요?"

어부는 입으로는 웃었으나 마음은 매우 급했다.

"내가 원래 성격이 못돼먹어서 그래. 앞으로는 부드럽게 대할게. 착한 낭자, 집이 어디지? 함께 가지러 가자. 여기서 멀어?"

황용은 가벼운 한숨을 내뱉었다.

"가깝다면 가깝고, 멀다면 멀지요. 여기서 3천~4천 리는 될 거예요."

어부는 곱실곱실한 구레나룻을 치켜세우며 호통을 쳤다.

"이 어린 계집! 어른을 놀리고 있었구나."

그는 쇠망치 같은 주먹을 들어 황용의 머리를 내리치려 했다. 그러나 어리고 연약한 황용이 한주먹에 맞아 죽을까 걱정이 되었는지 차마 치지 못하고 공중에서 멈췄다. 곽정은 그의 옆으로 급히 다가가 조금이라도 주먹을 까딱하면 그 손목을 붙잡을 태세를 취했다.

"뭐가 그리 급해요? 저한테 다 생각이 있다고요. 오빠, 수리를 불러주세요."

곽정은 무슨 뜻인지 알 수 없었지만 그저 시키는 대로 수리를 불렀다. 어부는 계곡이 쩌렁쩌렁 울리는 곽정의 목청을 듣고 속으로 놀라지 않을 수 없었다.

'아까 내리치지 않기를 정말 잘했군. 그러지 않았더라면 저 아이한

테 낭패를 당할 뻔했구나.'

시간이 얼마 흐르지 않아 두 마리의 수리가 소리를 쫓아 날아왔다. 황용은 침을 꺼내 나무껍질 위에 '아버지, 와와어 한 쌍만 보내주세요. - 딸 용 드림'이라는 글씨를 새겨 넣었다.

곽정은 옷을 찢어 나무줄기를 수리의 다리에 꼭 동여맸다.

"도화도로 얼른 갔다가 돌아와!"

황용이 수리에게 당부했다. 곽정은 수리가 못 알아들을까 봐 손으로 동쪽을 가리키며 '도화도'를 세 번이나 강조했다. 수리들은 긴 울음을 동시에 내뱉으며 날개를 펴고 날아오른 뒤 공중을 한 바퀴 선회하고 동쪽으로 날아갔다. 삽시간에 수리는 구름 속으로 자취를 감추었다. 어부는 놀라서 입이 떡 벌어졌다.

"도화도? 도화도라고? 그럼 황약사가 너와 무슨 관계냐?"

황용이 뻐기듯 대답했다.

"우리 아버지예요."

"아!"

어부는 말을 잇지 못했다.

"며칠 뒤면 하얀 수리들이 와와어를 가지고 올 거예요. 너무 늦지는 않겠죠?"

"그렇게만 되면 얼마나 좋겠냐."

어부는 곽정과 황용을 연신 위아래로 훑어보았다. 그의 눈에는 의심의 빛이 가득했다. 곽정은 그런 그에게 공손히 머리를 숙였다.

"대숙의 존함을 묻지 못했습니다."

"너희들은 왜 이곳에 왔느냐? 누가 보내서 왔느냐?"

어부는 대답 대신 따져 물었으나 곽정은 여전히 공손하게 대답했다.

"저희들은 단황야께 볼일이 있어서 왔습니다."

곽정은 영고가 준 쪽지의 지시대로 홍칠공의 명을 받들어 왔다고 이야기하고 싶었으나, 차마 거짓말을 입 밖에 낼 수 없었다. 어부가 다시 엄한 소리로 다그쳤다.

"사부님은 외부인을 만나지 않는다. 왜 그분을 찾는 거냐?"

곽정은 성격대로 하자면 사실대로 말하고 싶었으나 어쩔 수 없이 거짓말을 해야겠다고 결심하고 입을 열려 했다. 그러나 어부는 안절부절못하는 곽정의 표정과 초췌한 황용의 안색을 보고 짚이는 바가 있었다.

"너희들, 사부님께 병을 고쳐달라고 왔지?"

곽정은 그가 정곡을 찌르자 더 이상 거짓말할 생각을 하지 못하고 그저 고개를 끄덕였다. 하지만 속마음은 바짝바짝 타고 왜 일찍 거짓말을 하지 않았나 하는 후회가 밀려들었다.

"사부님을 만나는 것은 꿈도 꾸지 말아라! 차라리 사부와 사숙에게 혼이 나고 말지. 황금와와어든 은와와어든 다 필요 없다. 어서 산을 내려가!"

어부는 딱 잘라 단호하게 말했다. 조금도 말을 바꿀 여지가 없어 보였다. 넋을 잃은 채 듣고 있던 곽정은 숨이 딱 멎는 듯했다. 잠시 뒤, 앞으로 나가 공손히 예를 갖추고 사정했다.

"여기 치료를 부탁하는 여인은 도화도 황 도주의 딸이자 개방의 방주입니다. 대숙님께서 황 도주와 홍 방주의 얼굴을 봐서라도 단황야를 뵙게 해주십시오."

어부는 홍 방주라는 말을 듣자 낯빛이 다소 부드러워졌다.

"이 낭자가 개방의 방주라고? 못 믿겠는걸."

곽정은 황용의 손에 든 죽봉을 가리키며 말했다.

"이것은 개방 방주의 타구봉입니다. 사숙께서는 필시 알아보실 겁니다."

어부는 고개를 끄덕였다.

"그럼 구지신개는 너희들에게 어떻게 되느냐?"

"바로 저희 두 사람의 은사이십니다."

"음, 그렇게 된 거로군. 그럼 우리 사부님을 찾으러 온 것은 구지신개의 명을 받은 것이냐?"

곽정이 잠시 머뭇거리자 황용이 잽싸게 말을 받았다.

"맞아요."

어부는 고개를 숙이고 잠시 고민하면서 중얼거렸다.

"구지신개와 우리 사부는 우정이 남다르지. 이를 어찌하면 좋을까?"

황용은 그가 머뭇거리는 틈을 타서 얼른 결정지어야겠다고 생각했다.

"사부께서 단황야를 뵙고 오라고 명하셨습니다. 그분께 치료를 부탁하는 것 말고도 급히 전할 말이 있습니다."

이 말을 듣자 어부는 갑자기 고개를 들고 번개같이 번쩍이는 눈으로 황용을 쏘아보며 소리쳤다.

"구지신개가 단황야를 뵙고 오라 했다고?"

"그래요."

어부는 다시 캐물었다.

"분명 단황야라고 했겠다? 다른 사람이 아니고?"

황용은 필시 무슨 이유가 있을 거라고 생각했으나 다시 말을 바꿀 수 없는 노릇이라 그저 고개를 끄덕였다. 어부는 앞으로 두 걸음 다가오며 호통쳤다.

"단황야는 이미 세상을 떠나셨다!"

곽정과 황용은 대경실색해 동시에 소리쳤다.

"돌아가셨다고요?"

"단황야가 세상을 떠나실 때 구지신개가 바로 그분의 옆에 계셨다. 그런데 어찌 너희들에게 단황야를 뵙고 오라고 명할 수가 있느냐? 너희들은 누구의 지시를 받은 거냐? 이곳에 무슨 음모를 꾀하려고 왔느냐? 어서 말하지 못할까!"

어부는 말을 하면서 한 걸음 더 다가와 왼손을 떨치고 오른손을 횡으로 뻗으며 황용의 어깨를 잡으려 했다. 곽정은 어부가 점점 다가오자 미리 대비를 하고 있었다. 그가 황용의 몇 척 앞까지 다가오자 왼손 장에 둥글게 힘을 주고 오른손 장을 직선으로 내뻗으며 현룡재전을 펴서 황용의 앞을 막아섰다. 이 초식은 순전히 방어만을 위한 것이었다. 황용과 어부의 앞에 견고한 벽을 쳐서 적이 오면 막고, 적이 도달하지 않으면 무형으로 사라지게 되어 있었다.

어부는 곽정이 출장出掌을 하면서도 방어에만 치중하고 전혀 공격을 하지 않자 속으로 다소 이상하게 여기며 다섯 손가락을 뻗어 황용의 왼쪽 어깨를 움켜쥐려 했다. 그러나 반 척 정도 뻗자 갑자기 곽정의 현룡재전 초식과 부딪치면서 팔에 극심한 고통이 느껴지고 가슴도 불에 타는 듯 뜨거워졌다. 얼른 손을 되돌릴 수밖에 없었다. 어부는 곽정이 이 틈을 타서 공격해올까 봐 급히 뒤로 물러서며 손으로 가슴을 막았다.

'예전에 홍칠공과 사부님께서 무공을 논하는 것을 들은 적이 있지. 이건 바로 그분의 항룡십팔장이야. 그럼 저 소년이 정말 그분의 제자란 말인가? 함부로 대하면 안 되겠군.'

어부는 매우 공손한 표정으로 공수拱手를 하고 있는 곽정을 보았다. 이미 초식으로 우세를 점했는데도 전혀 우쭐거리지 않자 더욱 그에게 호감이 생겼다.

"두 분이 구지신개의 제자인 것은 틀림없으나, 이번에 온 것은 그분의 명으로 온 것은 아닌 것 같구려. 그렇소?"

곽정은 그가 어떻게 추측했는지는 모르겠으나 맞는 말이라 더 이상 잡아떼지 못하고 그저 고개를 끄덕였다. 어부의 태도가 한껏 부드러워졌다.

"구지신개가 부상을 입고 왔다 하더라도 그분을 사부님이 있는 곳으로 안내할 수는 없소이다. 사정이 이러하니 양해해주시오."

"정말 홍 방주라고 해도 안 되나요?"

어부는 고개를 끄덕였다.

"안 됩니다! 죽어도 안 됩니다!"

'분명 단황야가 사부라고 말했고, 또 단황야가 죽었다고 했다. 게다가 홍 사부님이 그가 죽을 때 옆에 있었다고 했어. 뭔가 수상쩍은 점이 많아. 도대체 어찌 된 영문인지 알 수가 없네.'

황용은 이렇게 생각하면서 곽정에게 말했다.

"이분의 사부님이 산 위에 있다는 것은 확실해요. 그 사람이 단황야이든 아니든 어쨌든 한번 만나봐요."

황용은 고개를 들어 위를 바라보았다. 산봉우리가 구름을 뚫고 하늘 위로 뻗어 있었다. 철장산의 중지봉보다 몇 배는 높아 보였고, 풀 한 포기 나 있지 않은 암석도 미끄러워 보였다. 게다가 큰 폭포가 하늘에서 떨어지는 것으로 보아 정말 산 위로 올라가는 길은 없을 것 같았다.

'이백李白은 황하의 물이 하늘에서 떨어진다고 했는데, 이 물이야말로 정말 하늘에서 떨어지고 있구나.'

황용은 폭포를 따라 시선을 아래로 떨어뜨리며 어떻게 산을 올라갈까 궁리해보았다. 갑자기 눈앞에 금빛이 반짝였다. 아래를 보니 물 밑에 뭔가가 헤엄치고 있었다. 천천히 물 근처로 걸어가보니 황금와와어 한 쌍이 바위틈에 낀 채 꼬리만 밖에서 팔딱거리고 있었다. 급히 곽정에게 손짓을 했다. 곽정이 얼른 말했다.

"내가 내려가서 잡아올게."

"안 돼요. 물살이 이렇게 센데 어떻게 서 있으려고요? 괜한 짓 하지 마세요."

'내가 만약 위험을 무릅쓰고 저 물고기를 잡아준다면 마음이 움직여 사부를 만나게 해줄지도 몰라. 어떻게 두 눈을 멀쩡히 뜨고 이 기회를 놓칠 수 있겠어.'

곽정은 황용이 말릴 거라는 것을 알고 아무 말도 하지 않고 옷과 신발도 벗지 않은 채 폭포 속으로 몸을 날렸다.

"오빠!"

황용은 발을 동동 구르며 금방이라도 쓰러질 듯했다. 어부도 크게 놀라 황용을 붙들어 진정시키고 즉시 집으로 뛰어 들어갔다. 물건을 찾아서 어떻게든 곽정을 구할 심산이었다. 황용은 돌 위에 다시 앉아 곽정을 지켜보았다. 뜻밖에 곽정은 물 아래 두 발을 버티고 안정된 자세로 서 있었다. 폭포의 거센 물줄기에도 몸이 전혀 흔들리지 않고 서서는 황금와와어를 잡으려고 천천히 허리를 굽혔다. 그리고 곧 한 손에 한 마리씩 물고기의 꼬리를 잡고 살짝 밖으로 끌어당겼다. 잘못해서 물고기가 다칠까 봐 힘을 쓰지 않은 것이다. 그러나 황금와와어는 온몸이 미끌미끌해 몇 번 팔딱거리더니 곽정의 손을 벗어나 돌 밑으로 쏜살같이 숨어버렸다. 곽정이 잡으려 했으나 이미 물고기들은 자취를 감춘 뒤였다.

황용은 실망해서 낮은 소리로 탄식했다. 그때 뒤에서 큰 고함 소리가 들렸다. 급히 고개를 돌려보니 어부가 왼쪽 어깨에 검은 소선을 메고, 오른손에는 두 개의 노를 들고 서 있었다.

곽정은 두 발에 힘을 주고 천근추千斤墜의 무공으로 돌 위에 버티고 서 있었다. 마치 황하 가운데의 지주산砥柱山처럼 우뚝 버티고 서서는 숨을 멈추고 물고기가 숨어 들어간 큰 바위를 손으로 들어 올렸다. 돌이 조금씩 움직이자 항룡십팔장의 비룡재천으로 두 손을 위로 뻗었다. 거대한 물소리와 함께 바위가 뽑혔다. 곽정은 초식을 재빠르게 변화시켜 바위를 들어 올리면서 즉시 잠룡물용의 초식을 횡으로 내리쳤다. 거대한 암석은 수력과 장력을 동시에 맞아 곽정의 몸을 지나 깊은 심곡으로 굴러떨어졌다.

우르르! 쾅쾅!

거대한 소리가 깊은 계곡에 메아리를 남기며 한참 동안 울려 퍼졌다. 곽정은 두 손을 높이 들었다. 한 손에 각각 한 마리의 황금와와어가 들려 있었다. 그는 한 걸음씩 발을 떼어 폭포에서 유유히 걸어 나왔다.

폭포는 밤낮을 쉬지 않고 오랜 세월 동안 쏟아져 내려 암석에 2척 정도의 깊은 도랑을 만들었다. 어부는 곽정이 물 밑에서 굳건히 서 있자 내려가지 않고 그를 향해 노를 늘어뜨렸다. 곽정이 노를 잡으면 끌어 올려줄 참이었다. 그러나 곽정은 손에 물고기를 들고 있어서 노를 잡을 수가 없었다. 그는 물 밑에서 숨을 참고 오른발에 힘을 준 뒤 폭포 밖으로 몸을 날렸다. 또 즉시 왼발로 도랑 옆을 차며 발돋움한 힘으로 사뿐히 땅으로 뛰어올랐다.

황용은 곽정과 오랜 시간을 함께 보냈지만 그의 무공이 이 정도로 정진되어 있을 줄은 생각지도 못했다. 곽정이 물 밑에서 몸을 꼿꼿이 세운 채 바위를 들고 물고기를 잡는 동안 폭포의 거대한 힘이 그 앞에서 힘을 쓰지 못하는 것을 보고 놀랍고 기쁜 마음이 들었다.

사실 곽정은 황용을 구하기 위해서라면 이보다 더한 위험도 무릅쓸 각오가 되어 있었다. 그러나 폭포에서 벗어나 땅으로 올라와서 거대한 폭포의 거센 물줄기를 다시 보자 몸서리가 쳐졌다. 자신이 어떻게 물에 뛰어들었는지 믿기지 않을 정도였다. 어부는 더욱 감탄해 마지않았다. 기공, 경공, 외공 등의 상승 무공이 아니고서는 물고기를 잡는 것은 고사하고 물에 뛰어들자마자 폭포에 휩쓸릴 것이 뻔했기 때문이다.

두 마리의 황금와와어는 곽정의 손바닥에서 팔딱팔딱 뛰며 마치 어린아이처럼 "와, 와!" 하고 울었다.

"그래서 와와어라고 하는구나. 진짜 어린애가 우는 것 같네."

곽정은 웃으며 그 물고기를 어부에게 주었다. 어부는 기뻐하며 노를 내려놓고 받으려다가 갑자기 손을 움츠렸다.

"다시 물에 놓아주시오. 난 안 받겠소."

"왜 그러세요?"

"와와어를 받는다 해도 사부님을 뵙게 해줄 수는 없소. 은혜를 입고 갚지 않으면 천하 영웅들의 비웃음을 살 것 아니오?"

곽정은 정색을 하고 말했다.

"대사숙께서 데려다주시지 못한다니, 분명 그럴 이유가 있으시겠지요. 이 후배, 어찌 억지로 강요하겠습니까? 그리고 이런 물고기 한 쌍에 무슨 은혜랄 것이 있겠습니까? 개의치 말고 받으십시오."

곽정은 물고기를 어부의 손에 건네주었다. 어부는 받으면서도 미안해하는 기색이 역력했다.

"용아, 사람의 목숨은 하늘에 달려 있다고 하잖아. 네 부상을 고칠 수 없어 죽게 된다면 이 오빠도 네 뒤를 따르면 돼. 우리, 가자."

황용은 그의 진심 어린 말에 자신도 모르게 눈시울이 붉어졌다. 그러나 이미 마음속으로 생각해둔 계책이 있었다.

"대숙님, 길을 가르쳐주지 않으면 어쩔 수 없지요. 하지만 한 가지 이해 안 되는 게 있어요. 말해주지 않으면 죽어도 편히 눈을 감을 수 없을 거예요."

"그게 뭐요?"

"이 산봉우리는 거울처럼 미끄러워 올라가는 길이 없는 것 같아요. 만약 산을 올라가도록 허락해주신다 해도 어떻게 올라가죠?"

'만약 내가 같이 가주지 않으면 저들은 결코 산을 올라갈 수 없지. 이건 말해도 괜찮겠지.'

"어렵다고 하면 어렵고, 쉽다고 하면 아주 쉽소. 오른쪽에서 산모퉁이를 돌면 폭포가 아니라 급류가 나오지요. 거기서 이 철로 만든 배를 타고 급류를 거슬러 위로 노를 저어서 가면 되오. 한 번에 한 사람씩, 두 번이면 두 사람을 올려 보낼 수 있지요."

"아, 그렇군요. 그럼 이만 실례하겠습니다."

황용은 곽정에게 기대어 함께 걸어 내려갔다. 곽정도 공수로 인사를 하고 말없이 걸음을 옮겼다. 어부는 두 사람이 산을 내려가는 모습을 지켜본 뒤, 황금와와어를 또 놓칠까 봐 서둘러 집으로 들어가 안전한 곳에 내려놓았다.

"어서 철 배와 노를 훔쳐서 가요."

"그, 그건 나쁜 짓 아냐?"

"좋아요. 군자가 되고 싶으면 군자가 되세요."

'용이를 구하는 게 중요한가, 군자의 도를 지키는 게 중요한가?'

곽정의 머릿속은 복잡했다. 그러나 결정하는 것은 어렵지 않았다. 황용이 빠른 걸음으로 위로 올라가는 것을 보자 이것저것 따질 겨를이 없었다. 곽정은 자신의 의지와는 상관없이 철 배를 들고 급히 산모퉁이로 뛰어간 다음 있는 힘껏 폭포의 상류를 향해 배를 던졌다. 그리고 철 노를 왼쪽 겨드랑이에 끼고 오른손으로는 황용을 안았다. 철 배는 이미 물살을 따라 자신들의 앞까지 떠내려왔다.

그때 뒤에서 암기 날아오는 소리가 들렸다. 급히 머리를 숙여 암기를 피하고 몸을 날려 사뿐히 배에 올라탔다. 암기 하나가 황용의 등에 맞았으나 입고 있던 연위갑에 튕겨 날아갔다. 성이 나서 고함치는 어부의 목소리가 시끄러운 물소리에 묻혀 들리지 않았다.

철 배는 폭포의 물살을 타고 절벽 쪽으로 떠내려왔다. 이대로 떠밀리다가는 폭포 밑으로 떨어질 것 같았다. 곽정은 왼손으로 철 노를 잡고 힘껏 저었다. 배는 물살을 거꾸로 타고 수 척을 거슬러 올라갔다. 곽정은 황용을 내려놓고 다시 한번 힘껏 노를 저었다.

어부는 물 옆에 서서 계속 손짓, 발짓을 하며 고함을 질러댔다. 바람 소리, 물소리를 타고 "나쁜 계집!"이니 "도둑년!"이니 하는 욕이 간간이 들려왔다. 황용이 웃으며 말했다.

"오빠는 여전히 좋은 사람으로 보고 나만 욕하네요."

곽정은 노를 젓는 데 집중하느라 황용의 소리가 들릴 리 없었다. 두 팔에 있는 힘을 다 모아 급류에 맞서 필사적으로 노를 저었다. 배는 앞머리를 높게 들고 물살을 거슬러 위로 올라갔다. 이곳의 물살은 폭포처럼 세지는 않았지만 그래도 아주 빠르고 거세 곽정은 노를 젓느라 힘을 준 나머지 얼굴이 온통 벌겋게 상기되었다. 여러 번 물살에 휩쓸릴 뻔했으나 점점 물살이 약해지고 노 젓는 방법도 터득했다.

곽정은 양손에 각각 신룡파미의 초식을 사용하고 있었다. 노를 저을 때 항룡십팔장의 강력한 무공을 쓰니 배는 순풍에 돛을 단 듯 위로 올라갔다.

"그 어부가 젓는다 한들 오빠보다 빠르지는 않을 거예요."

다시 노를 저어 모래톱 두 곳을 지나 모퉁이를 돌았다. 모퉁이를 돌자 그림같이 아름다운 풍경이 펼쳐졌다. 맑은 계곡물이 졸졸 흘러내리고, 물살은 거의 움직이지 않는 듯 잔잔했다. 알맞은 넓이의 계곡 옆으로 수양버들이 늘어져 있고, 그 푸른 가지 사이로 무수히 많은 복숭아나무가 보였다. 만약 복숭아꽃이 만발하는 봄이었다면 이곳이 바로 낙원이었을 것이다. 복숭아꽃은 없었지만, 계곡물을 따라 가득 피어 있는 흰색의 작은 꽃에서 향기가 그윽하게 풍기고 있었다. 곽정과 황용은 정신이 상쾌해졌다. 이런 높은 산봉우리에 별천지가 펼쳐져 있을 줄은 상상도 못 했다. 옥같이 푸른 계곡물은 바닥을 볼 수 없을 정도로 깊었다.

곽정은 노 끝을 잡고 얼마나 깊은지를 재 보려고 노를 아래로 늘어뜨렸다. 그때 노에 거대한 힘이 몰려와 하마터면 노를 떨어뜨릴 뻔했다. 계곡물은 겉으로 보기에는 거울처럼 잔잔했지만 물 밑으로는 소리 없는 급류가 휘몰아치고 있었던 것이다. 배는 천천히 앞으로 향했고 푸른 수양버들 사이로 간간이 새 울음소리가 들려왔다.

"만약 상처를 치유하지 못하면 그냥 이곳에서 뼈를 묻고 안 내려갈 거예요."

황용이 탄식하자 곽정은 몇 마디 위로의 말을 하려고 입을 벌렸다. 그가 미처 말을 꺼내기도 전에 배 앞에 동굴이 모습을 드러냈다. 동굴 안은 진한 향기로 가득했고, 물의 흐름이 다시 한번 바뀌었다. 두 사람의 귀에 콸콸콸, 하는 소리가 끊이지 않고 들려왔다.

"이게 무슨 소리지?"

"저도 잘 모르겠어요."

황용은 고개를 살래살래 흔들었다. 갑자기 눈앞이 환해지더니 배는 동굴을 벗어났다. 두 사람은 동시에 환호를 터뜨렸다.

"와!"

동굴 밖에는 2장 높이의 거대한 분천噴泉이 있었다. 어마어마한 물기둥이 돌구멍 사이에서 물보라를 튀기며 뿜어 내려오고 있었다. 콸콸콸, 하는 소리는 바로 이 분천에서 나는 것이었다. 계곡물은 여기에서 끝이 났다. 이 분천이 바로 계곡물과 폭포의 원천이었던 것이다.

곽정은 황용을 부축해 뭍으로 올라온 뒤 철 배를 돌 위에 올려놓았다. 고개를 돌려보니 물기둥이 햇빛에 반사되어 아름다운 무지개를 만들어내고 있었다. 이 눈부신 절경에 두 사람은 찬탄은커녕 아예 할 말을 잃어버렸다. 그저 손을 맞잡고 어깨를 나란히 한 채 돌 위에 앉아 넋을 잃고 바라볼 뿐이었다. 마음이 깨끗이 정화되는 듯 잡다한 생각이 사라졌다. 그렇게 한참을 보고 있는데, 무지개 너머로 노랫소리가 들렸다. 그 노래는 〈산파양山坡羊〉이라는 곡조였다.

성과 못은 모두 폐허가 되었는데, 영웅은 어디에 있는가?
구름과 용이 얼마나 서로 바뀌었는가?
흥망성쇠를 생각하니 마음에 괴로움이 찾아오네.
당나라가 일어나니 수나라가 망하고,
세상은 구름같이 변화무쌍하구나.
빠른 것도 천지 차이요
느린 것도 천지 차이라!

城池俱壞 英雄安在

雲龍幾度相交代

想興衰 苦爲懷

唐家才起墮家敗

世態有如雲變改

疾 也是天地差

遲 也是天地差

이 〈산파양〉 소곡小曲은 송 말에 유행하던 민간 가요로, 도처에서 불렸다. 곡조는 똑같으나 가사는 사람에 따라 달랐다.

황용은 세상의 흥망성쇠를 한탄하는 가사를 듣고 깊은 뜻이 담겨 있다고 생각하며 속으로 갈채를 보냈다. 노래를 부른 사람이 무지개 뒤에서 나타났다. 왼손에 소나무 장작 한 꾸러미를 들고 오른손에는 도끼 한 자루를 들고 있는 것을 보니 나무꾼인 듯했다. 황용은 영고의 쪽지에 담긴 글귀가 생각났다.

만약 치료해줄 것을 청한다면 이는 더욱 금기를 어기는 일이 되오. 전당에 오르기 전에 먼저 어초경독의 독수를 만나게 될 것이오.

당시에는 어초경독이 무엇을 뜻하는지 알 수 없었는데 지금 생각해보니 황금와와어를 잡던 사람이 어, 즉 어부이고, 지금 만난 사람이 바로 초, 나무꾼을 의미하는 듯싶었다. 그렇다면 어초경독, 다시 말해 어부, 나무꾼, 농부, 서생은 단황야의 네 제자이거나 심복일 게 분명했다. 황용은 속으로 걱정이 되었다.

'어부의 관문을 지나는 것은 어렵지 않았지만, 이 나무꾼의 노래가 속되지 않은 것을 보니 상대하기 쉽지는 않을 것 같다. 또 경, 독 두 사람은 어떤 자들일까?'

나무꾼이 다시 노래를 부르기 시작했다.

천진교에서 난간에 기대어 바라보니,
용릉왕의 기운이 모두 쇠하였구나.

울창한 숲과 아득한 호수만이 보일 뿐,

운대에서 바라보니 중흥의 장군은 보이지 않고

천년 고도는 순식간에 폐허가 되었구나.

공도 부질없고!

명예도 부질없다!

天津橋上 憑欄遙望

春陵王氣都凋喪

樹蒼蒼 水茫茫

雲臺不見中興將

千古轉頭歸滅亡

功 也不久長

名 也不久長

　나무꾼은 천천히 가까이 다가와 곽정과 황용을 흘낏 쳐다보았다. 그러나 마치 전혀 보지 못한 것처럼 도끼를 들고 산에서 나무를 하기 시작했다. 황용이 보니 얼굴빛이 호방하고, 모습도 늠름하며, 걸음걸이와 손짓도 대장군처럼 위엄이 있었다. 거친 베옷을 입고 이 산중에서 장작을 패지 않았더라면 필시 시대를 풍미하는 대장군이 되었을 성싶었다.

　'사부님이 남제 단황야는 운남 대리국의 황제라고 하셨는데, 그럼 이 나무꾼이 그의 맹장일지도 모르겠구나. 그런데 노래에 어찌 쓸쓸함이 묻어날까?'

　다시 그의 노랫소리가 들려왔다.

겹겹이 봉우리에 성난 파도라,

산과 강은 동관로潼關路로 이어진다.

서쪽 도읍을 바라보며 뜻을 펴지 못하고 머뭇거린다.

진과 한이 지나가니 가슴이 아프구나.

궁궐이 모두 흙더미로 변하였으니

흥해도 백성은 괴롭고

망해도 백성은 괴롭다!

峰岳如聚　波濤如怒

山河表裏潼關路

望西都　意蜘躕

傷心秦漢徑行處

宮闕方間都做了土

興　百姓苦

亡　百姓苦

마지막 두 구를 들으며 황용은 아버지가 항상 했던 말이 생각났다.

'무슨 황제니, 장상將相이니 하는 것들은 모두 백성을 괴롭히는 악독한 것들이다. 조정이 바뀌면 백성들만 죽어나지.'

이 생각을 떠올리며 황용은 자신도 모르게 탄성을 질렀다.

"와! 좋은 곡이다!"

나무꾼은 몸을 돌려 도끼를 허리춤에 꽂았다.

"좋다니? 뭐가 좋다는 말이오?"

황용은 대답을 하려다 문득 생각했다.

'곡을 좋아하니 나도 〈산파양〉으로 답해야겠다.'

황용은 미소를 지으며 고개를 숙이고 곡을 읊었다.

청산은 서로를 바라보고, 하얀 구름은 서로를 사랑하네.

꿈에도 비단 도포와 황금 허리띠는 원치 않네.

초가집에 야생화가 핀 곳에 사니,

누가 흥하고 누가 망하든지 무슨 상관이랴?

좁은 집, 외로운 표주박 신세지만 즐겁기만 하네.

가난해도 기개를 꺾지 않고

죽어도 뜻을 바꾸지는 않으리!

青山相待 白雲相愛

夢不到紫羅袍共黃金帶

一茅齋 野花開

管甚誰家興廢誰成敗

陋巷單瓢亦樂哉

貧 氣不改

達 志不改

황용은 이 나무꾼이 남제를 따라 은둔 생활을 하고 있지만, 과거에는 병권을 손에 쥐고 천하를 주름잡던 장군이었을 것으로 추측했다. 그래서 부질없는 공명을 버리고 산중 은거의 즐거움을 찬양하는 노래를 부른 것이다. 사실 황용이 아무리 총명해도 문인학사가 아닌 이상 순식간에 이런 좋은 곡조를 만들어낼 수는 없다. 일전 도화도에서 아버지가 이 곡을 부르는 것을 듣고 마지막 두 구를 바꾸어 이 나무꾼이 예전 부귀를 누렸을 때의 공명을 추앙한 것이다. 그러나 몸속의 기가 약해져 목소리가 작고 가늘 수밖에 없었다.

이 곡조를 듣고 나무꾼은 크게 흡족했다. 또 곽정과 황용이 철 배를 들고 철 노를 저어 계곡을 거슬러 올라온 것을 보고, 필시 산 아래 어부가 빌려주었을 것이라 생각했다. 마음이 흡족한 김에 더 묻지 않고 산을 가리키며 흔쾌히 말했다.

"올라가시오!"

산에는 사람 팔만 한 긴 넝쿨이 봉우리를 따라 뻗어 있었다. 곽정과 황용은 고개를 들어 위를 보았다. 봉우리의 절반은 하얀 구름 속에 가려 있어 그 끝이 얼마나 높은지 알 수 없었다.

곽정은 두 사람이 불렀던 곡조 중 절반 정도는 이해할 수 없었다. 당연히 나무꾼이 왜 갑자기 자신들을 올려 보내는지도 알 수 없었다. 그러나 혹여 나무꾼의 마음이 바뀔까 봐 묻지도 못하고 서둘러 황용을 업고 두 손으로 넝쿨을 잡고 올라가기 시작했다. 두 팔을 교대로 넝쿨을 잡고 올라가니 순식간에 땅에서 10장 높은 곳까지 다다랐다. 멀리서 또 나무꾼이 부르는 노랫소리가 들렸다.

……당시의 분쟁은 오늘날 어디로 갔는가.
이겨도 결국 한 줌 흙이 되고
져도 한 줌 흙으로 변하는 것을!

當時紛爭今何處
贏 都變作土

황용은 곽정의 등에 업힌 채 웃으며 말했다.

"오빠, 저 사람 말대로라면 우린 부상을 치료하러 가지 말아야 해요."

곽정은 멍해져서 물었다.

"왜?"

"사람은 언젠가 죽게 마련이니까 치료를 해도 결국 흙으로 변하고, 치료를 하지 않아도 결국은 흙으로 변하잖아요."

"피, 저 사람 말은 듣지 말아."

황용이 나지막이 노래를 불렀다.

"살아도 나를 업고 있고, 죽어도 나를 업고 있네活 你背着我 死 你背着我!"

곽정은 웃음으로 답하고 점점 빨리 올라갔다. 갑자기 앞으로 쭉 뻗어 있는 긴 넝쿨이 보였다. 이미 꼭대기까지 올라온 것이다. 막 평지를 밟자마자 바위가 갈라지는 듯한 거대한 소리가 들리더니 소 울음소리가 나면서 누군가 큰 소리로 고함을 치고 있었다.

"이렇게 높은 산에도 소가 있네. 참 신기한 일이다!"

그는 황용을 업고 소리를 쫓아 뛰어갔다.

"이제 경, 독……. 밭을 가는 사람, 즉 농부이니 소가 있는 거로군."

말이 끝나자마자 산언덕에서 고개를 길게 빼고 울고 있는 황소 한 마리가 보였다. 그 소는 아주 난처한 상황에 놓여 있었다. 소는 바위 위에 누워서 네 다리를 버둥거리며 일어서지 못하고 있었는데, 그 돌이 흔들흔들 곧 떨어질 것만 같았다. 그 아래에는 한 사람이 두 손으로 바위를 받치고 있었다. 조금이라도 손에서 힘을 풀면 소가 바위와 함께 저 아래 계곡으로 떨어질 판이었다.

그 사람이 서 있는 곳은 절벽 위여서 더 이상 물러날 곳도 없었다. 소를 버리려 해도 돌이 굴러떨어질 것이니, 자신도 손과 다리를 다칠 게 분명했다. 상황을 보니 필시 소가 언덕에 엎드려 풀을 뜯다가 발을 헛디뎌 굴러떨어져서 소나무 바위에 부딪친 듯했다. 그 농부는 가까이 있다가 급히 달려와 바위를 받쳐 소를 구하려 했으나 자신도 발을 뺄 수 없는 상황에 빠지고 만 것이다. 황용이 웃으며 말했다.

"방금 〈산파양(언덕의 양)〉을 불렀더니 이번엔 산파우山坡牛(언덕의 소)를 보게 되네요."

산봉우리 위는 평지로 20여 묘 정도의 전답이 개간되어 있었다. 호미가 밭 한쪽에 내동댕이쳐져 있고, 상반신을 벗은 채 돌을 받치고 있는 사람의 발에는 흙과 넝쿨이 묻어 있었다. 아마도 소가 떨어지기 전까지는 풀을 뽑고 있었던 모양이다.

황용은 자세히 관찰하며 생각했다.

'저 사람은 필시 어초경독 중에 경이야. 저 소는 300근이 족히 넘고, 바위 무게도 소와 막상막하일 텐데……. 비록 절반 정도 언덕에 기대고 있다 해도 저렇게 거뜬히 받치고 있다니, 정말 대단한 힘이다.'

곽정은 황용을 땅에 내려놓고 급히 뛰어갔다. 황용이 소리쳤다.

"천천히 하세요! 서두르지 말고요!"

그러나 곽정은 급히 농부의 곁으로 가서 몸을 굽혀 두 손으로 바위를 받쳤다.

"내가 받치고 있을 테니 먼저 소를 끌어내세요!"

농부는 손이 가벼워졌으나 곽정이 황소와 바위를 받칠 만한 힘이 있을까 걱정이 되어 먼저 오른손에만 힘을 빼고 옆으로 몸을 피한 채 왼손으로는 여전히 돌 밑을 받쳤다. 곽정은 발로 굳건히 버티고 서서 내공을 운공해 두 팔을 위로 힘껏 치켜들었다. 바위가 몇 척 약간 들리더니 농부는 왼손도 가벼워지는 느낌이 들었다.

잠시 뒤, 더 이상 아래로 짓누르는 바위의 중력이 느껴지지 않았다. 곽정 혼자서 충분히 지탱할 수 있다는 것을 알자, 농부는 허리를 굽히고 바위 아래로 빠져나가 소를 끌어내기 위해 급히 언덕으로 뛰어올라갔다. 농부는 곽정을 흘깃 보았다. 자신을 도와준 영웅이 누구인지 궁금해서 견딜 수가 없었던 것이다.

곽정을 본 순간 농부는 놀라지 않을 수 없었다. 그 영웅이 바로 10대 소년이라니 자못 놀랄 수밖에 없었다. 게다가 그 소년이 두 손으로 황소와 바위를 받치고 있는 품이 조금도 힘들어 보이지 않았다.

농부는 스스로 팔 힘이 남다르다 자부하고 있었는데, 자신이 이 소년보다 못한 듯했다. 그는 바위 옆에 기대고 서 있는 황용도 흘깃 쳐다보았다. 안색이 수척한 게 중병을 앓고 있는 것 같았다. 그래서 이들의 정체가 더욱 궁금해졌다.

"젊은이, 여기 무엇 하러 왔소?"

"댁의 사부님을 뵈러 왔습니다."

"무슨 일이시오?"

곽정은 순간 말문이 막혀 대답을 못 하고 있는데, 황용이 소리쳤다.

"우선 빨리 소를 끌어내세요! 궁금한 것은 나중에 물어봐도 늦지 않아요. 한 번 실수하면 사람도 소도 함께 굴러떨어진다고요."

'두 사람이 사부를 뵈러 왔다는데 아래 두 형제는 어찌 화살을 쏘아서 알려주지 않았을꼬? 만약 힘으로 두 관문을 뚫고 왔다면 무공이 대단한 자들일 것이다. 그렇다면 힘을 쓸 수 없을 때 명확히 물어봐야겠다.'

"사부님께 병을 고쳐달라고 청하러 왔소?"

'이미 아래에서 말했으니 속일 필요가 없겠군.'

곽정은 고개를 끄덕였다. 농부는 얼굴색이 약간 변했다.

"내가 먼저 사부님께 가서 물어보겠소."

그는 소를 끌어낼 생각은 않고 언덕을 뛰어 내려갔다. 곽정이 소리쳤다.

"이것 보십시오. 먼저 나를 도와 돌을 옮기고 다시 얘기합시다."

"잠시 뒤 돌아오겠소이다."

농부는 웃으며 대답했다. 황용은 상황을 보고 일부러 곽정의 기력을 소진시키려는 농부의 의중을 눈치챘다. 돌을 받치느라 힘을 다 써버린다면 곽정과 황용을 하산시키는 것은 식은 죽 먹기일 것이다. 황용은 그저 자신이 곽정을 도와주지 못하는 게 안타까울 따름이었다.

농부는 빠른 걸음으로 앞으로 뛰어갔다. 언제 돌아올지 알 수 없으니 황용은 화가 나고 급해졌다.

"대숙, 빨리 돌아오세요!"

농부는 걸음을 멈추고 웃었다.

"저 젊은이의 기력이 대단하니 두 시진 정도 버티고 있어도 큰 탈은 없을 것이오. 걱정하지 마시오."

황용은 화가 치밀었다.

'오빠는 호의로 도와주려 했는데, 두 시진이 넘도록 견딜 수 있다고

하다니……. 내 무슨 수를 써서라도 너를 가만두지 않겠다.'

황용은 눈썹 끝을 치켜올리며 결심을 굳혔다.

"대숙, 먼저 사부님께 여쭈어보는 것이 도리겠지요. 여기 편지가 있습니다. 홍칠공이 대숙 사부님께 드리는 것이니 가져가십시오."

농부는 홍칠공이라는 이름을 듣자 "아!" 하고 탄성을 질렀다.

"낭자는 구지신개의 제자로군요. 그럼 이분도 홍 선배님 문하입니까? 어쩐지 버티고 있는 힘이 대단하다 했습니다."

농부는 말을 하면서 편지를 가지러 다가왔다.

"네, 저분은 제 사형이십니다. 그저 몇백 근을 들 수 있는 힘을 가졌을 뿐 무공으로 따진다면 대숙님의 발끝에도 못 미칩니다."

황용은 천천히 등에 짊어진 봇짐을 열어 거짓으로 편지를 꺼내는 척하면서 연위갑을 꺼냈다. 그리고 곽정을 한 번 본 뒤 짐짓 매우 놀라고 당황해하며 소리쳤다.

"이런! 큰일 났네. 오빠의 손바닥이 다 망가지겠어. 대숙, 빨리 구해주세요!"

농부는 순간 멍하게 있다가 다시 웃으며 말했다.

"괜찮을 거요. 편지는요?"

농부는 편지를 받으려고 손을 뻗었다.

"잘 모르셔서 그래요. 제 사형은 지금 벽공장을 연마하고 있어요. 어제 두 손을 식초에 담그고 있었는데 아직 그 기운이 남아 있어요. 계속 손을 누르면 손바닥이 다 망가질 거라고요."

황용은 도화도에서 아버지와 벽공장을 연마한 적이 있어서 연공법을 알고 있었다. 농부는 이 무공을 하지는 못했지만 역시 명문 제자라

견문이 풍부해 그런 사실은 들어 알고 있었다.

'만약 무고하게 구지신개의 제자를 해친다면 사부님께서 분명 노하실 것이다. 그리고 나도 참지 못할 거야. 게다가 호의로 나를 도와주려 한 것이 아닌가. 그러나 저 낭자의 말이 참인지 거짓인지는 알 수가 없구나. 저 소년을 빼내기 위해 거짓으로 술수를 부려 속이려는 것인지도 모르지.'

황용은 그가 머뭇거리는 것을 보고는 연위갑을 들고 흔들었다.

"이건 도화도의 보물인 연위갑이에요. 칼도 검도 뚫지 못하죠. 대숙께서 제 사형의 어깨에 덮어주세요. 그럼 바위가 눌러서 꼼짝할 수 없게 되어도 부상을 입지 않을 거예요. 그럼 서로 좋지 않겠어요? 만약 대숙께서 제 사형의 손바닥을 못 쓰게 만든다면 저희 사부님이 그냥 두실 것 같아요? 분명 대숙의 사부님께 따지러 올 거예요."

농부는 연위갑이란 이름도 들어본 적이 있어서 반신반의하며 받아들었다. 황용은 그의 얼굴에 여전히 불신의 기미가 있는 것을 보았다.

"우리 사부님께서는 절대 거짓말을 해서는 안 된다고 하셨어요. 그런데 어찌 감히 대숙을 속이겠어요? 대숙께서 믿지 못하겠으면 연위갑을 칼로 내리쳐보세요."

농부는 사악함이라고는 전혀 없는 순진무구한 황용의 얼굴을 보자 생각이 바뀌었다.

'구지신개는 대선배로 아무 말이나 내뱉지 않고 금과 옥같이 말을 아끼는 사람이다. 사부님은 항상 그분이 이야기할 때 탄복해 마지않았지. 저 낭자의 모습을 보아하니 거짓말할 사람 같지는 않구나.'

그러나 사부의 안위를 생각하니 조금도 대충 넘길 수 없었다. 그는 허리에서 단도를 꺼내어 연위갑을 몇 번 내리쳤다. 과연 조금도 손상되지 않는 것이 무림의 보물이라 할 만했다. 농부는 더 이상 의심을 품지 않았다.

"좋습니다. 먼저 어깨에 이것을 걸쳐주겠소."

그러나 황용이 백옥같이 순진무구한 얼굴로 흉계를 꾸미고 있을 줄 어떻게 알겠는가? 연위갑을 들고 곽정의 곁에 가서 오른쪽 어깨에 입혀주고 두 손으로 바위를 받친 다음 힘을 주어 돌을 들어 올렸다.

"손을 놓고 어깨로 받치시오."

황용은 돌에 기대어 두 사람을 응시하다가 농부가 돌을 받치자 소리쳤다.

"오빠! 비룡재천!"

곽정은 문득 손이 가벼워지는 느낌이 들었다. 그때 황용의 고함을 듣고 더 생각할 겨를도 없이 오른손 장을 앞에서 돌리고, 왼손 장을 오른손 팔목 밑에서 뻗었다. 바로 항룡십팔장 중 비룡재천이었다. 그는 공중에 반쯤 떠올라 오른손 장을 다시 왼손 장 앞에서 뒤집고 앞으로 몸을 날려 황용 옆으로 착지했다. 연위갑은 그의 어깨에 안전하게 얹혀 있었다. 곧 농부의 욕설이 들려왔다. 고개를 돌려보니 그는 두 손으로 바위를 받치고 다시 꼼짝달싹할 수 없는 신세가 되었다. 황용은 매우 득의양양했다.

"오빠, 우리 가요."

그리고 농부를 돌아보았다.

"당신은 힘이 세니까 두 시진 정도 버텨도 아무 일 없을 거예요. 걱정하지 마세요."

"이 나쁜 계집! 계략으로 어른을 곤경에 빠뜨리다니, 구지신개는 거 짓말을 하지 않는다고 네 입으로 말하지 않았느냐? 흥! 네 사부님은 한 시대의 영웅인데, 너 때문에 명성을 망치고 말았구나."

"망치긴 뭘 망쳐요? 사부님은 거짓말을 하지 말라고 했지만, 우리 아버지는 남을 속이는 건 아무것도 아니라고 했어요. 난 아버지 말을 잘 들으니 사부님도 날 어쩌지는 못한다고요."

농부는 화를 벌컥 냈다.

"네 아버지가 누구냐?"

"아이참, 연위갑을 시험해봤잖아요."

"죽어도 싸, 죽어도 싸다고! 저 못된 계집이 황 노사의 딸년이었군. 난 어찌 이리도 멍청할꼬?"

"그래요, 우리 사부님은 말을 황금같이 아끼고, 절대 남을 속이는 법이 없죠. 하지만 그걸 배우는 건 너무 힘들어요. 배우고 싶지도 않고 요. 내 생각엔 아버지가 가르쳐주신 게 맞다고 봐요."

황용은 키득키득 웃으며 곽정의 손을 끌고 앞으로 갔다.

〈7권에서 계속〉